गुण्डा

एवं अन्य कहानियाँ

जयशंकर प्रसाद

संपादिका : साक्षी पटेल

SANAGE
PUBLISHING HOUSE

Paperback: 978-936205575-0
Hardback: 978-936205487-6
eBook: 978-936205906-2

Sanage Publishing House LLP
Mumbai, India

sanagepublishing@gmail.com

जयशंकर प्रसाद (30 जनवरी, 1889 - 14 जनवरी, 1937);

जयशंकर प्रसाद; हिन्दी के छायावादी युग के चार प्रमुख स्तंभों में से एक हैं। वह कहानी और उपन्यास लेखन में नाटक लेखन से ज़्यादा आधुनिक थे। कहानी को आधुनिक जगत की विधा बनाने में उनका योगदान अद्वितीय है। यह उन्हीं का कला-कौशल है कि उन्होंने आम व्यक्ति के जीवन की घटनाओं के वाह्य और आंतरिक विचलन को सैद्धांतिक आधार प्रदान किया। कविता, नाटक, कहानी, उपन्यास सभी विधाओं में लिखने वाले जयशंकर प्रसाद की प्रारम्भिक कृतियां, खासतौर पर नाटकों में प्राच्य भाषा संस्कृत और ठेठ देसज शब्दों का प्रभाव दिखता है। स्कंदगुप्त, चंद्रगुप्त, ध्रुवस्वामिनी जैसे लोकप्रिय नाटकों में यह स्पष्ट नजर आता है।

वहीं, उपन्यास कंकाल में हिन्दू धर्म के तथाकथित ठेकेदारों की सच्चाई को उजागर किया है, तो तितली सामाजिक पृष्ठभूमि पर लिखा गया उनका दूसरा उपन्यास है, इसमें नारी की छवि एक आदर्श प्रेमिका और आदर्श पत्नी की है।

उनकी कहानियों और नाटक के विषय सामाजिक, ऐतिहासिक और पौराणिक हैं। निश्चित ही इन सभी कृतियों में एक दार्शनिक झुकाव दिखाई देता है। इसका एक कारण उनके स्वयं के परिवेश से रहा होगा, जब बचपन में उनके पिता के गुज़र जाने के बाद परिवार आर्थिक तंगी से जूझते हुए कठिनाइयों का सामना कर रहा था। इसी परिस्थिति में उन्होंने स्वयं को बड़ा होता हुआ पाया। इसके चलते पढ़ाई पूरी नहीं कर पाए, बावज़ूद इसके स्वाध्याय जारी रखा और साहित्य, भाषा, इतिहास में उत्कृष्ट ज्ञान अर्जित किया।

वह कहानियों के माध्यम से समाज की कुरीतियों पर चोट करने से भी नहीं चूकते। खड़ी भाषा का प्रयोग, और आधुनिक पीढ़ी में हिन्दी को लोकप्रिय बनाने का श्रेय उन्हीं को जाता है। प्रसाद ने एक लौ प्रज्वलित कर दी थी, जिसका बाद के लेखकों ने अनुसरण किया।

मात्र 48 वर्ष के अल्प जीवनकाल में उन्होंने हिन्दी साहित्य पर अपनी अमिट छाप छोड़ी। उनकी अनेकों रचनाएँ आज कालजयी हैं।

प्रस्तावना

जयशंकर प्रसाद के लेखन पर लिखना सूरज को रोशनी दिखाने जैसे है। फिर भी बतौर संपादिका मुझे जो जिम्मेदारियाँ सौंपी गईं हैं, उससे न्याय न करना भी अन्याय ही होगा।

तो अपनी कलम को प्रणाम कर लिख रही हूँ...

जयशंकर प्रसाद; ज्ञान, आध्यात्म और देशभक्ति के त्रि-संगम का नाम है। यह उनमें अपने शहर बनारस से ही आया होगा, जो तीन नदियों और भक्ति, ज्ञान व भोग का संगम स्थल है। तभी तो इसमें कोई आश्चर्य नहीं कि छायावादी और आदर्शवादी माने जाने वाले प्रसाद की वर्ष 1912 में इंदु में प्रकाशित पहली ही कहानी 'ग्राम' आश्चर्यजनक रूप से यथार्थवादी है।

बुद्धिजीव भले ही इसे हिन्दी की पहली कहानी न मानते हों, फिर भी आमसहमति में इसे हिन्दी की पहली 'आधुनिक कहानी' का दर्जा प्राप्त है। यह समय आधुनिक भारत के शैशव अवस्था का था, गाँधीजी का भारतीय जनआंदोलन में आना अभी बाकी था, लेकिन प्रसादजी देशभक्ति को ग्रामीण यथार्थ के साथ अभिव्यक्त कर रहे थे। गौर कीजिए यह वह दौर था, जब चकोरी घुंघटे से बाहर नहीं निकली थी। ऐसे में कहानियों के माध्यम से अमानवीय पक्ष की वास्तविकता को सूक्ष्मता से प्रस्तुत करना किसी साहस से कम नहीं था। प्रसाद एक आदर्शवादी लेखक हैं और वह स्वयं भी इस बात को स्वीकारते हैं, लेकिन छायावाद की स्थापना के साथ उन्होंने खड़ीबोली का जमकर प्रयोग किया। जो उन्हें आमजन का लेखक बनाता चला गया।

उनकी 'आकाशदीप' कहानी एक असफल प्रेम की नायिका प्रधान कहानी है। जिसमें बुद्धगुप्त, चंपा और मणिभद्र तीन मुख्य पात्र हैं। इस कहानी में चंपा, बुद्धगुप्त का प्रेम त्याग आजीवन द्वीप के स्तंभ पर दीप जलाने का निर्णय करती है। क्योंकि वह बुद्धगुप्त को अपने पिता का हत्यारा मानती है, जिस कारण व उसके प्रेम को अस्वीकार कर कर्तव्य का निर्वहन करती है। 'गुंडा' कहानी की कथावस्तु बनारस से संबंधित है, जिसका मुख्य पात्र नन्हकू सिंह है, जो एक प्रतिष्ठित जमींदार का बेटा था। प्रेम में असफल होने के बाद वह गुंडे का रूप धारण कर लेता है, किंतु वह गुंडा नहीं है। 'छोटा जादूगर' कहानी की यह पंक्तियाँ, "मैं सोच रहा था कि बालक को आवश्यकता ने कितने शीघ्र चतुर बना दिया, यही तो संसार है।" पूरी कहानी का निचोड़ कही जा

सकती है। कहानी में प्रसादजी ने एक बच्चे की मनोदशा को मार्मिक चित्रण प्रदान किया है। बच्चा किस प्रकार अपनी माँ की दवाई के लिए पैसा कमाने के नए-नए तरीके खोजता है। फिर भी अंत में वह माँ को नहीं बचा पाता और अकेला ही रह जाता है।

'मदन-मृणालिनी' कहानी मदन और मृणालिनी की प्रेम कहानी है। इस कहानी में मदन को स्वाभिमानी और मृणालिनी के प्रति उसका निस्वार्थ प्रेम दिखाया है। क्योंकि वह मृणालिनी को पाना नहीं चाहता। वह तो सब कुछ छोड़ कर अंत में मृणालिनी के नाम अपनी वसीयत करके चला जाता है।

कहानी 'विराम चिन्ह' के माध्यम से प्रसाद ने बताया है, कैसे गरीबी इंसान का सब कुछ छीन लेती है, यहाँ तक कि उसके प्राण भी। कहानी की शुरुआत एक अर्ध नग्न वृद्ध महिला से होती है, जो मंदिर से थोड़ी दूर पर अपने थोड़े से सामान को बेचने के लिए बैठी है। उसका एक बेटा है, जो एक और तो शराबी है और दूसरी ओर छोटी जाति के लोगों को मंदिर में ना जाने देने के खिलाफ भी। वृद्ध महिला के पास खाने के लिए कुछ नहीं है, लेकिन ईश्वर के प्रति मन में अगाद्ध श्रद्धा भरी हुई है। कहानी के अंत में मंदिर में प्रवेश न देने को लेकर लड़ाई होती, जिसमें सिर पर चोट लगने से उसके बेटे की मौत हो जाती है। परिणामत: दृवित वृद्ध महिला भी अपने प्राण मंदिर की चौखट पर ही त्याग देती है।

'चूड़ीवाली' विलासिनी है, जो नगर की एक प्रसिद्ध नर्तकी की कन्या होती है। वह अच्छे घर में शादी करके घर बसाना चाहती है। लेकिन वह अपने इस सपने मैं स्वार्थी हो गई है, क्योंकि वह यह नहीं देखना चाहती कि किसी और का घर उजाड़ कर वह अपना घर बसाना चाहती है। किंतु जब वह प्रेम में उपेक्षित होती है तो अपने जीवन को एक नई दिशा में मोड़ कर गरीबों और जरूरतमंदों के लिए समर्पित कर देती है। फिर समय का चक्र कुछ इस तरह चलता है कि उसका स्वप्न भी पूरा हो जाता है।

इन कहानियों के माध्यम से प्रसादजी के कथानक यथार्थ का आलिंगन करते हैं। पात्रों का सीमित होना उनकी सबसे बढ़ी खासियत है, जिसके कारण पाठक को भटकाव नहीं होता। वह कहानी का आनन्द लेते हुए उसमें डूबना पसंद करता है और भावुक होना भी।

...और अब उन्हीं की लिखी पंक्ति से विराम लेती हूँ,

"कभी-कभी मौन रह जाना बुरी बात नहीं है।"

संपादिका

— साक्षी पटेल

विषय सूची

1

ग्राम

टन! टन! टन! स्टेशन पर घंटी बोली।

श्रावण मास की संख्या भी कैसी मनोहारिणी होती है! मेघ-माला-विभूषित गगन की छाया सघन रसाल-कानन में पड़ रही है! अँधियारी धीरे-धीरे अपना अधिकार पूर्व-गगन में जमाती हुई, सुशासनकारिणी महाराणी के समान, विहँग प्रजागण की सुख-निकेतन में शयन करने की आज्ञा दे रही है। आकाशरूपी शासन-पत्र पर प्रकृति के हस्ताक्षर के समान बिजली की रेखा दिखाई पड़ती है... ग्राम्य स्टेशन पर कहीं एक-दो दीपालोक दिखाई पड़ता है। पवन हरे-हरे निकंजों में से भ्रमण करता हुआ झिल्ली के फनकार के साथ भरी हुई झीलों में लहरों के साथ खेल रहा है। बुँदियाँ धीरे-धीरे गिर रही हैं, जो जुही की कलियों को आर्द्र करके पवन को भी शीतल कर रही हैं।

थोड़े समय में वर्षा बंद हो गई। अंधकार-रूपी अंजन के अग्रभाग-स्थित आलोक के समान चतुर्दशी की लालिमा को लिए हुए चंद्रदेव प्राची में हरे-हरे तरुवरों की आड़ में से अपनी किरण-प्रभा दिखाने लगे। पवन की सनसनाहट के साथ रेल- गाड़ी का शब्द सुनाई पड़ने लगा। सिग्नलर ने अपना कार्य किया। घंटा का शब्द हरे-भरे मैदान में गूंजने लगा। यात्री लोग अप उस नी गठरी बाँधते हुए स्टेशन पर पहुँचे। महादैत्य के लाल-लाल नेत्रों के समान अंजन-गिरिनिभ इंजिन का अग्रस्थित रक्त-आलोक दिखाई देने लगा। पागलों के समान बड़बड़ाती हुई अपनी धुन की पक्की रेलगाड़ी स्टेशन पर पहुँच गई। घडाघड़ यात्री लोग उतरने चढ़ने लगे। एक स्त्री की ओर देखकर फाटक के बाहर खड़ी हुई दो औरतें जो उसकी सहेली मालूम देती है - रो रही हैं, और वह स्त्री एक मनुष्य के साथ रेल में बैठने को उद्यत है। उनकी क्रंदन-ध्वनि से वह स्त्री दीन-भाव से उनकी ओर देखती हुई, बिना समझे हुए, सेकंड क्लास की गाड़ी में चढ़ने लगी; पर उसमें बैठे हुए बाबू साहब – 'यह दूसरा दर्जा है, इसमें मत चढ़ो' कहते हुए उतर पड़े, और अपना हँटर घुमाते हुए स्टेशन से बाहर होने का उद्योग करने लगे।

विलायती पिक का वृचिस पहने, बूट चढ़ाए, हँटिंग कोट, धानी रंग का साफा, अंग्रेजी हिन्दुस्तानी का महासम्मेलन बाबू साहब के अंग पर दिखाई पड़ रहा है। गौर वर्ण, उन्नत ललाट- उसकी आभा को बढ़ा रहे हैं। स्टेशन मास्टर से सामना होते ही कहैंड करने के उपरांत बाबू साहब से बातचीत होने लगी।

स्टेशन मास्टर – आप इस वक्त कहाँ से जा रहे हैं?

मोहनलाल – कारिन्दों ने इलाके में बड़ा गड़बड़ मचा रखा है, इसलिए मैं कुसुम- जो कि हमारा इलाका है - इंस्पेक्शन के लिए जा रहा हूँ।

स्टेशन मास्टर – फिर कब पलटिएगा?

मोहनलाल – दो रोज में। अच्छा, गुड इवनिंग!

स्टेशन मास्टर, जो लाइन क्लियर दे चुके थे, गुड इवनिंग करते हुए अपने ऑफिस में घुस गए। बाबू मोहनलाल अंग्रेजी काठी से सजे हुए घोड़े पर जो पूर्व ही स्टेशन पर खड़ा था, सवार होकर चलते हुए।

सरल स्वभाव ग्रामवासिनी कुलकामिनीगण का सुमधुर संगीत धीरे-धीरे आम्र- कानन में से निकलकर चारों ओर गूंज रहा है। अंधकार गगन में जुगनू-तारे चमक-चमक कर चित्त को चंचल कर रहे हैं। ग्रामीण लोग अपना हल कंधे पर रखें, बिरहा गाते हुए, बैलों की जोड़ी के साथ, घर की ओर प्रत्यावर्तन कर रहे हैं।

एक विशाल तरुवर की शाखा में फूला पड़ा हुआ है, उस पर चार महिलाएँ बैठी हैं, और पचासों उसको घेरकर गाती हुई घूम रही हैं। झूले के पॅग के साथ ‘अबकी सावन सइयाँ घर रह रे...’ की सुरीली पचासों कोकिल-कंठ से निकली हुई तान पशुगणों को भी मोहित कर रही है। बालिकाएँ स्वच्छंद भाव से क्रीड़ा कर रही है। अकस्मात् अरव के पद-शब्द ने उन सरला कामिनियों को चौंका दिया। वे सब देखती हैं, तो हमारे पूर्व-परिचित बाबू मोहनलाल घोड़े को रोककर उस पर से उतर रहे हैं। वे सब उनका भेष देखकर घबरा गईं और आपस में कुछ इंगित करके चुप रह गई।

बाबू मोहनलाल ने निस्तब्धता को भंग किया, और बोले- भद्रे! यहाँ से कुसुमपुर कितनी दूर है? और किवर से जाना होगा? एक प्रोढ़ा ने सोचा कि ‘भद्रे’ कोई परिहास याद तो नहीं है, पर वह कुछ कह न सकी, केवल एक ओर दिखा कर बोली- इहाँ से डेढ़ कोस तो बाय, इहै पैंड़वा जाई।

बाबू मोहनलाल उसी पगडंडी से चले। चलते-चलते उन्हें भ्रम हो गया, और वह अपनी छावनी का पथ छोड़कर दूसरे मार्ग से जाने लगे। मेघ घिर आए, जल वेग से बरसने लगा, अंधकार और धना हो गया। भटकते-भटकते वह एक खेत के समीप

पहुँचे; वहाँ उस हरे-भरे खेत में एक ऊँचा और बड़ा मचान था, जो कि फूस से छाया हुआ था, और समीप ही में एक छोटा-सा कच्चा मकान था।

उस मचान पर बालक और बालिकाएँ बैठी हुई कोलाहल मचा रही थीं। जन में भीगते हुए भी मोहनलाल खेत के समीप खड़े होकर उनके आनंद कलरव को श्रवण करने लगे।

झंजावत होने से उन्हें बहुत समय व्यतीत हो गया। रात्रि अधिक बीत गई। कहाँ ठहरें? इसी विचार में वह खड़े रहे, बूँदें कम हो गई। इतने में एक बालिका अपने मलिन वस्त्र के अंचल की आड़ में दीप लिए हुए उसी मचान की ओर जाती हुई दिखाई पड़ी।

बालिका की अवस्था 15 वर्ष की है। आलोक से उसका अंग अंधकार-धन में विद्युल्लेखा की तरह चमक रहा था। यद्यपि दरिद्रता ने उसे मलिन कर रखा है, पर ईश्वरीय सुषमा उसके कोमल अंग पर अपना निवास किए हुए है। मोहनलाल ने घोड़ा बढ़ाकर उससे कुछ पूछना चाहा, पर संकुचित होकर ठिठक गए। परंतु पूछने के अतिरिक्त दूसरा उपाय ही नहीं था। अस्तु, रूखेपन के साथ पूछा - कुसुमपुर का रास्ता किधर है?

बालिका इस भव्य मूर्ति को देख कर डरी, पर साहस के साथ बोली- मैं नहीं जानती। ऐसे सरल नेत्र संचालन से इंगित करके उसने ये शब्द कहे कि युवक को क्रोध के स्थान में हँसी आ गई और कहने लगा तो जो जानता हो, मुझे बतलाओ, मैं उससे पूछ लूँगा।

बालिका – हमारी माता जानती होंगी।

मोहनलाल – इस समय तुम कहाँ जाती हो?

बालिका – (मचान की ओर दिखाकर) वहाँ जो कई लड़के हैं, उनमें से एक हमारा भाई है, उसी को खिलाने जाती हूँ।

मोहनलाल – बालक इतनी रात को खेत में क्यों बैठा है?

बालिका – वह रात भर और लड़कों के साथ खेत ही में रहता है।

मोहनलाल – तुम्हारी माँ कहाँ है?

बालिका – चलिए, मैं लिवा चलती हूँ।

इतना कहकर बालिका अपने भाई के पास गई, और उसको खिलाकर तथा उसके पास बैठे हुए लड़कों को भी कुछ देकर उसी क्षुद्र-कुटीराभिमुख गमन करने लगी। मोहनलाल उस सरला बालिका के पीछे चले।

उस क्षुद्र कुटीर में पहुँचने पर एक स्त्री मोहनलाल को दिखाई पड़ी, जिसकी अंगप्रभा स्वर्ण-तुल्य थी, तेजोमय मुख-मंडल, तथा ईषत् उन्नत अधर अभिमान से भरे हुए थे, अवस्था उसकी 50 वर्ष से अधिक थी। मोहनलाल की आँतरिक अवस्था, जो ग्राम्य जीवन देखने से कुछ बदल चुकी थी, उस सरल गम्भीर तेजोमय मूर्ति को देख और भी सरल विनययुक्त हो गई। उसने झुककर प्रणाम किया। स्त्री ने आशीर्वाद दिया और पूछा- बेटा! कहाँ से आते हो?

मोहनलाल मैं कुसुमपुर जाता था, किंतु रास्ता भूल गया...।

'कुसुमपुर' का नाम सुनते ही स्त्री का मुख-मंडल आरक्तिम हो गया और कुसुमपुर उसके नेत्र से दो बूंद आँसू निकल आए। वे अत्र करुणा के नहीं, किंतु अभिमान के थे। मोहनलाल आश्चर्यान्वित होकर देख रहे थे। उन्होंने पूछा- आपको कुमकुमपुर के नाम से क्षोभ क्यों हुआ?

स्त्री – बेटा! उसकी बड़ी कथा है, तुम सुनकर क्या करोगे?

मोहनलाल – नहीं, मैं सुनना चाहता हूँ, यदि आप कृपा करके सुनावें।

स्त्री – अच्छा, कुछ जलपान कर लो, तब सुनाऊँगी।

पुनः बालिका की ओर देख कर स्त्री ने कहा – कुछ जल पीने को ले आओ। आज्ञा पाते ही बालिका उस क्षुद्र गृह के एक मिट्टी के बर्तन में से कुछ वस्तु निकाल, उसे एक पात्र में घोलकर ले आयी, और मोहनलाल के सामने रख दिया। मोहनलाल उस शर्बत का पान करके फूस की चटाई पर बैठकर स्त्री की कथा सुनने लगे।

स्त्री कहने लगी- हमारे पति इस प्रांत के गण्य भू-स्वामी थे, और वंश भी हम लोगों का बहुत उच्च था। जिस गाँव का अभी आपने नाम लिया है, वही हमारे पति की प्रधान जमींदारी थी। कार्यवश कुंदनलाल नामक एक महाजन से कुछ ऋण लिया गया। कुछ भी विचार न करने से उनका बहुत रुपया बढ़ गया, और जब ऐसी अवस्था पहुँची तो अनेक उपाय करके हमारे पति धन जुटा कर उनके पास ले गए, तब उस धूर्त ने कहा – "क्या हर्ज है बाबू साहब! आप आठ रोज में आना, हम रुपया ले लेंगे, और जो घाटा होगा, उसे छोड़ देंगे, आपका इलाका फिर जाएगा, इस समय रेहननामा भी नहीं मिल रहा है।" उसका विश्वास करके हमारे पति फिर बैठ रहे, और उसने कुछ भी न पूछा। उनकी उदारता के कारण वह संचित धन भी थोड़ा हो गया, और ऊपर उसने दावा करके इलाका-जो कि वह ले लेना चाहता था-बहुत थोड़े रुपए में नीलाम करा लिया। फिर हमारे पति के हृदय में, उस इलाके के इस भाँति निकल जाने के कारण, बहुत चोट पहुँची और इसी से उनकी मृत्यु हो गई। इस दशा के होने के उपरांत हम लोग इस दूसरे

गाँव में आकर रहने लगीं। यहाँ के जमीदार बहुत धर्मात्मा हैं, उन्होंने कुछ सामान्य 'कर' पर यह भूमि दी है, इसी से अब हमारी जीविका है।

इतना कहते-कहते स्त्री का गला अभिमान से भर आया और कुछ कह न सकी।

स्त्री की कथा को सुनकर मोहनलाल को बड़ा दुःख हुआ। रात विशेष बीत चुकी थी, अतः रात्रि-यापन करके, प्रभात में मलिन तथा पश्चिमगामी चंद्र का अनुसरण करके बताए हुए पथ से वह चले गए।

पर उनके मुख पर विषाद तथा लज्जा ने अधिकार कर लिया था। कारण यह था कि स्त्री की जमींदारी हरण करने वाले, तथा उसके प्राणप्रिय पति से उसे विच्छेद कराकर इस भांति दुःख देने वाले कुंदनलाल मोहनलाल के ही पिता थे।

2

रसिया बालम

संसार को शांतिमय करने के लिए रजनी देवी ने अभी अपना अधिकार पूर्णतः नहीं प्राप्त किया है। अंशुमाली अभी अपने आधे बिंब को प्रतीची में दिखा रहे हैं। केवल एक मनुष्य अबंद-गिरि-सुदृढ़ दुर्ग के नीचे एक भरने के तट पर बैठा हुआ उस अर्ध-स्वर्ण पिंड की ओर देखता है और कभी-कभी दुर्ग के ऊपर राजमहल की खिड़की की ओर भी देख लेता है, फिर कुछ गुनगुनाने लगता है।

घंटों उसे वैसे ही बैठे बीत गए। कोई कार्य नहीं, केवल उसे उस खिड़की की और देखना अस्कमात् एक उजाले की प्रभा उस नीची पहाड़ी भूमि पर पड़ी और साथ ही किसी वस्तु का शब्द भी हुआ, परन्तु उस युवक का ध्यान उस ओर नहीं था। वह तो केवल उस खिड़की में के उस सुंदर मुख की ओर देखने की आशा से उसी ओर देखता रहा, जिसने केवल एक बार उसे झलक दिखाकर मंत्रमुग्ध कर दिया था।

इधर उस कागज में लिपटी हुई वस्तु को एक अपरिचित व्यक्ति, जो छिपा खड़ा था, उठाकर चलता हुआ। धीरे-धीरे रजनी की गंभीरता उस शैल-प्रदेश में और भी गंभीर हो गयो और झाड़ियों की ओट में तो अंधकार मूर्तिमान हो बैठा हुआ ज्ञात होता था, परंतु उस युवक को इसकी कुछ भी चिता नहीं। जब तक उस खिड़की में प्रकाश था, तब तक वह उसी ओर विनिमेष देख रहा था, और कभी-कभी अस्फुटे स्वर से नही गुन-गुनाहट उसके मुख से वनस्पतियों को सुनाई पड़ती थी।

जब वह प्रकाश बिलकुल न रहा, तब वह युवक उठा और समीप के झरने के तट से होते हुए उसी अंधकार में विलीन हो गया।

दिवाकर की पहली किरण ने जब चमेली की कलियों को चटकाया, तब उन डालियों को उतना नहीं ज्ञात हुआ, जितना कि एक युवक के शरीर-स्पर्श से उन्हें हिलना पड़ा, जो कि काँटे और झाड़ियों का कुछ भी ध्यान न करके सीधा अपने मार्ग का अनुसरण कर रहा है। यह युवक फिर उसी खिड़की के सामने पहुँचा और जाकर अपने पूर्व-

परिचित शिलाखंड पर बैठ गया, और पुनः यही क्रिया आरम्भ हुई। धीरे-धीरे एक सैनिक पुरुष ने आकर उस युवक के कंधे पर अपना हाथ रखा।

युवक चौंक उठा और क्रोधित होकर बोला – तुम कौन हो?

आगंतुक हँस पड़ा और बोला – यही तो मेरा भी प्रश्न है कि तुम कौन हो? और क्यों इस अंतःपुर की खिड़की के सामने बैठे हो? जर तुम्हारा क्या अभिप्राय है?

युवक – मैं यहाँ घूमता हूँ, और यही मेरा मकान है। मैं जो यहाँ बैठा हूँ, मित्र! यह बात यह है कि मेरा एक मित्र इसी प्रकोष्ठ में रहता है; मैं कभी-कभी उसका दर्शन पा जाता हूँ, और अपने चित्त को प्रसन्न करता हूँ।

सैनिक – पर मित्र! तुम नहीं जानते कि यह राजकीय अंतःपुर है। तुम्हें ऐसे देख कर तुम्हारी क्या दशा हो सकती है? और महाराजा तुम्हें क्या समझेंगे?

युवक – जो कुछ हो; मेरा कुछ असत् अभिप्राय नहीं है, मैं तो केवल सुंदर रूप का दर्शन ही निरंतर चाहता हूँ, और यदि महाराज भी पूछें तो यही कहूँगा।

सैनिक – तुम जिसे देखते हो, वह स्वयं राजकुमारी है, और तुम्हें कभी नहीं चाहती। अतएव तुम्हारा यह प्रयास व्यर्थ है।

युवक – क्या वह राजकुमारी है? तो चिंता क्या! मुझे तो केवल देखना है, मैं करूँगा। पर तुम्हें यह कैसे मालूम कि वह मुझे नहीं चाहती?

सैनिक – प्रमाण चाहते हो तो (एक पत्र देकर) यह देखो। युवक उसे लेकर पढ़ता है। उसमें लिखा था –

"युवक!

तुम क्यों अपना समय व्यर्थ व्यतीत करते हो? मैं तुमसे कदापि नहीं मिल सकती। क्यों महीनों से यहाँ बैठे-बैठे अपना शरीर नष्ट कर रहे हो, मुझे तुम्हारी अवस्था देखकर दया आती है। अत: तुमको सचेत करती हैं, फिर कभी यहाँ मत बैठना।

वही –

जिसे तुम देखा करते हो!"

युवक कुछ देर के लिए स्तंभित हो गया। सैनिक सामने खड़ा था। अकस्मात् युवक उठकर खड़ा हो गया और सैनिक का हाथ पकड़कर बोला – मित्र! हमारा कुछ उपकार कर सकते हो? यदि करो, तो कुछ विशेष परिश्रम न होगा।

सैनिक – कहो, क्या है? यदि हो सकेगा, तो अवश्य करूँगा।

तत्काल उस युवक ने अपनी उँगली एक पत्थर से कुचल दी, और अपने फटे वस्त्र में से एक टुकड़ा फाड़कर तिनका लेकर उसी रक्त से टुकड़े पर कुछ लिखा, और

उस सैनिक के हाथ में देकर कहा यदि हम न रहें, तो इसको उस निष्ठुर के हाथ में दे देना। बस, और कुछ नहीं।

इतना कहकर युवक ने पहाड़ी पर से कूदना चाहा; पर सैनिक ने उसे पकड़ लिया, और कहा – रसिया! ठहरो! –

युवक अवाक् हो गया; क्योंकि अब पाँच प्रहरी सैनिक के सामने सिर झुकाए खड़े थे, और पूर्व सैनिक स्वयं अर्बुदगिरि के महाराज थे।

महाराज आगे हुए और सैनिकों के बीच में रसिया। सब सिंहद्वार की ओर चले। किले के भीतर पहुँचकर रसिया को साथ में लिए हुए महाराज एक प्रकोष्ठ में पहुँचे। महाराज ने प्रहरी को आजादी कि महारानी और राजकुमारी को बुला लावे। वह प्रणाम कर चला गया।

महाराज – क्यों बलवंत सिंह! तुमने अपनी यह क्या दशा बना रखी है?

रसिया – (चौंककर) महाराज को मेरा नाम कैसे ज्ञात हुआ?

महाराज – बलवंत! मैं बचपन से तुम्हें जानता है और तुम्हारे पूर्व पुरुषों को भी जानता हूँ।

रसिया चुप हो गया। इतने में महारानी भी राजकुमारी को साथ लिए हुए आ गईं।

महारानी ने प्रणाम कर पूछा – क्या आज्ञा है?

महाराज – बैठो, कुछ विशेष बात है। सुनो, और ध्यान से उसका उत्तर दो। यह युवक जो तुम्हारे सामने बैठा है, एक उत्तम क्षत्रिय कुल का है, और मैं इसे जानता हूँ। यह हमारी राजकुमारी के प्रणय का भिखारी है। मेरी इच्छा है कि इससे उसका ब्याह हो जाए।

राजकुमारी, जिसने कि आते ही युवक को देख लिया था, और जो संकुचित होकर इस समय महारानी के पीछे खड़ी थी, यह सुनकर और भी संकुचित हुई। पर महारानी का मुख क्रोध से लाल हो गया। वह कड़े स्वर में बोलीं– क्या आपको सोजते-सोते मेरी कुसुम–कुमारी कन्या के लिए यही वर मिला है? वाह! अच्छा जोड़ मिलाया कंगाल और उसके लिए निधि; बंदर और उसके गले में हार; भला यह भी कहीं संभव है? आप शीघ्र अपने भ्रांतिरोग की औषधि कर डालिए। यह भी सा परिहास है! (कन्या से) चलो बेटी, यहाँ से चलो।

महाराज – नहीं, ठहरो और सुनो। यह स्थिर हो चुका है कि राजकुमारी का ब्याह बलवंत से होगा, तुम इसे परिहास मत जानो।

अब जो महारानी ने महाराज के मुख की ओर देखा, तो वह दृढ़प्रतिज्ञ दिखाई पड़े। निदान विचलित होकर महारानी ने कहा– अच्छा, मैं भी प्रस्तुत हो जाऊँगी पर

इस शर्त पर कि जब यह पुरुष अपने बाहुबल से उस झरने के समीप से नीचे तक एक पहाड़ी रास्ता काटकर बना ले; उसके लिए समय अभी से केवल प्रातः काल तक का देती है-जब तक कि कुक्कुट का स्वर न सुनाई पड़े। तब अवश्य में भी राजकुमारी का ब्याह इसी से कर दूँगी।

महाराज ने युवक की ओर देखा, जो निस्तब्ध बैठा हुआ सुन रहा था। वह उसी क्षण उठा और बोला – मैं प्रस्तुत है, पर कुछ औजार और मसाले के लिए थोड़े विष की आवश्यकता है।

उसकी आज्ञानुसार सब वस्तुएँ उसे मिल गईं, और वह शीघ्रता से उसी भरने के तट की ओर दौड़ा, और एक विशाल शिलाखंड पर जाकर बैठ गया, और उसे तोड़ने का उद्योग करने लगा; क्योंकि इसी के नीचे एक गुप्त पहाड़ी पथ था।

निशा का अंधकार कानून–प्रदेश में अपना पूरा अधिकार जमाए हुए है। प्रायः आधी रात बीत चुकी है। पर केवल उन अग्नि-स्फुलिंगों से कभी-कभी पोड़ा-सा जुगनू का सा प्रकाश हो जाता है, जो कि रसिया के शस्त्र प्रहार से पत्थर में से निकल पढ़ते हैं। दनादन बोट चली जा रही है–विराम नहीं है, क्षण भर भी न तो उस शैल को और न उस शस्त्र को। अलौकिक शक्ति से वह युवक अविराम चोट लगाए हो जा रहा है। एक क्षण के लिए भी इधर-उधर नहीं देखता। देखता है, तो केवल अपना हाथ और पत्थर; उंगली एक तो पहले ही कुचली जा चुकी थी, दूसरे अविराम परिश्रम! इससे रक्त बहने लगा था। पर विश्राम कहाँ? उस वज्रसार शैल पर बच के समान कर से वह युवक चोट लगाए ही जाता है। केवल परिश्रम ही नहीं, युवक सफल भी हो रहा है। उसकी एक-एक चोट में दस-दस सेर के ढोके कट-कटकर पहाड़ पर से लुड़कते हैं, जो सोए हुए जंगली पशुओं को घबरा देते हैं। यह क्या है? केवल उसकी तन्मयता–केवल प्रेम ही उस पाषाण को भी तोड़े डालता है।

फिर वही दनादन–बराबर लगातार परिश्रम, विराम नहीं है! इधर उस खिड़की में से आलोक भी निकल रहा है और कभी-कभी एक मुखड़ा उस खिड़की से झांककर देख रहा है। पर युवक को कुछ ध्यान नहीं, वह अपना कार्य करता जा रहा है।

अभी रात्रि के जाने के लिए पहर-भर है। शीतल वायु उस कानन को शीतल कर रही है। अकस्मात 'तरुण-कुक्कुट कंठनाद' सुनाई पड़ा, फिर कुछ नहीं। वह कानन एकाएक शून्य हो गया। न तो वह शब्द ही है और न तो पत्थरों से अग्नि-स्फुलिंग निकलते हैं।

अकस्मात उस खिड़की में से एक सुन्दर मुख निकला। उसने आलोक डालकर देखा कि रसिया एक पात्र हाथ में लिए है और कुछ कह रहा है। इसके उपरांत वह उस

पात्र को पी गया और थोड़ी देर में वह उसी शिलाखंड पर गिर पड़ा। यह देख उस मुख से भी एक हल्का चीत्कार निकल गया। खिड़की बंद हो गई। फिर केवल अंधकार रह गया।

प्रभात का मलय- मारुत उस अर्बुद-गिरि के कानन में वैसी क्रीड़ा नहीं कर रहा है, जैसी पहले करता था। दिवाकर की किरण भी कुछ प्रभात के मिस से मंद और मलिन हो रही है। एक शव के समीप एक पुरुष खड़ा है, और उसकी आँखों से अश्रुधारा बह रही है, और वह कह रहा है-बलवंत! ऐसी शीघ्रता क्या थी, जो तुमने ऐसा किया? यह अर्बुद-गिरि का प्रदेश तो कुछ समय में यह वृद्ध तुम्हों को देता, और तुम उसमें चाहे जिस स्थान पर अच्छे पर्यंक पर सोते। फिर, ऐसे क्यों पडे हो? वत्स! यह तो केवल तुम्हारी परीक्षा' थी, यह तुमने क्या किया? इतने में एक सुंदरी विमुक्त-कुंतला - जो कि स्वयं राजकुमारी थी – दौड़ी हुई आयी और उस शव को देखकर ठिठक गयी, नतजानु होकर उस पुरुष का, जो कि महाराज थे और जिसे इस समय तक राजकुमारी पहचान न सकी थी – चरण धरकर बोली – महात्मन्! क्या व्यक्ति ने, जो यहाँ पड़ा है, मुझे कुछ देने के लिए आपको दिया है? या कुछ कहा है?

महाराज ने चुपचाप अपने वस्त्र में से एक वस्त्र का टुकड़ा निकालकर दे दिया। उस पर लाल अक्षरों में कुछ लिखा था। उस सुंदरी ने उसे देखा और देखकर कहा – कृपया आप ही पढ़ दीजिए।

महाराज ने उसे पढ़ा। उसमें लिखा था- "मैं नहीं जानता था कि तुम इतनी निठुर हो अब मैं यहीं रहूँगा; पर याद रखना; मैं तुमसे अवश्य मिलूँगा, क्योंकि मैं तुम्हें नित्य देखना चाहता हूँ, और ऐसे स्थान में देखूँगा, जहाँ कभी पलक गिरती ही नहीं।

तुम्हारा दर्शनाभिलाषी-

"रसिया"

इसी समय महाराज को सुंदरी पहचान गई, और फिर चरण धरकर बोली – पिताजी, क्षमा करना। और, शीघ्रतापूर्वक रसिया के कर – स्थित पात्र को लेकर अवशेष पी गई और गिर पड़ी। केवल उसके मुख से इतना निकला – "पिताजी, क्षमा करना।" महाराज देख रहे थे!

1. वास्तव में वह शब्द कुक्कुट का नहीं बल्कि छद्म-वेशिनी महारानी का था, जो कि बलवंत सिंह ऐसे दीन व्यक्ति से अपनी कुसुम-कुमारी के पाणिग्रहण की अभिलाषा नहीं रखती थी। किन्तु महाराज इससे अनभिज्ञ थे।

3

शरणागत

प्रभात-कालीन सूर्य की किरणें अभी पूर्व के आकाश में नहीं दिखाई पड़ती हैं। ताराओं का क्षीण प्रकाश अभी अंबर में विद्यमान है। यमुना के तट पर दो-तीन रमणियाँ खड़ी हैं, और दो-यमुना की उन्हीं क्षीण लहरियों में, जो कि चंद्र के प्रकाश से रंजित हो रही हैं - स्नान कर रही हैं। अकस्मात पवन बड़े वेग से चलने लगा। इसी समय एक सुंदरी, जो कि बहुत ही सुकुमारी थी, उन्हीं तरंगों में निमग्न हो गई। दूसरी, जो कि घबडराकर निकलना चाहती थी, किसी काठ का सहारा पाकर तट की ओर खड़ी हुई अपनी सखियों में जा मिली। पर वहाँ सुकुमारी नहीं थी। सब रोती हुई यमुना के तट पर घूमकर उसे खोजने लगीं।

अंधकार हट गया। अब सूर्य भी दिखाई देने लगा। कुछ ही देर में उन्हें, घबराई हुई स्त्रियों को आश्वासन देती हुई, एक छोटी-सी नाव दिखाई दी। उन सखियों ने देखा कि वह सुकुमारी उसी नाव पर एक अंग्रेज और एक लेडी के साथ बैठी हुई है।

तट पर आने पर मालूम हुआ कि सिपाही विद्रोह की गड़बड़ से भागे हुए एक संभ्रांत योरोपियन - दंपति उस नौका के आरोही हैं। उन्होंने सुकुमारी को डूबते हुए बचाया है और इसे पहुँचाने के लिए वे लोग यहाँ तक आए हैं।

सुकुमारी को देखते ही सब सखियों ने दौड़कर उसे घेर लिया और उससे लिपट-लिपटकर रोने लगीं अंग्रेज और लेडी दोनों ने जाना चाहा, पर वे स्त्रियाँ कब मानने वाली थीं? लेडी साहिबा को रुकना पड़ा। थोड़ी देर में यह ख़बर फैल जाने से उस गाँव के जमींदार ठाकुर किशोर सिंह भी उस स्थान पर आ गए। अब, उनके अनुरोध करने से, विल्फर्ड और एलिस को उनका आतिथ्य स्वीकार करने के लिए विवश होना पड़ा क्योंकि सुकुमारी, किशोर सिंह की ही स्त्री थी, जिसे उन लोगों ने बचाया था।

चंदनपुर के जमींदार के घर में, जो यमुना तट पर बना हुआ है, पाईबाग के भीतर एक रविश में चार कुर्सियाँ पड़ी हैं। एक पर किशोर सिंह और दो कुर्सियों पर विल्फर्ड और

एलिस बैठे हैं, तथा चौथी कुर्सी के सहारे सुकुमारी खड़ी है। किशोर सिंह मुस्करा रहे हैं, और एलिस आश्चर्य की दृष्टि से सुकुमारी को देख रही है।

विल्फर्ड उदास हैं और सुकुमारी मुख नीचा किए हुए हैं। सुकुमारी ने कनखियों से किशोर सिंह की ओर देखकर सिर झुका लिया।

एलिस – (किशोर सिंह से) बाबू साहब, आप इन्हें बैठने की इजाजत दें।

किशोर सिंह – मैं क्या मना करता हूँ?

एलिस – (सुकुमारी को देखकर) फिर वह क्यों नहीं बैठतीं?

किशोर सिंह आप कहिए, शायद बैठ जाएँ।

विल्फर्ड – हाँ, आप क्यों खड़ी हैं?

बेचारी सुकुमारी लज्जा से गढ़ी जाती थी।

एलिस (कुमारी की ओर देखकर अगर आप न बैठेगी, तो मुझे बहुत रंज होगा।

किशोर सिंह – यों न बैठेंगी, हाथ पकड़कर बिठाइए।

एलिस सचमुच उठी, पर सुकुमारी एक बार किशोर सिंह की ओर वक्र दृष्टि से देखकर हँसती हुई पास की बारहदरी में भागकर चली गई, किन्तु एलिस ने पीछा न छोड़ा। वह भी वहाँ पहुँची और उसे पकड़ा। सुकुमारी एलिस को देख गिड़-गिड़ाकर बोली – क्षमा कीजिए, हम लोग पति के सामने कुर्सी पर नहीं बैठतीं और न कुर्सी पर बैठने का अभ्यास ही है।

एलिस चुपचाप खड़ी रह गई, यह सोचने लगी कि क्या सचमुच पति के सामने कुर्सी पर न बैठना चाहिए! फिर उसने सोचा- यह बेचारी जानती ही नहीं कि कुर्सी पर बैठने में क्या सुख है?

चंदनपुर के जमींदार के यहाँ आश्रय लिए हुए योरोपियन-दंपति सब प्रकार सुख से रहने पर भी सिपाहियों का अत्याचार सुनकर शंकित रहते थे। दयालु किशोर सिंह यद्यपि उन्हें बहुत आश्वासन देते, तो भी कोमल प्रकृति की सुंदरी एलिस सदा भयभीत रहती थी।

दोनों दंपति कमरे में बैठे हुए यमुना का सुंदर जल-प्रवाह देख रहे हैं। विचित्रता यह है कि 'सिगार' न मिल सकने के कारण विल्फर्ड साहब सटक के सड़ाके लगा रहे हैं। अभ्यास न होने के कारण सटक से उन्हें बड़ी गड़चन पड़ती थो, तिस पर सिपाहियों के अत्याचार का ध्यान उन्हें और भी उद्विग्न किए हुए था; क्योंकि एलिस का भय से पीला मुख उनसे देखा न जाता था।

इतने में बाहर कोलाहल सुनाई पड़ा। एलिस के मुख से 'ओ माई गॉड' (O my good) निकल पड़ा और भय से वह मूच्छित हो गई। विल्फर्ड और किशोर सिंह ने एलिस को पलंग पर लिटाया, और आप 'बाहर क्या है' सो देखने के लिए चले चलें।

विल्फर्ड ने अपनी राइफल हाथ में ली और साथ में जाना चाहा, पर किशोर सिंह ने उन्हें समझाकर बैठाया और आप खूंटी पर लटकती तलवार लेकर बाहर निकल गए।

किशोर सिंह बाहर आ गए, देखा तो पाँच कोस पर जो उनका सुंदरपुर ग्राम है, उसे सिपाहियों ने लूट लिया और प्रजा दुखी होकर अपने जमींदार से अपनी दुःख-गाथा सुनाने आयी है। किशोर सिंह ने सबको आश्वासन दिया, और उनके खाने-पीने का प्रबंध करने के लिए कर्मचारियों को आज्ञा देकर आप बिल्फर्ड और एलिस को देखने के लिए भीतर चले आए।

किशोर सिंह स्वाभाविक दयालु थे और उनकी प्रथा उन्हें पिता के समान मानती थी, और उनका उस प्रांत में भी बड़ा सम्मान था। वह बहुत बड़े इलाकेदार होने के कारण छोटे-से राजा समझे जाते थे। उनका प्रेम सब पर बराबर था। किन्तु बिल्फर्ड और सरला एलिस को भी वह बहुत चाहने लगे, क्योंकि प्रियतमा सुकुमारी की उन लोगों ने प्राण-रक्षा की थी।

किशोर सिंह भीतर आए। एलिस को देखकर कहा – डरने की कोई बात नहीं है। यह मेरी प्रजा थी, समीप के सुंदरपुर गाँव में वे सब रहते हैं। उन्हें सिपाहियों ने लूट लिया है। उनका बंदोबस्त कर दिया गया है। अब उन्हें कोई तकलीफ नहीं।

एलिस ने लम्बी साँस लेकर आँख खोल दी, और कहा –क्या वे सब गए? सुकुमारी –घबराओ मत, हम लोगों के रहते तुम्हारा कोई अनिष्ट नहीं हो सकता।

बिल्फर्ड – क्या सिपाही रियासतों को लूट रहे हैं?

किशोर सिंह – हाँ, पर अब कोई डर नहीं है, वे लूटते हुए इधर से निकल गए।

बिल्फर्ड – अब हमको कुछ डर नहीं है।

किशोर सिंह – आपने क्या सोचा?

बिल्फर्ड – अब ये सब अपने भाइयों को लूटते हैं, तो शीघ्र ही अपने अत्याचार का फल पावेंगे और इनका किया कुछ न होगा।

किशोर सिंह ने गम्भीर होकर कहा – ठीक है।

एलिस ने कहा – मैं आज आप लोगों के संग भोजन करूँगी।

किशोर सिंह और सुकुमारी एक दूसरे का मुख देखने लगे। फिर किशोर सिंह ने कहा बहुत अच्छा।

साफ दालान में दो कंबल अलग-अलग दूरी पर बिछा दिए गए हैं। एक पर किशोर सिंह बैठे थे और दूसरे पर बिल्फर्ड और एलिस; पर एलिस की दृष्टि बार-बार सुकुमारी को खोज रही थी और वह बार-बार यही सोच रही थी कि किशोर सिंह के साथ सुकुमारी अभी नहीं बैठी।

थोड़ी देर में भोजन आया, पर खानसामा नहीं स्वयं सुकुमारी एक थाल लिए हैं और तीन-चार औरतों के हाथ में भी खाद और पेय वस्तुएँ है। किशोर सिंह के इशारा करने पर सुकुमारी ने वह थाल एलिस के सामने रखा, और इसी तरह विल्फर्ड और किशोर सिंह को परस दिया गया। पर किसी ने भोजन करना नहीं आरंभ किया।

एलिस ने सुकुमारी से कहा – आप क्या यहाँ भी न बैठेंगी ? क्या यहाँ भी कुर्सी है?

सुकुमारी परसेगा कौन?

एलिस – खानसामा।

सुकुमारी क्यों, क्या मैं नहीं हूँ?

किशोर सिंह – जिद न कीजिए, यह हमारे भोजन कर लेने पर भोजन करती है।

एलिस ने आश्चर्य और उदासी-भरी एक दृष्टि सुकुमारी पर डाली। एलिस को भोजन कैसा लगा, सो नहीं कहा जा सकता।

भारत में शांति स्थापित हो गई है। अब विस्फर्ड और एलिस अपनी नील की कोठी पर वापस जाने वाले हैं। चंदनपुर में उन्हें बहुत दिन रहना पड़ा। नील- कोठी वहाँ से दूर है।

दो घोड़े सजे-सजाए खड़े हैं और किशोर सिंह के आठ सशस्त्र सिपाही उनको पहुँचाने के लिए उपस्थित हैं। विल्फर्ड साहब किशोर सिंह से बातचीत करके छुट्टी पा चुके हैं। केवल एलिस अभी तक भीतर से नहीं आयी। उन्हीं के आने की देर है।

विल्फर्ड और किशोर सिंह पाई-बाग में टहल रहे थे। इतने में सात-आठ स्त्रियों का झुंड मकान से बाहर निकला। हैं! यह क्या? एलिस ने अपना गाउन नहीं पहना, उसके बदले फीरोजी रंग के रेशमी कपड़े का कामदानी लहँगा और मखमल की कंचुकी, जिसके सितारे रेशमी ओढ़नी के ऊपर से चमक रहे हैं। है। यह क्या? स्वाभाविक अरुण अधरों में पान की लाली भी है, आँखों में काजल की रेखा भी है, चोटी भी फूलों से गूंथी जा चुकी है, और मस्तक में सुंदर सा बाल-अरुण का बिंदु भी तो है ! देखते ही किशोर सिंह खिलखिलाकर हँस पड़े और विल्फर्ड तो भौंचक्के-से रह गए।

किशोर सिंह ने एलिस से कहा – आपके लिए भी घोड़ा तैयार है पर – सुकूमारी ने कहा – नहीं, इनके लिए पालकी मंगा दो।

4

सिकंदर की शपथ

सूर्य की चमकीली किरणों के साथ, यूनानियों के बरछे की चमक से 'मिंगलौर'-दुर्ग घिरा हुआ है। यूनानियों के दुर्ग तोड़ने वाले यंत्र दुर्ग की दीवानों से लगा दिए गए हैं, और वे अपना कार्य बड़ी शीघ्रता के साथ कर रहे हैं। दुर्ग की दीवार का एक हिस्सा टूटा और यूनानियों की सेना उसी भन्न मार्ग से जयनाद करती हुई घुसने लगी। पर वह उसी समय पहाड़ से टकराए हुए समुद्र की तरह फिरा दी गई, और भारतीय युवक वीरों की सेना उनका पीछा करती हुई दिखाई पड़ने लगी। सिकंदर उनके प्रचंड अस्त्राघात को रोकता पीछे हटने लगा।

अफगानिस्तान में 'अश्कव' वीरों के साथ भारतीय वीर कहाँ से आ गए? यह शंका हो सकती है, किन्तु पाठकगण! वे निमंत्रित होकर उनकी रक्षा के लिए सुदूर से आए हैं, जो कि संख्या में केवल सात हजार होने पर भी ग्रीकों की असंख्य सेना को बराबर पराजित कर रहे हैं।

सिकंदर को उस सामान्य दुर्ग के अवरोध में तीन दिन व्यतीत हो गए। विजय की संभावना नहीं है, सिकंदर उदास होकर कैम्प में लोट गया, और सोचने लगा। सोचने की बात हो है गाजा और परसिपोलिस आदि के विजेता को अफगानिस्तान के एक छोटे-से दुर्ग के जीतने में इतना परिश्रम उठाकर भी सफलता मिलती नहीं दिखाई देती, उलटे कई बार उसे अपमानित होना पड़ा।

बैठे-बैठे सिकंदर को बहुत देर हो गई। अंधकार फैलकर संसार को छिपाने लगा जैसे कोई कपटाचारी अपनी मंत्रणा को छिपाता हो। केवल कभी-कभी दो-एक उल्लू उस भीषण रणभूमि में अपने भयावह शब्द को सुना देते हैं। सिकंदर ने सीटी देकर कुछ इंगित किया, एक वीर पुरुष सामने दिखाई पड़ा। सिकंदर ने उससे कुछ गुप्त बातें कीं, और वह चला गया। अंधकार घनीभूत हो जाने पर सिकंदर भी उसी ओर उठकर चला, जिधर वह पहला सैनिक जा चुका था।

दुर्ग के उस भाग में, जो टूट चुका था, बहुत शीघ्रता से काम लगा हुआ था, जो बहुत शीघ्र कल की लड़ाई के लिए प्रस्तुत कर दिया गया और सब लोग विश्राम करने के लिए चले गए। केवल एक मनुष्य उसी स्थान पर प्रकाश डालकर कुछ देख रहा है। वह मनुष्य कभी तो खड़ा रहता है और कभी अपनी प्रकाश फैलाने वाली मशाल को लिए हुए दूसरी ओर चला जाता है उस समय उस घोर अंधकार में उस भयावह दुर्ग की प्रकांड छाया और भी स्पष्ट हो जाती है। उसी छाया में छिपा हुआ सिकंदर खड़ा है। उसके हाथ में धनुष और बाण है, उसके सब अस्त्र उसके पास हैं। उसका मुख यदि कोई इस समय प्रकाश में देखता, तो अवश्य कहता कि यह कोई बड़ी भयानक बात सोच रहा है, क्योंकि उसका सुंदर मुखमंडल इस समय विचित्र भावों से भरा है। अकस्मात उसके मुख से एक प्रसन्नता का चीत्कार निकल पड़ा, जिसे उसने बहुत व्यग्र होकर छिपाया।

समीप की झाड़ी से एक दूसरा मनुष्य निकल पड़ा, जिसने आकर सिकंदर से कहा – देर न कीजिए, क्योंकि यह वही है।

सिकंदर ने धनुष को ठीक करके एक विषमय बाण उस पर छोड़ा और उसे उसी दुर्ग पर टहलते हुए मनुष्य की ओर लक्ष्य करके छोड़ा लक्ष्य ठीक था, वह मनुष्य लुढ़ककर नीचे आ रहा। सिकंदर और उसके साथी ने झट जाकर उसे उठा लिया, किंतु उसके चीत्कार से दुर्ग पर का एक प्रहरी झुककर देखने लगा। उसने प्रकाश डालकर पूछा – कौन है?

उत्तर मिला – मैं दुर्ग से नीचे गिर पड़ा हूँ।

प्रहरी ने कहा – घबड़ाइए मत, मैं डोरी लटकाता हूँ।

डोरी बहुत जल्द लटका दी गई, अफगान वेशधारी सिकंदर उसके सहारे ऊपर चढ़ गया ऊपर जाकर सिकंदर ने उस प्रहरी को भी नीचे गिरा दिया, जिसे उसके साथी ने मार डाला और उसका वेश आप लेकर उस सीढ़ी से ऊपर चढ़ गया। जाने के पहले उसने अपनी छोटी-सी सेना को भी उसी जगह बुला लिया और धीरे-धीरे उसी रस्सी की सीढ़ी से वे सब ऊपर पहुँचा दिए गए।

दुर्ग के प्रकोष्ठ में सरदार की सुन्दर पत्नी बैठी हुई है। मदिरा-विलोल दृष्टि से कभी दर्पण में अपना सुंदर मुख और कभी अपने नवीन नील वसन को देख रही है। उसका मुख लालसा की मदिरा से चमक-चमक कर उसकी ही आँखों में चकाचौंध पैदा कर रहा है अकस्मात 'प्यारे सरदार', कहकर वह चौंक पड़ी, पर उसकी प्रसन्नता उसी क्षण बदल गई, जब उसने सरदार के वेदा में दूसरे को देखा। सिकंदर का मानुषिक सौंदर्य कुछ कम नहीं था, अबला हृदय को और भी दुर्बल बना देने के लिए वह पर्याप्त था। वे एक-दूसरे को निर्निमेष दृष्टि से देखने लगे। पर अफगान- रमणी की शिथिलता देर तक न रही, उसने हृदय के सारे बल को एकत्र करके पूछा- तुम कौन हो?

उत्तर मिला – शाहँशाह सिकंदर।

रमणी ने पूछा – यह वस्त्र किस तरह मिला? सिकंदर ने कहा – सरदार को मार डालने से।

रमणी के मुख से चीत्कार के साथ ही निकल पड़ा-क्या सरदार मारा गया? सिकंदर- हाँ,अब वह इस लोक में नहीं है।

रमणी ने अपना मुख दोनों हाथों से ढंक लिया, पर उसी क्षण उसके हाथ में एक चमकता हुआ छुरा दिखाई देने लगा।

सिकंदर घुटने के बल बैठ गया और बोला- सुंदरी! एक जीव के लिए तुम्हारी दो तलवारें बहुत थीं, फिर तीसरी की क्या आवश्यकता है?

रमणी की दढ़ता हट गई, और न जाने क्यों उसके हाथ का छुरा छटककर गिर पड़ा, वह भी घुटनों के बल बैठ गई ।

सिकंदर ने उसका हाथ पकड़कर उठाया। अब उसने देखा कि सिकंदर अकेला नहीं है, उसके बहुत-से सैनिक दुर्ग पर दिखाई दे रहे हैं। रमणी ने अपना हृदय दृढ़किया और संदूक खोलकर एक जवाहरात का डब्बा ले आकर सिकंदर के आगे रखा। सिकंदर ने उसे देखकर कहा – मुझे इसकी आवश्यकता नहीं है, दुर्ग पर मेरा अधिकार हो गया, इतना ही बहुत है।

दुर्ग के सिपाही यह देखकर कि शत्रु भीतर आ गया है, अस्त्र लेकर मारपीट करने पर तैयार हो गए। पर सरदार- पत्नी ने उन्हें मना किया, क्योंकि उसे बतला दिया गया था कि सिकंदर की विजयवाहिनी दुर्ग के द्वार पर खड़ी है।

सिकंदर ने कहा – तुम धबड़ाओ मत, जिस तरह से तुम्हारी इच्छा होगी,उसी प्रकार संधि के नियम बनाए जाएँगे। अच्छा, मैं जाता हूँ।

अब सिकंदर को थोड़ी दूर तक सरदार – पत्नी पहुँचा गई। सिकंदर थोड़ी सेना छोड़कर आप अपने शिविर में चला गया।

संधि हो गई। सरदार पत्नी ने स्वीकार कर लिया कि दुर्ग सिकंदर के अधीन होगा। सिकंदर ने भी उसी को यहाँ की रानी बनाया और कहा - भारतीय योद्धा जो तुम्हारे यहाँ आए हैं, वे अपने देश को लौटकर चले जाएँ। मैं उनके जाने में किसी प्रकार की बाधा न डालूँगा। सब बातें शपथपूर्वक स्वीकार कर ली गईं।

राजपूत वीर अपने परिवार के साथ उस दुर्ग से निकल पड़े, स्वदेश की ओर चलने के लिए तैयार हुए। दुर्ग के समीप ही एक पहाड़ी पर उन्होंने अपना डेरा जमाया और भोजन करने का प्रबंध करने लगे।

भारतीय रमणियाँ जब अपने प्यारे पुत्रों और पतियों के लिए भोजन प्रस्तुत कर रही थीं, तो उनमें उस अफगान - रमणी के बारे में बहुत बातें हो रही थीं, और वे सब उसे बड़ी घृणा की दृष्टि से देखने लगीं, क्योंकि उसने एक पति के हत्यारे को आत्मसमर्पण कर दिया था। भोजन के उपरांत जब सब सैनिक विराम करने लगे, तब युद्ध की बातें कहकर वे सब अपने चित्त को प्रसन्न करने लगे। थोड़ी देर नहीं बीती थी कि एक ग्रीक अश्वारोही उनके समीप आता दिखाई पड़ा, जिसे देखकर एक राज- पूत युवक उठ खड़ा हुआ और उसकी प्रतीक्षा करने लगा।

ग्रीक सैनिक उसके समीप आकर बोला- शाहँशाह सिकंदर ने तुम लोगों को दया करके अपनी सेना में भरती करने का विचार किया है। आशा है कि इस संवाद से तुम लोग बहुत प्रसन्न होगे।

युवक बोल उठा – इस दया के लिए हम लोग कृतज्ञ हैं, पर अपने भाइयों पर अत्याचार करने में ग्रीकों का साथ देने के लिए हम लोग कभी प्रस्तुत नहीं हैं।

ग्रीक – तुम्हें प्रस्तुत होना चाहिए, क्योंकि यह शाहँशाह सिकंदर की आज्ञा हैं।

युवक – नहीं महाशय, क्षमा कीजिए। हम लोग आशा करते हैं कि संधि के अनुसार हम लोग अपने देश को शांतिपूर्वक लौट जाएँगे, इसमें बाधा न डाली जाएगी।

ग्रीक – क्या तुम लोग इस बात पर दृढ़ हो? एक बार और विचारकर उत्तर दो क्योंकि उसी उत्तर पर तुम लोगों का जीवन-मरण निर्भर होगा।

इस पर कुछ राजपूतों ने समवेत स्वर से कहा – हाँ-हाँ, हम अपनी बात पर दृढ़ हैं, किन्तु सिकंदर, जिसने देवताओं के नाम से शपथ ली है, अपनी शपथ को न भूलेगा।

ग्रीक-सिकंदर ऐसा मूर्ख नहीं है कि आए हुए शत्रुओं को और दृढ़ होने का अवकाश दे। अस्तु, अब तुम लोग मरने के लिए तैयार हो।

इतना कहकर वह ग्रीक अपने घोड़े को घुमाकर सीटी बजाने लगा, जिसे सुनकर अगणित ग्रोक सेना उन थोड़े-से हिंदुओं पर टूट पड़ी।

इतिहास इस बात का साक्षी है कि उन्होंने प्राण-पण से युद्ध किया और जब तक कि उनमें एक भी बचा, बराबर लड़ता गया। क्यों न हो, जब उनकी प्यारी स्त्रियाँ उन्हें अस्त्रहीन देखकर तलवार देती थीं और हँसती हुई अपने प्यारे पतियों को युद्ध-क्रिया देखती थीं। रणचंडियाँ भी अकर्मण्य न रहीं, जीवन देकर अपना धर्म रखा। ग्रीकों की तलवारों ने उनके बच्चों को भी रोने न दिया, क्योंकि पिशाच सैनिकों के हाथ सभी मारे गए।

अज्ञात स्थान में निराश्रय होकर उन सब वीरों ने प्राण दिए। भारतीय लोग उनका नाम भी नहीं जानते!

5

अशोक

पूत-सलिला भागीरथी के तट पर चंद्रालोक में महाराज चक्रवर्ती अशोक टहल रहे हैं। थोड़ी दूर पर एक युवक खड़ा है। सुधाकर की किरणों के साथ नेत्र-ताराओं को मिलाकर स्थिर दृष्टि से महाराज ने कहा –विजयकेतु, क्या यह बात सच है कि जैन लोगों ने हमारे बौद्ध-धर्माचार्य होने का जनसाधारण में प्रवाद फैलाकर उन्हें हमारे विरुद्ध उत्तेजित किया है और पौण्ड्रवर्धन में एक बुद्धमूर्ति तोड़ी गई है?

विजयकेतु – महाराज, क्या आपसे भी कोई झूठ बोलने का साहस कर सकता है?

अशोक – मनुष्य के कल्याण के लिए हमने जितना उद्योग किया, क्या वह सब व्यर्थ हुआ? बौद्धधर्म को हमने क्यों प्रधानता दी? इसीलिए कि शांति फैलेगी, देश में द्वेष का नाम भी न रहेगा, और उसी शांति की छाया में समाज अपने वाणिज्य, शिल्प और विद्या की उन्नति करेगा। पर नहीं, हम देख रहे हैं कि हमारी कामना पूर्ण होने में अभी अनेक बाधाएँ हैं। हमें पहले उन्हें हटाकर मार्ग प्रशस्त करना चाहिए।

विजयकेतु – देव! आपकी क्या आज्ञा है?

अशोक – विजयकेतु, भारत में एक समय वह था, जब कि इसी अशोक के नाम से लोग काँप उठते थे। क्यों? इसीलिए कि वह बड़ा कठोर शासक था। पर वही अशोक जब से बौद्ध कहकर सर्वत्र प्रसिद्ध हुआ है, उसके शासन को लोग कोमल कहकर भूलने लग गए हैं। अस्तु, तुमको चाहिए कि अशोक का आतंक एक बार फिर फैला दो; और यह आज्ञा प्रचारित कर दो कि जो मनुष्य जैनों का साथी होगा, वह अपराधी होगा; और जो एक जैन का सिर काट लाएगा, वह पुरस्कृत किया जाएगा।

विजय केतु – (कांपकर) जो महाराज की आज्ञा!

अशोक जाओ, शीघ्र जाओ।

विजयकेतु चला गया। महाराज अभी वहीं खड़े हैं। नूपुर का कलनाद सुनाई पड़ा। अशोक ने चौंककर देखा, तो बीस-पचीस दासियों के साथ महारानी तिष्यरक्षिता चली आ रही हैं।

अशोक – प्रिये तुम यहाँ कैसे?

तिष्यरक्षिता – प्राणनाथ शरीर से कहीं छाया अलग रह सकती है? बहुत देर हुई, मैंने सुना था कि आप आ रहे हैं; पर बैठे-बैठे जी घबरा गया कि आने में क्यों देर हो रही है। फिर दासी से ज्ञात हुआ कि आप महल के नीचे बहुत देर से टहल रहे हैं। इसीलिए मैं स्वयं आपके दर्शन के लिए चली आई। अब भीतर चलिए!

अशोक – मैं तो आ ही रहा था। अच्छा चलो।

अशोक और तिष्यरक्षिता समीप के सुन्दर प्रासाद की ओर बढ़े। दासियाँ पीछे थीं।

राजकीय कानन में अनेक प्रकार के वृक्ष, सुरभित सुमनों से भरे झूम रहे हैं। कोकिला भी कूक-कूक कर आम की डालों को हिलाए देती है। नव- वसंत का समागम है। मलयानिल इठलाता हुआ कुसुम-कलियों को ठुकराता जा रहा है।

इसी समय कानन निकटस्थ शैल के झरने के पास बैठकर एक युवक जल-लहरियों की तरंग-भंगी देख रहा है। युवक बड़े सरल विलोकन से कृत्रिम जलप्रपात को देख रहा है। उसकी मनोहर लहरियाँ जो बहुत ही जल्दी-जल्दी लीन हो स्रोत में मिलकर सरल पथ का अनुकरण करती है, उसे बहुत ही भली मालूम हो रही हैं। पर युवक को यह नहीं मालूम कि उसकी सरल दृष्टि और सुन्दर अवयव से विवश होकर एक रमणी अपने परम पवित्र पद से च्युत होना चाहती है।

देखो, उस लता-कुंज में, पत्तियों की ओट में, दो नीलमणि के समान कृष्ण- तारा चमककर किसी अदृश्य आश्चर्य का पता बता रहे हैं। नहीं-नहीं, देखो, चंद्रमा में भी कहीं तारे रहते हैं? वह तो किसी सुंदरी के मुख-कमल का आभास है।

युवक अपने आनंद में मग्न है। उसे इसका कुछ भी ध्यान नहीं है कि कोई व्याघ्र उसकी ओर अलक्षित होकर बाण चला रहा है। युवक उठा, और उसी कुंज की ओर चला किसी प्रच्छन्न शक्ति की प्रेरणा से वह उसी लता-कुंज की ओर बढ़ा। किन्तु उसकी दृष्टि यहाँ जब भीतर पड़ी तो वह अवाक हो गया उसके दोनों हाथ आप जुट गए। उसका सिर स्वयं अवनत हो गया।

रमणी स्थिर होकर खड़ी थी। उसके हृदय में उद्वेग और शरीर में कंप था। धीरे-धीरे उसके होंठ हिले और कुछ मधुर शब्द निकले पर वे शब्द स्पष्ट होकर वायुमंडल में

लीन हो गए। युवक का सिर नीचे ही था। फिर युवती ने अपने को संभाला और बोली कुनाल, तुम यहाँ कैसे? अच्छे तो हो?

माताजी की कृपा से - उत्तर में कुनाल ने कहा।

युवती मंद मुस्कान के साथ बोली – मैं तुम्हें देर से यहाँ छिप कर देख रही हूँ। कुनाल – महारानी तिष्यरक्षिता को छिपकर मुझे देखने की क्या आवश्यकता है?

तिष्यरक्षिता – (कुछ कंपित स्वर से) तुम्हारे सौंदर्य से विवश होकर।

कुनाल (विस्मित तथा भयभीत होकर) पुत्र का सौंदर्य तो माता ही का दिया हुआ है।

तिष्यरक्षिता-नहीं कुनाल, मैं तुम्हारी प्रेम-भिखारिन हूँ, राजरानी नहीं हूँ। और न तुम्हारी माता हूँ।

कुनाल (कुंज से बाहर निकलकर) माताजी, मेरा प्रणाम ग्रहण कीजिए, और अपने इस पाप का शीघ्र प्रायश्चित कीजिए। जहाँ तक संभव होगा, अब आप इस पापी-मुख को कभी न देखेंगी।

इतना कहकर शीघ्रता से वह युवक राजकुमार कुनाल, अपनी विमाता की बात सोचता हुआ, उपवन के बाहर निकल गया। पर तिष्यरक्षिता किंकर्तव्यविमूढ़ होकर वहीं तब तक खड़ी रहीं, जब तक किसी दासी के भूषण शब्द ने उसकी मोह- निद्रा को भंग नहीं किया।

श्रीनगर के समीपवर्ती कानन में एक कुटीर के द्वार पर कुनाल बैठा हुआ ध्यानमग्न है। उसकी सुशील पत्नी उसी कुटीर में कुछ भोजन बना रही है।

कुटीर स्वच्छ तथा उसकी भूमि परिष्कृत है। शांति की प्रबलता के कारण पवन भी उसी समय धीरे-धीरे चल रहा है।

किंतु वह शांति देर तक न रही, क्योंकि एक दौड़ता हुआ मृगशावक कुनाल की गोद में जा गिरा, जिससे उसके ध्यान में विघ्न हुआ, और वह खड़ा हो गया। कुनाल ने उस मृग-शावक को देखकर समझा कि कोई व्याघ्र भी इसके पीछे आता हो होगा। पर जब कोई उसे न दिखाई पड़ा, तो उसने उस मृगशावक को अपनी स्त्री 'धर्म- रक्षिता' को देकर कहा –प्रिये! क्या तुम इसको बच्चे की तरह पालोगी?

धर्मरक्षिता-प्राणनाथ, हमारे ऐसे वनचारियों को ऐसे ही बच्चे चाहिए।

कुनाल – प्रिये! तुमको हमारे साथ बहुत कष्ट है।

धर्मरक्षिता – नाथ, इस स्थान पर यदि सुख न मिला, तो मैं समझुँगी कि संसार में भी कहीं सुख नहीं है।

कुनाल – किंतु प्रिये, क्या तुम्हें वे सब राज-मुख याद नहीं आते? क्या उनकी स्मृति तुम्हें नहीं सताती? और क्या तुम अपनी मर्म-वेदना से निकलते हुए आँसुओं को रोक नहीं लेतीं! या वे सचमुच हैं ही नहीं?

धर्मरक्षिता- प्राणधार, कुछ नहीं है। यह सब आपका भ्रम है। मेरा हृदय जितना इस शांत वन में आनंदित है, उतना कहीं भी न रहा। भला ऐसे स्वभावर्षित, सरल-सीधे और सुमन वाले साथी कहाँ मिलते? ऐसी मृदुला लताएँ, जो अनायास ही चरण को चूमती हैं, कहाँ उस जनरव से भरे राजकीय नगर में मिली थीं? नाथ, और सच कहना, (मृग को घूमकर) ऐसा प्यारा शिशु भी तुम्हें आज तक कहीं मिला था? तिस पर भी आपको अपनी विमाता की कृपा से जो दुःख मिलता था, वह भी यहाँ नहीं है। फिर ऐसा सुखमय जीवन और कौन होगा?

कुनाल के नेत्र आँसुओं से भर आए, और वह उठकर टहलने लगे। धर्मरक्षिता भी अपने कार्य में लगी। मधुर पवन भी उस भूमि में उसी प्रकार चलने लगा। कुनाल का हृदय अशांत हो उठा, और वह टहलता हुआ कुछ दूर निकल गया। जब नगर का समीपवर्ती प्रांत उसे दिखाई पड़ा, तब वह रुका और उसी ओर देखने लगा।

पाँचः- छः मनुष्य दौड़ते हुए आ रहे है। जैसे कुनाल के पास पहुँचना ही चाहते थे कि उनके पीछे बीस अश्वारोही दिख पड़े। वे सब-के-सब कुनाल के समीप पहुँचे कुनाल चकित दृष्टि से उन सबको देख रहा था।

आगे दौड़कर आने वालों ने कहा – महाराज, हम लोगों को बचाइए।

कुनाल उन लोगों को पीछे करके आप आगे डटकर खड़ा हो गया। वे अश्वारोही भी उस युवक कुनाल के अपूर्व तेजोमय स्वरूप को देखकर सहमकर, उसी स्थान पर खड़े हो गए। कुनाल ने उन अश्वारोहियों से पूछा- तुम लोग इन्हें क्यों सता रहे हो? क्या इन लोगों ने कोई ऐसा कार्य किया है, जिससे ये लोग न्यायतः दंडभागी समझे गए हैं?

एक अश्वारोही, जो उन लोगों का नायक था, बोला-हम लोग राजकीय सैनिक हैं और राजा की आज्ञा से इन विधर्मी जैनियों का वध करने के लिए आए हैं। पर आप कौन हैं, जो महाराज चक्रवर्ती देवप्रिय अशोकदेव की आज्ञा का विशेष करने पर उद्यत हैं?

कुनाल – चक्रवर्ती अशोक! वह कितना बड़ा राजा है?

नायक – मूर्ख! क्या तू अभी तक महाराज अशोक का पराक्रम नहीं जानता, जिन्होंने अपने प्रचंड दंड के बल से कलिंगविजय किया है? और जिनकी राज्य- सीमा दक्षिण में केरल और मलयगिरि, उत्तर में सिधुकोश-पर्वत, तथा पूर्व और पश्चिम में

किरात देश और पटल हैं जिनकी मैत्री के लिए यवन नृपति लोग उद्योग करते रहते हैं, उन महाराज को तू भलीभांति नहीं जानता?

कुनाल – परंतु इससे भी बड़ा कोई साम्राज्य है, जिसके लिए किसी राज्य की मैत्री की आवश्यकता नहीं है।

नायक – इस विवाद की आवश्यकता नहीं है, हम अपना काम करेंगे।

कुनाल – तो क्या तुम लोग इन अनाथ जीवों पर कुछ दया न करोगे?

इतना कहते-कहते राजकुमार को कुछ क्रोध आ गया, नेत्र लाल हो गए। नायक उस तेजस्वी मूत्ति को देखकर एक बार फिर सहम गया।

कुनाल ने कहा – अच्छा, यदि तुम न मानोगे, तो यहाँ के शासक से जाकर कहो कि राजकुमार कुनाल तुम्हें बुला रहे हैं।

नायक सिर झुकाकर कुछ सोचने लगा। तब उसने अपने एक साथी की ओर देखकर कहा – जाओ, इन बातों को कहकर, दूसरी आज्ञा लेकर जल्द आओ।

अश्वारोही शीघ्रता से नगर की ओर चला। शेष सब लोग उसी स्थान पर खड़े थे।

थोड़ी देर में उसी ओर से दो अश्वारोही जाते हुए दिखाई पड़े। एक तो वहीं था, जो भेजा गया था, और दूसरा उस प्रदेश का शासक था। समीप आते हो वह घोड़े पर से उतर पड़ा और कुनाल का अभिवादन करने के लिए बढ़ा। पर कुनाल ने रोक कर कहा – बस, हो चुका, मैंने आपको इसलिए कष्ट दिया है कि इन निरीह मनुष्यों की हिंसा की जा रही है।

शासक – राजकुमार! आपके पिता की आज्ञा ही ऐसी है, और आपका यह वेश क्या है?

कुनाल – इसे पूछने की कोई आवश्यकता नहीं, पर क्या तुम इन लोगों को मेरे कहने से छोड़ सकते हो?

शासक – (दुःखित होकर) राजकुमार, आपकी आज्ञा हम कैसे टाल सकते हैं, (ठहरकर) पर एक और बड़े दुःख की बात है।

कुनाल – वह क्या?

शासक ने एक पत्र अपने पास से निकालकर कुनाल को दिखलाया। कुनाल उसे पढ़कर चुप रहा, और थोड़ी देर के बाद बोला- तो तुमको इस आज्ञा का पालन अवश्य करना चाहिए।

शासक – पर, यह कैसे हो सकता है? कुनाल – जैसे हो, वह तो तुम्हें करना ही होगा।

शासक – किंतु राजकुमार, आपके इस देव शरीर के दो नेत्र-रत्न निकालने का बल मेरे हाथों में नहीं है। हाँ, मैं अपने इस पद का त्याग कर सकता हूँ।

कुनाल – अच्छा, तो तुम मुझे इन लोगों के साथ महाराज के समीप भेज दो।

शासक ने कहा – जैसी आज्ञा।

पौण्ड्रवर्धन नगर में हाहाकार मचा हुआ है। नगर निवासी प्रायः उद्विग्न हो रहे हैं। पर विशेषकर जैन लोगों ही में खलबली मची हुई है। जैन रमणियाँ, जिन्होंने कभी घर के बाहर पैर भी नहीं रखा था, छोटे शिशुओं को लिए हुए भाग रही है। पर जाएँ कहाँ? जिधर देखती हैं, उधर ही सशस्त्र उन्मत्त काल बौद्ध लोग उन्मत्तों की तरह दिखाई पड़ते हैं। देखो, वह स्त्री, जिसके केश परिश्रम से खुल गए हैं - गोद का शिशु अलग मचलकर रो रहा है, थककर एक वृक्ष के नीचे बैठ गई है; अरे देखो! दुष्ट निर्दय वहाँ भी पहुँच गए और उस स्त्री को सताने लगे।

युवती ने हाथ जोड़कर कहा –आप लोग दुःख मत दीजिए। फिर उसने एक- एक करके अपने सब आभूषण उतार दिए और वे दुष्ट उन सब अलंकारों को लेकर भाग गए। इधर वह स्त्री निद्रा से क्लांत होकर उसी वृक्ष के नीचे सो गई।

उधर देखिए, वह एक रथ चला जा रहा है, और उसके पर्दे हटाकर बता रहे है कि उसमें स्त्री और पुरुष तीन-चार बैठे हैं। पर सारी उस ऊँची-नीची पथरीली भूमि मैं भी उन लोगों की ओर बिना ध्यान दिए रम शीघ्रता से लिए जा रहा है। सूर्य की किरण पश्चिम में पीली हो गई हैं। चारों और उस पथ में शांति है केवल उसी रथ का शब्द सुनाई पड़ता है, जो अभी उत्तर की ओर चला जा रहा है।

थोड़ी ही देर में वह रथ सरोवर के समीप पहुँचा और रथ के घोड़े हाँफते हुए थककर खड़े हो गए। अब सारथी भी कुछ न कर सका और उसको रथ के नीचे उतरना पड़ा।

रथ को रुका जानकर भीतर से एक पुरुष निकला और उसने सारथी से पूछा- क्यों, तुमने रथ क्यों रोक दिया?

सारथी – अब घोड़े नहीं चल सकते।

पुरुष – तब तो फिर बड़ी विपत्ति का सामना करना होगा; क्योंकि पीछा करने वाले उन्मत्त सैनिक आ ही पहुँचेंगे।

सारथी – तब क्या किया जाए? (सोचकर) अच्छा, आप लोग इस समीप की कुटी में चलिए, यहाँ कोई महात्मा है, वह अवश्य आप लोगों को आश्रय देंगे।

पुरुष ने कुछ सोचकर सब आरोहियों को रथ पर से उतारा, और वे सब लोग उसी कुटी की ओर अग्रसर हुए।

कुटी के बाहर एक पत्थर पर अधेड़ मनुष्य बैठा हुआ है। उसका परिधेय वस्त्र भिक्षुओं के समान है। रथ पर के लोग उसी के सामने जाकर खड़े हुए। उन्हें देखकर वह महात्मा बोले –आप लोग कौन हैं और क्यों आए हैं?

उसी पुरुष ने आगे बढ़कर, हाथ जोड़कर कहा – महात्मन्, हम लोग जैन हैं और महाराज अशोक की आज्ञा से जैन लोगों का सर्वनाश किया जा रहा है। अतः हम लोग प्राण के भय से भाग कर अन्यत्र जा रहे हैं। पर मार्ग में घोड़े थक गए, अब ये इस समय चल नहीं सकते। क्या आप थोड़ी देर तक हम लोगों को आश्रय दीजिएगा?

महात्मा थोड़ी देर सोचकर बोले – अच्छा, आप लोग इसी कुटी में चले जाइए।

स्त्री-पुरुषों ने आश्रय पाया।

अभी उन लोगों को बैठे थोड़ी ही देर हुई है कि अकस्मात् अश्व-पद-शब्द ने सबको चकित और भयभीत कर दिया। देखते-देखते दस अश्वारोही उस कुटी के सामने पहुँच गए। उनमें से एक महात्मा की ओर लक्ष्य करके बोला- ओ भिक्षु, क्या तूने अपने यहाँ भागे हुए जैन विधर्मियों को आश्रय दिया है? समझ रख, तू हम लोगों से बहाना नहीं कर सकता, क्योंकि उनका रथ इस बात का ठीक पता दे रहा है।

महात्मा – सैनिकों, तुम उन्हें लेकर क्या करोगे? मैंने अवश्य उन दुखियों को आश्रय दिया है। क्यों व्यर्थ नर-रक्त से अपने हाथों को रंजित करते हो?

सैनिक अपने साथियों की ओर देखकर बोला- यह दुष्ट भी जैन ही है, ऊपरी बौद्ध बना हुआ है; इसे भी मारो।

'इसे भी मारो' का शब्द गूंज उठा, और देखते-देखते उस महात्मा का सिर भूमि में लोटने लगा।

इस कांड को देखते ही कुटी के स्त्री-पुरुष चिल्ला उठे। उन नर-पिशाचों ने एक को भी न छोड़ा! सबकी हत्या की।

अब सब सैनिक घन खोजने लगे। मृत स्त्री-पुरुषों के आभूषण उतारे जाने लगे। एक सैनिक, जो उस महात्मा की ओर झुका था, चिल्ला उठा। सबका ध्यान उसी ओर आकर्षित हुआ। सब सैनिकों ने देखा, उसके हाथ में एक अंगूठी है, जिस पर लिखा है 'वीताशोक'!

महाराज अशोक के भाई, जिनका पता नहीं लगता था, वही 'वीताशोक' मारे गए! चारों ओर उपद्रव शांत है। पौण्ड्रवर्धन नगर प्रशांत समुद्र की तरह हो गया है।

महाराज अशोक पाटलिपुत्र के साम्राज्य सिंहासन पर विचारपति होकर बैठे हैं। राजसभा की शोभा तो कहते नहीं बनती। सुवर्ण-रचित बेल-बूटों की कारीगरी से, जिनमें मणि-माणिक्य स्थानानुकूल बिठाए गए हैं – मौर्य- सिहासन मंदिर भारतवर्ष का वैभव दिखा रहा है, जिसे देखकर पारसीक सम्राट् 'दारा' के सिंहासन-मंदिर को ग्रीक लोग तुच्छ दृष्टि से देखते थे।

धर्माधिकारी, प्राड्विवाक, महामात्य, धर्म महामात्य रज्जुक, और सेनापति, सब अपने-अपने स्थान पर स्थित हैं। राजकीय तेज का सन्नाटा सबको मौन किए है।

देखते-देखते एक स्त्री और एक पुरुष उस सभा में आए सभास्थित सब लोगों की दृष्टि को पुरुष के अवनत तथा बड़े-बड़े नेत्रों ने आकर्षित कर लिया। किंतु सब नीरव हैं। युवक और युवती ने मस्तक झुकाकर महाराजा को अभिवादन किया।

स्वयं महाराजा ने पूछा – तुम्हारा नाम?

उत्तर – कुनाल

प्रश्न – पिता का नाम?

उत्तर – महाराज चक्रवर्ती धर्माशोक।

सब लोग उत्कंठा और विस्मय से देखने लगे कि अब क्या होता है, पर महाराज का मुख कुछ भी विकृत न हुआ, प्रत्युत और भी गंभीर स्वर से प्रश्न करने लगे-

प्रश्न – तुमने कोई अपराध किया है?

उत्तर – अपनी समझ से तो मैंने अपराध से बचने का उद्यम किया था।

प्रश्न – फिर तुम किस तरह अपराधी बनाए गए?

उत्तर – तक्षशिला के महासामंत से पूछिए।

महाराज की आज्ञा होते ही शासक ने अभिवादन के उपरांत एक पत्र उपस्थित किया, जो अशोक के हाथ में पहुँचा।

महाराज ने क्षण-भर में महामात्य से फिरकर पूछा – यह आज्ञा-पत्र कौन ले गया था, उसे बुलाया जाए।

पत्रवाहक भी आया और कंपित स्वर से अभिवादन करते हुए बोला-धर्मावतार, यह पत्र मुझे महादेवी तिष्यरक्षिता के महल से मिला था, और आज्ञा हुई थी कि इसे शीघ्र तक्षशिला के शासक के पास पहुँचाओ।

महाराज ने शासक की ओर देखा। उसने हाथ जोड़कर कहा – महाराज, यही आज्ञा-पत्र लेकर गया था।

महाराज ने गंभीर होकर अमात्य से कहा – तिष्यरक्षिता को बुलाओ।

महामात्य ने कुछ बोलने की चेष्टा की, किंतु महाराज के भृकुटिभंग ने उन्हें बोलने से निरस्त किया; अब वह स्वयं उठे और चले।

महादेवी तिष्यरक्षिता राजसभा में उपस्थित हुईं। अशोक ने गंभीर स्वर से पूछा –यह तुम्हारी लेखनी से लिखा गया है? क्या उस दिन तुमने इसी कुकर्म के लिए राजमुद्रा छिपा ली थी? क्या कुनाल के बड़े-बड़े सुंदर नेत्रों ने ही तुम्हें अपने निकलवाने की आज्ञा देने के लिए विवश किया था? अवश्य तुम्हारा ही यह कुकर्म है। अस्तु, तुम्हारी ऐसी स्त्री को पृथ्वी के ऊपर नहीं, किंतु भीतर रहना चाहिए।

सब लोग काँप उठे कुनाल ने आगे बढ़ घुटने टेक दिए और कहा – क्षमा।

अशोक ने गंभीर स्वर से कहा – नहीं।

तिष्यरक्षिता उन्हीं पुरुषों के साथ गयी, जो लोग उसे जीवित समाधि देनेवाले थे। महामात्य ने राजकुमार कुनाल को आसन पर बैठाया और धर्मरक्षिता महल में गई।

महामात्य ने एक पत्र और अंगूठी महाराज को दी। यह पौण्ड्रवर्धन के शासक का पत्र तथा वीताशोक की अंगूठी थी।

पत्र-पाठ करके और मुद्रा को देखकर वही कठोर अशोक विह्वल हो गए, और अवसन होकर सिंहासन पर गिर पड़े।

उसी दिन से कठोर अशोक ने हत्या की आज्ञा बंद कर दी, स्थान-स्थान पर जीवहिंसा न करने की आज्ञा पत्थरों पर खुदवा दी गई।

कुछ ही काल के बाद महाराज अशोक ने उद्विग्न चित्त को शांत करने के लिए भगवान् बुद्ध के प्रसिद्ध स्थानों को देखने के लिए धर्म यात्रा की।

6

जहाँनारा

यमुना के किनारेवाले शाही महल में एक भयानक सन्नाटा छाया हुआ है, केवल बार-बार तोपों की गड़गड़ाहट और अस्त्रों की झनकार सुनाई दे रही है। वृद शाहजहाँ मसनद के सहारे लेटा हुआ है, और एक दासी कुछ दवा का पात्र लिए हुए खड़ी है। शाहजहाँ अन्यमनस्क होकर कुछ सोच रहा है, तोपों की आवाज से कभी-कभी चौंक पड़ता है। अकस्मात् उसके मुख से निकल पड़ा नहीं नहीं, क्या वह ऐसा करेगा, क्या हमको तख्त-ताऊस से निराश हो जाना चाहिए?

हाँ, अवश्य निराश हो जाना चाहिए।

शाहजहाँ ने सिर उठाकर कहा – कौन? जहाँनारा? क्या यह तुम सच कहती हो?

जहाँनारा – (समीप आकर) हाँ, जहाँपनाह! यह ठीक है; क्योंकि आपका अकर्मण्य पुत्र 'दारा' भाग गया, और नमक हराम 'दिलेर खाँ' क्रूर औरंगजेब से मिल गया, और किला उसके अधिकार में हो गया।

शाहजहाँ – लेकिन जहाँनारा! क्या औरंगजेब क्रूर है? क्या वह अपने बूढ़ेबाप की कुछ इज्जत न करेगा? क्या वह मेरे जीते ही तख्त ताऊस पर बैठेगा?

जहाँनारा – (जिसकी आँखों में अभिमान का अश्रुजल भरा था) जहाँपनाह! आपके इसी पुत्रवात्सल्य ने आपकी यह अवस्था की। औरंगजेब एक नारकीय पिशाच है; उसका किया क्या नहीं हो सकता, एक भले कार्य को छोड़कर।

शाहजहाँ – नहीं जहाँनारा! ऐसा मत कहो।

जहाँनारा – हाँ जहाँपनाह! मैं ऐसा ही कहती हूँ।

शाहजहाँ – ऐसा? तो क्या जहाँनारा इस बदन में मुगल-रक्त नहीं है? क्या तू मेरी कुछ भी मदद कर सकती है?

जहाँनारा – जहाँपनाह की जो आज्ञा हो।

शाहजहाँ – तो मेरी तलवार मेरे हाथ में दे। जब तक वह मेरे हाथ में रहेगी, कोई भी तख्त-ताऊस मुझसे न छुड़ा सकेगा।

जहाँनारा आवेश के साथ – 'हाँ, जहाँपनाह! ऐसा ही होगा' कहती हुई वृद्ध शाहजहाँ की तलवार उसके हाथ में देकर खड़ी हो गई। शाहजहाँ उठा और लड़-खड़ाकर गिरने लगा, शाहजादी जहाँनारा ने बादशाह को पकड़ लिया, और तख्त-ताऊस के कमरे की ओर ले चली।

तख्त-ताऊस पर वृद्ध शाहजहाँ बैठा है, और नकाब डाले जहाँनारा पास ही बैठी हुई है, और कुछ सरदार जो उस समय वहाँ थे- खड़े हैं; नकीब भी खड़ी है। शाहजहाँ के इशारा करते ही उसने अपने चिरभ्यस्त शब्द कहने के लिए मुँह खोला। अभी पहला ही शब्द उसके मुँह से निकला था कि उसका सिर छटककर दूर जा गिरा! सब चकित होकर देखने लगे।

जिरहबांतर से लदा हुआ औरंगजेब अपनी तलवार को रुमालसे पोंछता हुआ सामने खड़ा हो गया, और सलाम करके बोला- हुजूर की तबीयत नासाज सुनकर मुझसे न रहा गया; इसलिए हाजिर हुआ।

शाहजहाँ (काँपकर) लेकिन बेटा! इतनी खूँरेजी की क्या जरूरत थी ? अभी-अभी वह देखो, बुड्ढे नकीब की लाश लोट रही है। उफ़ मुझसे यह नहीं देखा जाता! (काँपकर) क्या बेटा, मुझे भी (इतना कहते-कहते बेहोश होकर तख्त से झूक गया)।

औरंगजेब – (कड़ककर अपने साथियों से) हटाओ उस नापाक लाश को!

जहाँनारा से अब न रहा गया और दौड़कर सुगन्धित जल वृद्ध पिता के मुख पर छिड़कने लगी।

औरंगजेब – (उधर देखकर) है। यह कौन है, जो मेरे बाप को पकडे हुए है ? (शाहजहाँ के मुसाहिबों से) तुम सब बड़े नामाकूल हो; देखते नहीं, हमारे प्यारे बाप की क्या हालत है, और उन्हें अभी भी पलंग पर नहीं लिटाया। (औरंगजेब के साथ-साथ सब तख्त की ओर बढ़े)।

जहाँनारा उन्हें यों बढ़ते देखकर फुरती से कटार निकालकर और हाथ में शाही मुहर किया हुआ कागज निकालकर खड़ी हो गई और बोली – देखो, इस परवाने के मुहर मुताबिक में तुम लोगों को हुक्म देती हूँ कि अपनी-अपनी जगह पर खड़े रहो, जब तक मैं दूसरा हुक्म न दूँ।

सब उसी कागज की ओर देखने लगे। उसमें लिखा था- इस शख्स का सब लोग हुक्म मानो और मेरी तरह इज्जत करो।

सब उसकी अभ्यर्थना के लिए झुक गए, स्वयं औरंगजेब भी झुक गया और कई क्षण तक सब निस्तब्ध थे।

अकस्मात् औरंगजेब तनकर खड़ा हो गया और कड़ककर बोला- गिरफ्तार कर लो इस जादूगरनी को। यह सब झूठा फिसाद है, हम सिवा शाहँशाह के और किसी को नहीं मानेंगे।

सब लोग उस औरत की ओर बढ़े। जब उसने यह देखा, तब फौरन अपना नकाब उलट दिया। सब लोगों ने सिर झुका दिया, और पीछे हट गए। औरंगजेब ने एक बार फिर सिर नीचे कर लिया, और कुछ बड़बड़ा कर जोर से बोला-कौन, जहाँनारा, तुम यहाँ कैसे?

जहाँनारा – औरंगजेब! तुम यहाँ कैसे?

औरंगजेब – (पलटकर अपने लड़के की तरफ देखकर) बेटा! मालूम होता है कि बादशाह बेगम का कुछ दिमाग बिगड़ गया है, नहीं तो इस बेशर्मी के साथ इस जगह पर न आतीं। तुम्हें इनकी हिफाजत करनी चाहिए।

जहाँनारा – और औरंगजेब के दिमाग को क्या हुआ है, जो वह अपने बाप के साथ बेअदबी से पेश आया... अभी इतना उसके मुँह से निकला ही था कि शाहजादे ने फुरती से उसके हाथ से कटार निकाल लिया और कहा – मैं अदब के साथ कहता हूँ कि आप महल में चलें, नहीं तो...

जहाँनारा से यह देखकर न रहा गया। रमणी-सुलभ वीर्य और अस्त्र, क्रंदन और अर्थ का प्रयोग उसने किया और गिड़गिड़ाकर औरंगजेब से बोली- क्यों औरंगजेब! तुमको कुछ भी दया नहीं है?

औरंगजेब ने कहा – दया क्यों नहीं है बादशाह बेगम! दारा जैसे तुम्हारा भाई था, वैसा ही मैं भी तो भाई ही था फिर तरफदारी क्यों?

जहाँनारा – वह तो बाप का तख्त नहीं लेना चाहता था, उनके हुक्म से सल्तनत का काम चलाता था।

औरंगजेब – तो क्या में वह काम नहीं कर सकता? अच्छा, बहस की जरूरत नहीं है। बेगम को चाहिए कि यह महल में जाएँ। जहाँनारा कातर दृष्टि से वृद्ध मूच्छित पिता को देखती हुई शाहजादे की बताई राह से जाने लगी।

यमुना के किनारे एक महल में शाहजहाँ पलंग पर पड़ा है, और जहाँनारा उसके सिरहाने बैठी हुई है।

जहाँनारा से जब औरंगजेब ने पूछा कि वह कहाँ रहना चाहती है, तब उसने केवल अपने वृद्ध और अभागे पिता के साथ रहना स्वीकार किया, और अब वह साधारण दासी के वेश में अपना जीवन अभागे पिता की सेवा में व्यतीत करती है।

वह भड़कदार शाही पेशवा अब उसके बदन पर नहीं दिखायी पड़ती, केवल सादे वस्त्र ही उसके प्रशांत मुख की शोभा बढ़ाते हैं। चारों ओर उस शाही महल में एक शांति दिखलाई पड़ती है। जहाँनारा ने, जो कुछ उसके पास थे, सब सामान गरीबों को बाँट दिए; और अपने निजी बहुमूल्य अलंकार भी उसने पहनना छोड़ दिया। अब वह एक तपस्विनी ऋषिकन्या सी हो गई! बात-बात पर दासियों पर वह झिड़की उसमें नहीं रही। केवल आवश्यक वस्तुओं से अधिक उसके रहने के स्थान पर और कुछ नहीं है।

वृद्धा ने लेटे-लेटे आँख खोलकर कहा – बेटी, अब दवा की कोई जरूरत नहीं है, यादे- खुदा ही दवा है। अब तुम इसके लिए मत कोशिश करना।

जहाँनारा ने रोकर कहा – पिता, जब तक शरीर है, तब तक उसकी रक्षा करनी ही चाहिए।

शाहजहाँ कुछ न बोलकर चुपचाप पड़े रहे। थोड़ी देर तक जहाँनारा बैठी रही; फिर उठी और दवा की शीशियाँ यमुना के जल में फेंक दीं।

थोड़ी देर तक वहीं बैठी-बैठी वह यमुना का मंद प्रवाह देखती रही। सोचती थी कि यमुना का प्रवाह वैसा ही है, मुगल साम्राज्य भी तो वैसा ही है; वह शाहजहाँ भी तो जीवित है, लेकिन तख्त- ताऊस पर तो वह नहीं बैठते।

इसी सोच-विचार में वह तब तक बैठी थी, जब तक चंद्रमा की किरणें उसके मुख पर नहीं पड़ीं।

शाहजादी जहाँनारा तपस्विनी हो गई है। उसके हृदय में वह स्वाभाविक तेज अब नहीं है, किंतु एक स्वर्गीय तेज से वह कांतिमयी थी। उसकी उदारता पहले से भी बढ़ गई। दीन और दुखी के साथ उसकी ऐसी सहानुभूति थी कि लोग 'मूर्तिमयी करुणा' मानते थे। उसकी इस चाल से पाषाण हृदय औरंगजेब भी विचलित हुआ। उसकी स्वतंत्रता जो उससे छीन ली गई थी, उसे फिर मिली। पर अब स्वतंत्रता का उपभोग करने के लिए अवकाश हो कहाँ था? पिता की सेवा और दुखियों के प्रति सहानुभूति करने से उसे समय ही नहीं था। जिसकी सेवा के लिए सैकड़ों दासियाँ हाथ बांधकर ख़ड़ी रहती थीं, वह स्वयं दासी की तरह अपने पिता की सेवा करती हुई अपना जीवन व्यतीत करने लगी। वृद्ध शाहजहाँ के इंगित करने पर उन्हें उठाकर बैठाती और सहारा देकर कभी-कभी यमुना के तट तक ले जाती और उनका मनोरंजन करती हुई छाया-सी बनी रहती।

वृद्ध शाहजहाँ ने इहलोक की लीला पूरी की। अब जहाँनारा को संसार में कोई काम नहीं है। केवल इधर-उधर उसी महल में घूमना भी अच्छा नहीं मालूम होता। उसकी पूर्व स्मृति और भी उसे सताने लगी। धीरे-धीरे वह बहुत क्षीण हो गई। बीमार पड़ी। पर, दवा कभी न पी। धीरे-धीरे उसकी बीमारी बहुत बढ़ी और उसकी दशा बहुत खराब हो गई, तब औरंगजेब ने सुना। अब उससे भी सहन हो सका। वह जहाँनारा को देखने के लिए गया।

एक पुराने पलंग पर, जीर्ण बिछोने पर, जहाँनारा पड़ी थी और केवल एक धीमी साँस चल रही थी। औरंगजेब ने देखा कि वह जहाँनारा है, जिसके लिए भारतवर्ष की कोई वस्तु अलभ्य नहीं थी, जिसके बीमार पड़ने पर शाहजहाँ भी व्यग्र हो जाता था और सैकड़ों हकीम उसे आरोग्य करने के लिए प्रस्तुत रहते थे। वह इस तरह एक कोने में पड़ी है!

पाषाण भी पिघला, औरंगजेब की आँखें आँसू से भर आयीं और वह घुटने के बल बैठ गया। समीप मुँह ले जाकर बोला- बहिन, कुछ हमारे लिए हुक्म है?

जहाँनारा ने अपनी आँखें खोल दीं और एक पुरजा उसके हाथ में दिया, जिसे झुककर औरंगजेब ने लिया। फिर पूछा-बहिन, क्या तुम हमें माफ करोगी?

जहाँनारा ने खुली हुई आँखों को आकाश की ओर उठा दिया। उस समय उनमें से एक स्वर्गीय ज्योति निकल रही थी और वह वैसे ही देखती रह गई। औरंगजेब उठा और उसने आँसू पोंछते हुए पुरजे को पढ़ा। उसमें लिखा था –

बगैर सब्ज: न पोशद कसे मँजार मरा।

कि क़ब्रपोश गरीबा हमीं गयाह बसस्त ॥

भावार्थ: मुझ गरीब क़ब्र को हिरयाली की चादर (क़ब्रपोश) ही नसीब होनी है।

7

मदन - मृणालिनी

विजयदशमी का त्योहार समीप है, बालक लोग नित्य रामलीला होने से आनंद में मग्न हैं।

हाथ में धनुष और तीर लिए हुए एक छोटा-सा बालक रामचंद्र बनने की तैयारी में लगा हुआ है। चौदह वर्ष का बालक बहुत ही सरल और सुंदर है।

खेलते-खेलते बालक को भोजन की याद आई। फिर कहाँ का राम बनना और कहाँ की रामलीला। चट धनुष फेंककर दौड़ता हुआ माता के पास जा पहुँचा और उस ममता मोहमयी माता के गले से लिपटकर –मां! खाने को दे, माँ! खाने को दे- कहता हुआ जननी के चित्त को आनंदित करने लगा।

जननी बालक का मचलना देखकर प्रसन्न हो रही थी और थोड़ी देर तक बैठी रहकर और भी मचलना देखा चाहती थी। उसके यहाँ एक पड़ोसिन बैठी थी, अतएव वह एकाएक उठकर बालक को भोजन देने में असमर्थ थी। सहज ही असंतुष्ट हो जाने वाली पड़ोस की स्त्रियों का सहज क्रोधमय स्वभाव किसी से छिपा न होगा। यदि वह तत्काल उठकर चली जाती, तो पड़ोसिन क्रुद्ध होती। अतः वह उठकर बालक को भोजन देने में आनाकानी करने लगी। बालक का मचलना और भी बढ़ चला। धीरे-धीरे यह पोषित हो गया, दौड़कर अपनी कमान उठा लाया; तीर चढ़ाकर पड़ोसिन को लक्ष्य किया और कहा – तू यहाँ से जा, नहीं तो मैं मारता हूँ।

दोनों स्त्रियों केवल हँसकर उसको मना करती रहीं। अकस्मात वह तीर बालक के हाथ से छूट पड़ा और पड़ोसिन की गर्दन में कुछ धँस गया! अब क्या था, वह अर्जुन और अश्वत्थामा का पाशुपतास्त्र हो गया। बालक की माँ बहुत घबरा गई, उसने अपने हाथ से तीर निकाला, उसके रक्त को धोया, बहुत कुछ ढाढ़स दिया। किंतु घायल स्त्री का चिल्लाना- कराहना सहज में थमने वाला नहीं था।

बालक की माँ विधवा थी, कोई उसका रक्षक न था। जब उसका पति जीता था, तब तक उसका संसार अच्छी तरह चलता था; अब जो कुछ पूँजी बच रही थी, उसी में

वह अपना समय बिताती थी। ज्यों-त्यों करके उसने चिर-संरक्षित धन में से पचीस रुपए उस घायल स्त्री को दिए।

वह स्त्री किसी से यह बात न कहने का वादा करके अपने घर गई। परंतु बालक का पता नहीं, वह डर के मारे घर से निकल किस ओर भाग गया।

'माता ने समझा कि पुत्र कहाँ डर से छिपा होगा, शाम तक आ जाएगा। धीरे-धीरे संध्या-पर-संध्या, सप्ताह पर सप्ताह, मास-पर-मास, बीतने लगे; परंतु बालक का कहीं पता नहीं। शोक से माता का हृदय जर्जर हो गया, वह चारपाई पर लग गई। चारपाई ने भी उसका ऐसा अनुराग देखकर उसे अपना लिया, और फिर वह उस पर से न उठ सकी। बालक को अब कौन पूछने वाला है!

कलकत्ता महानगरी के विशाल भवनों तथा राजमार्गों को आश्चर्य से देखता हुआ एक बालक एक सुसज्जित भवन के सामने खड़ा है। महीनों कष्ट झेलता, राह चलता, थकता हुआ बालक यहाँ पहुँचा है।

बालक थोड़ी देर तक यही सोचता था कि अब मैं क्या करू, किससे अपने कष्ट की कथा कहूँ। इतने में वहाँ धोती-कमीज पहने हुए एक सभ्य बंगाली महाशय का आगमन हुआ।

उस बालक की चौड़ी हड्डी, सुडौल बदन और सुंदर चेहरा देखकर बंगाली महाशय रुक गए और उसे एक विदेशी समझकर पूछने लगे-

तुम्हारा मकान कहाँ है?

ब... में।

तुम यहाँ कैसे आए?

भागकर।

नौकरी करोगे?

हाँ।

अच्छा, हमारे साथ चलो।

बालक ने सोचा कि सिवा काम के और क्या करना है, तो फिर इनके साथ ही उचित है। कहा – अच्छा, चलिए।

बंगाली महाशय उस बालक को घुमाते-फिराते एक मकान के द्वार पर पहुँचे। दरबान ने उठकर सलाम किया। वह बालक सहित एक कमरे में पहुँचे, जहाँ एक नवयुवक बैठा हुआ कुछ लिख रहा था, सामने बहुत से कागज इधर-उधर बिखरे पड़े थे।

युवक ने बालक को देखकर पूछा- बाबूजी, यह बालक कौन है?

यह नौकरी करेगा, तुमको एक आदमी की जरूरत थी ही, सो इसको हम लिवा लाए हैं, अपने साथ रक्खो – बाबूजी यह कहकर घर के दूसरे भाग में चले गए थे।

युवक के कहने पर बालक भी अचकचाता हुआ बैठ गया। उनमें इस तरह बातें होने लगी –

युवक क्यों जी, तुम्हारा नाम क्या है?

बालक – (कुछ सोचकर) मदन।

युवक नाम तो बड़ा अच्छा है। अच्छा, कहो, तुम क्या खाओगे? रसोई बनाना जानते हो?

बालक रसोई बनाना तो नहीं जानते। हाँ, कच्ची-पक्की जैसी हो, बनाकर खा लेते है, किंतु...

अच्छा, संकोच करने की कोई जरूरत नहीं है-इतना कहकर युवक ने पुकारा- कोई है?

एक नौकर दौड़कर आया –हुजूर, क्या हुक्म है?

युवक ने कहा –इनको भोजन कराने के लिए ले जाओ।

भोजन के उपरांत बालक युवक के पास आया। युवक ने एक घर दिखाकर कहा कि उस सामने की कोठरी में सो जाना और उसे अपने रहने का स्थान समझना।

युवक की आज्ञा के अनुसार बालक उस कोठरी में गया, देखा तो एक साधारण-सी चौकी पड़ी है; एक घड़े में जल, लोटा और गिलास भी रखा हुआ है। वह चुपचाप चौकी पर लेट गया।

लेटने पर उसे बहुत-सी बातें याद आने लगीं, एक-एक करके उसे भावना के जाल में फँसाने लगी। बाल्यावस्था के साथी, उनके साथ खेल-कूद, राम-रावण की लड़ाई, फिर उस विजया-दशमी के दिन की घटना, पड़ोसिन के अंग में तीर का धँस जाना, माता की व्याकुलता, और मार्ग के कष्ट को सोचते-सोचते उस भयातुर बालक की विचित्र दशा हो गई!

मनुष्य की मिमियाई निकालने वाली द्वीप-निवासिनी जातियों की भयानक कहानियाँ, जिन्हें उसने बचपन में माता की गोद में पड़े-पड़े सुना था, उसे और भी डराने लगीं अकस्मात् उसके मस्तिष्क को उद्वेग से भर देने वाली यह बात भी समा गई कि ये लोग तो मुझे नौकर बनाने के लिए अपने यहाँ लाए थे, फिर इतने आराम से क्यों रखा है? हो -न -हो, वही टापूवाली बात है। बस, फिर कहाँ की नींद और कहाँ का सुख, करवटें बदलने लगा! मन में यही सोचता था कि यहाँ से किसी तरह भाग चलो।

परंतु निद्रा भी कैसी प्यारी वस्तु है! घोर दुःख के समय भी मनुष्य को यही सुख देती है। सब बातों से व्याकुल होने पर भी वह कुछ देर के लिए सो गया।1 मदन उसी घर में रहने लगा। अब उसे उतनी घबराहट नहीं मालूम होती। अब वह निर्भय सा हो गया है। किंतु अभी तक यह बात कभी-कभी उसे उधेड़-बुन में लगा देती है कि ये लोग मुझसे इतना अच्छा बर्ताव क्यों करते हैं और क्यों इतना सुख देते हैं। पर इन सब बातों को वह उस समय भूल जाता है, जब 'मृणालिनी' उसकी रसोई बनवाने लगती है – देखो, रोटी जलती है, उसे उलट दो, दाल भी चला दो- इत्यादि बातें जब मृणालिनी के कोमल कंठ से वीणा की झंकार के समान सुनाई देती है, तब वह अपना दुःख - माता का विचार - सब भूल जाता है।

मदन है तो अबोध किंतु संयुक्त प्रांतवासी होने के कारण स्पृश्यास्पृश्य का उसे बहुत ही ध्यान रहता है। वह दूसरे का बनाया भोजन नहीं करता। अतएव मृणालिनी आकर उसे बताती है और भोजन के समय हवा भी करती है।

मृणालिनी गृहस्वामी की कन्या है। वह देवबाला-सी जान पड़ती है। बड़ी-बड़ी आँखें, उज्ज्वल कपोल, मनोहर अंगभंगी, गुल्फविलंबित केश-कलाप उसे और भी सुंदरी बनने में सहायता दे रहे हैं। अवस्था तेरह वर्ष की है; किन्तु वह बहुत गंभीर है।

नित्य साथ होने से दोनों में अपूर्व भाव का उदय हुआ है। बालक का मुख जब आग की आँच से लाल तथा आँखें घुएँ के कारण आँसुओं से भर जाती हैं, तब बालिका आँखों में आँसू भर कर रोष-पूर्वक पंखी फेंककर कहती है-लो जी इससे काम लो, क्यों व्यर्थ परिश्रम करते हो? इतने दिन तुम्हें रसोई बनाते हुए हो गए है, मगर बनाना न आया!

तब मदन आँच लगने के सारे दुःख को भूल जाता है-तब उसकी तृष्णा और बढ़ जाती है; भोजन रहने पर भी भूख सताती है। और, सताया जाकर भी वह हँसने लगता है। मन-ही-मन सोचता, मृणालिनी! तुम बंग-महिला क्यों हुई?

मदन के मन में यह बात क्यों उत्पन्न हुई? दोनों सुंदर थे, दोनों ही किशोर थे, दोनों संसार से अनभिज्ञ थे, दोनों के हृदय में रक्त था- उच्छ्‌ वास था- आवेग था- विकास था, दोनों के हृदय में किसी अपूर्व चंद्र का मधुर-उज्ज्वल प्रकाश पड़ता था, दोनों के हृदय कानन में नंदन-पारिजात खिला था!

जिस परिवार में बालक मदन पलता था, उसके मालिक हैं अमरनाथ बनर्जी। आपके नवयुवक पुत्र का नाम है किशोरनाथ बनर्जी, कन्या का नाम मृणालिनी और गृहिणी का नाम हीरामणि है। बम्बई और कलकत्ता, दोनों स्थानों में, आपकी दुकानें थीं, जिनमें बाहरी चीजों का क्रय-विक्रय होता था; विशेष काम मोती का था। आपका

आफिस सीलोन में था; वहाँ से मोती की खरीद होती थी। आपकी कुछ जमीन भी वहाँ थी। उससे आपकी बड़ी आय थी। आप प्रायः अपनी बम्बई की दूकान में और आपका परिवार कलकत्ते में रहता था। घन अपार था, किसी चीज की कमी न थी। तो भी आप एक प्रकार से चिंतित थे!

संसार में कौन चिंताग्रस्त नहीं है? पशु-पक्षी, कीट-पतंग, चेतन और अचेतन, सभी को किसी प्रकार की चिता है। जो योगी है, उन्होंने सब कुछ त्याग दिया है, संसार जिनके वास्ते असार है, उन्होंने भी स्वीकार किया है। यदि वे आत्मचिंतन न करें तो उन्हें योगी कौन कहेगा?

किंतु बनर्जी महाशय की चिंता का कारण क्या है? सो पति-पत्नी की इस बातचीत से ही विदित हो जाएगा –

अमरनाथ – किशोर तो क्वाँरा ही रहना चाहता है। अभी तक उसकी शादी कहीं पक्की नहीं हुई।

हीरामणि – सीलोन में आपके व्यापार करने तथा रहने से समाज आपको दूसरी ही दृष्टि से देख रहा है।

अमरनाथ – ऐसे समाज की मुझे कुछ परवाह नहीं है। मैं तो केवल लड़की और लड़के का ब्याह अपनी जाति में करना चाहता था। क्या टापुओं में जाकर लोग पहले बनिज नहीं करते थे? मैंने कोई अन्य धर्म तो ग्रहण नहीं किया, व्यर्थ का आडंबर क्यों है? और, यदि कोई खान-पान का दोष दे, तो क्या यहाँ पर तिलक कर पूजा करने वाले लोगों से होटल बचा हुआ है?

हीरामणि – फिर क्या कीजिएगा? समाज तो इस समय केवल उन्हीं बगलाभगतों को परम धार्मिक समझता है!

अमरनाथ – तो फिर अब मैं ऐसे समाज को दूर ही से हाथ जोड़ता हूँ।

हीरामणि – तो क्या ये लड़की-लड़के क्वांरे ही रहेंगे?

अमरनाथ – नहीं, अब हमारी यह इच्छा है कि तुम सबको लेकर उसी जगह चलें। यहाँ कई वर्ष रहते भी हुआ किंतु कार्य सिद्ध होने की कुछ भी आशा नहीं है, तो फिर अपना व्यापार क्यों नष्ट होने दें? इसलिए, अब तुम सबको वहीं चलना होगा न होगा तो ब्राह्म हो जाएँगे, किंतु यह उपेक्षा अब सही नहीं जाती।

मदन, मृणालिनी के संगम से बहुत ही प्रसन्न है। सरला मृणालिनी भी प्रफुल्लित है। किशोरनाथ भी उसे बहुत ही प्यार करता है, प्रायः उसी को साथ लेकर हवा खाने के लिए जाता है। दोनों में बहुत ही सौहार्द है। मदन भी बाहर किशोरनाथ के साथ और घर आने पर मृणालिनी को प्रेममयी वाणी से आप्यायित रहता है।

मदन का समय सुख से बीतने लगा। किंतु बनर्जी महाशय के सपरिवार बाहर जाने की बातों ने एक बार उसके हृदय को उद्वेगपूर्ण बना दिया। वह सोचने लगा कि मेरा क्या परिणाम होगा, क्या मुझे भी चलने के लिए आज्ञा देंगे? और यदि ये चलने के लिए कहेंगे, तो मैं क्या करूँगा? इनके साथ जाना ठीक होगा या नहीं?

इन सब बातों को वह सोचता ही था कि इतने में किशोरनाथ ने अकस्मात् आकर उसे चौंका दिया उसने खड़े होकर पूछा- कहिए, आप लोग किस सोच-विचार में पड़े हुए है? कहाँ जाने का विचार है?

क्यों, क्या तुम न चलोगे?

कहाँ?

जहाँ हम लोग जाएँ।

वही तो पूछता हूँ कि आप लोग कहाँ जाएँगे?

सीलोन।

तो मुझसे भी आप वहाँ चलने के लिए कहते है?

इसमें तुम्हारी हानि ही क्या है?

यज्ञोपवीत दिखाकर इसकी ओर भी तो ध्यान कीजिए!

तो क्या समुद्र यात्रा तुम नहीं कर सकते?

सुना है कि वहाँ जाने से धर्म नष्ट हो जाता है!

क्यों? जिस तरह तुम यहाँ भोजन बनाते हो, उसी तरह वहाँ भी बनाना।

जहाज पर भी चढ़ना होगा!

उसमें हर्ज ही क्या है? लोग गंगासागर और जगन्नाथजी जाते समय जहाज पर नहीं चढ़ते?

मदन अब निरुत्तर हुआ; किन्तु उत्तर सोचने लगा। इतने ही मे उबर से मृणालिनी जाती हुई दिखायी पड़ी। मृणालिनी को देखते ही उसके विचाररूपी मोतियों को प्रेम-हँस ने चुग लिया और उसे उसको बुद्धि और भी भ्रमपूर्ण जान पड़ने लगी।

मृणालिनी ने पूछा- क्यों मदन, तुम बाबा के साथ न चलोगे?

जिस तरह वीणा की झंकार से मस्त होकर मृग स्थिर हो जाता है, अथवा मनोहर वंशी की तान से झूमने लगता है, वैसे ही मृणालिनी के मधुर स्वर में मुग्ध मदन ने कह दिया- क्यों न चलूँगा।

सारा संसार घड़ी-घडी-भर पर, पल-पल-भर पर, नवीन-सा प्रतीत होता है। और इससे उस विश्वयंत्र को बनाने वाले स्वतंत्र की बड़ी भारी निपुणता का पता लगता है; क्योंकि नवीनता की यदि रखना न होती, तो मानव समाज को यह संसार और ही तरह का भासित होता। फिर उसे किसी वस्तु की चाह न होती, इतनी तरह के व्यावहारिक पदार्थो की कुछ भी आवश्यकता न होती समाज, राज्य और धर्म के क्षेत्र परिवर्तन-रूप में इसकी मनोहर मूर्ति और भी सलोनी देखाई पड़ती है। मनुष्य बहुप्रेमी क्यों हो जाता है? मानवों की प्रवृत्ति क्यों दिन-रात बदला करती है? नगर-निवासियों को पहाड़ी घाटियाँ सौन्दर्यमयी प्रतीत होती है? विदेश-पर्यटन में क्यों मनोरंजन होता है? मनुष्य क्यों उत्साहित होता है? इत्यादि प्रोंशन के उत्तर में केवल यही कहा जा सकता है कि नवीनता की प्रेरणा!

नवीनता वास्तव में ऐसी ही वस्तु है कि जिसने मदन को भारत से सीलोन तक पहुँच जाना कुछ कष्टकर न हुआ।

विशाल सागर के वक्षस्थल पर दानव राज की तरह वह जहाज अपनी चाल और उसकी शक्ति दिखा रहा है। उसे देखकर मदन को द्रौपदी और पांडवों को लादे हुए घटोत्कच का ध्यान आता था।

उत्ताल तरंगों की कल्लोल-माला अपना अनुपम दृश्य दिखा रही है। चारों ओर जल ही जल है, अपने पिता की गोद में क्रीड़ा करता हुआ आनंद दे रहा है। अनंत सागर में अनंत आकाश मंडल के असंख्य नक्षत्र अपने प्रतिबिंब दिखा रहे है।

मदन तीन-चार बरस में युवक हो गया है। उसकी भावुकता बढ़ गई थी। वह समुद्र का सुंदर दृश्य देख रहा था। अकस्मात् एक प्रकाश दिखायी देने लगा। वह उसी को देखने लगा।

उस मनोहर अरुण का प्रकाश नील जल को भी आरक्तिम बनाने की चेष्टा करने लगा। चंचल तरंगों की लहरियाँ सूर्य की किरणों से क्रीड़ा करने लगी। मदन उस अनंत समुद्र को देखकर डरा नहीं किंतु अपने प्रेममय हृदय का एक जोड़ा देखकर और भी प्रसन्न वह निर्भीक हृदय से उन लोगों के साथ सीलोन पहुँचा।

अमरनाथ के विशाल भवन में रहने से मदन को बड़ी ही प्रसन्नता है। मृणालिनी और मदन उसी प्रकार से मिलते-जुलते हैं, जैसे कलकत्ते में मिलते-जुलते थे। लवण-महासमुद्र की महिमा दोनों ही को मनोहर जान पड़ती है। प्रशांत महासागर के तट की संख्या दोनों के नेत्रों को ध्यान में लगा देती है। डूबते हुए सूर्यदेव देव-तुल्य हृदयों को संसार की गति दिखलाते हैं, अपने राग की आभा उन प्रभातमय हृदयों पर डालते हैं, दोनों ही सागर

तट पर खड़े सिधु की तरंग-भंगियों को देखते हैं; फिर भी दोनों ही दोनों की मनोहर अंग-भंगियों में भूले हुए हैं।

महासमुद्र के तट पर बहुत समय तक खड़े होकर मृणालिनी और मदन उस अनंत का सौंदर्य देखते थे। अकस्मात् बैंड का सुरीला राग सुनाई दिया, जो कि सिंधु- गर्जन को भी भेद कर निकलता था।

मदन, मृणालिनी- दोनों एकाग्रचित हो उस ओजस्विनी कविवाणी को जातीय संगीत में सुनने लगे। किंतु वहाँ कुछ दिखाई न दिया। चकित होकर वे सुन रहे थे। प्रबल वायु भी उत्ताल तरंगों को हिलाकर उनको डराता हुआ उसी की प्रतिष्यनि करता था। मंत्र-मुग्ध के समान सिंधु भी अपनी तरंगों के घात-प्रतिघात पर चिढ़कर उन्हीं शब्दों को दुहराता है। समुद्र को स्वीकार करते देख कर अनंत आकाश भी उसी की प्रतिध्वनि करता है।

धीरे-धीरे विशाल सागर के हृदय को फाड़ता हुआ एक जंगी जहाज दिखाई पड़ा। मदन और मृणालिनी, दोनों ही स्थिर दृष्टि से उसकी ओर देखते रहे। जहाज अपनी जगह पर ठहरा और इधर पोर्ट संरक्षक ने उस पर सैनिकों के उतरने के लिए यथोचित प्रबंध किया।

समुद्र की गंभीरता, संध्या की निस्तब्धता और बैंड के सुरीले राग ने दोनों के हृदयों को सम्मोहित कर लिया, और वे इन्हीं सब बातों की चर्चा करने लग गए।

मदन ने कहा – मृणालिनी, यह बाजा कैसा सुरीला है!

मृणालिनी का ध्यान टूटा। सहसा उसके मुख से निकला – तुम्हारे कल-कंठ से अधिक नहीं है।

इसी तरह दिन बीतने लगे। मदन को कुछ काम नहीं करना पड़ता था जब कभी उसका जी चाहता, तब वह महासागर के तट पर जाकर प्रकृति की सुषमा को निरखता और उसी में आनंदित होता था। वह प्रायः गोता लगाकर मोती निकालने- वालों की ओर देखा करता और मन-ही-मन उनकी प्रशंसा किया करता था।

मदन का मालिक भी उसको कभी कोई काम करने के लिए आज्ञा नहीं देता था। वह उसे बैठा देखकर मृणालिनी के साथ घूमने के लिए जाने की आज्ञा देता था। उसका स्वभाव ही ऐसा सरल था कि सभी सहवासी उससे प्रसन्न रहते थे, वह भी उनसे खूब दिल-मिलकर रहता था।

संसार भी बड़ा प्रपंचमय यंत्र है। वह अपनी मनोहरता पर आप ही मुग्धरहता है।

एक एकांत कमरे में बैठे हुए मृणालिनी और मदन ताश खेल रहे हैं; दोनों जी-जान से अपने-अपने जीतने की कोशिश कर रहे हैं।

इतने ही में सहसा अमरनाथ बाबू उस कोठरी में आए। उनके मुख-मंडल पर क्रोध झलकता था। वह आते ही बोले – क्यों रे दुष्ट! तू बालिका को फुसला रहा है?

मदन तो सुनकर सन्नाटे में आ गया। उसने नम्रता के साथ होकर पूछा- क्यों पिता, मैंने क्या किया है?

अमरनाथ – अभी पूछता ही है! तू इस लड़की को बहका कर अपने साथ लेकर दूसरी जगह भागना चाहता है?

मदन – बाबूजी, यह आप क्या कह रहे हैं? मुझ पर आप इतना अविश्वास कर रहे हैं? किसी दुष्ट ने आपसे झूठी बात कही है।

अमरनाथ – अच्छा, तुम यहाँ से चलो और अब से तुम दूसरी कोठरी में रहा करो। मृणालिनी को और तुमको अगर हम एक जगह अब देख तो समझ लो-समुद्र के गर्भ में ही तुमको स्थान मिलेगा।

मदन, अमरनाथ बाबू के पीछे चला मृणालिनी मुरझा गई, मदन के ऊपर अपवाद लगाना उसके सुकुमार हृदय से सहा नहीं गया। वह नव-कुसुमित पददलित आश्रय-विहीन माघवी-लता के समान पृथ्वी पर गिर पड़ी और लोट-लोटकर रोने लगी।

मृणालिनी ने दरवाजा भीतर से बंद कर लिया और वहीं लोटती हुई आँसुओं से हृदय की जलन को बुझाने लगी।

कई घंटे के बाद जब उसकी माँ ने जाकर किवाड़ खुलवाए, उस समय उसकी रेशमी साड़ी काआँचल भींगा हुआ, उसका मुख सूखा हुआ और आँखें लाल-लाल हो आयी थीं। वास्तव में वह मदन के लिए रोई थी। इसी से उसकी यह दशा हो गई। सचमुच संसार बड़ा प्रपंचमय है।

दूसरे घर में रहने से मदन बहुत घबड़ाने लगा। वह अपना मन बहलाने के लिए कभी-कभी समुद्रतट पर बैठकर गदगद हो सूर्य भगवान् का पश्चिम दिशा से मिलना देखा करता था; और जब तक वह अस्त न हो जाते थे, तब तक बराबर टक- टकी लगाए देखता था। वह अपने चित्त में अनेक कल्पना की लहरें उठाकर समुद्र और अपने हृदय से तुलना भी किया करता था।

मदन का अब इस संसार में कोई नहीं है। माता भारत में जीती है या मर गई-यह भी बेचारे को नहीं मालूम! संसार की मनोहरता, आशा की भूमि, मदन के जीवन-स्रोत का जल, मदन के हृदय कानन का अपूर्व पारिजात, मदन के हृदय-सरोबर की मनोहर मृणालिनी भी अब उससे अलग कर दी गई है। जननी, जन्मभूमि, प्रिय, कोई भी तो मदन के पास नहीं है? इसी से उसका हृदय आंदोलित होने लगा, और वह अनाथ

बालक ईर्ष्या से भरकर अपने अपमान की ओर ध्यान देने लगा। उसको भलो-भाँति विश्वास हो गया कि इस परिवार के साथ रहना ठीक नहीं है। जब इन्होंने मेरा तिरस्कार किया, तो अब इन्हीं के आश्रित होकर क्यों रहूँ?

यह सोचकर उसने अपने चित्त में कुछ निश्चय किया और कपड़े पहनकर समुद्र की ओर घूमने के लिए चल पड़ा। राह में वह अपनी उधेड़-बुन में चला जाता या कि किसी ने पीठ पर हाथ रखा। मदन ने पीछे देखकर कहा – आह, आप हैं किशोर बाबू?

किशोरनाथ ने हँसकर कहा - कहाँ बगदादी ऊँट की तरह भागे जाते हो?

कहीं तो नहीं, यही समुद्र की ओर जा रहा हूँ।

समुद्र की ओर क्यों?

शरण माँगने के लिए।

यह बात मदन ने डबडबायी हुई आँखों से किशोर की ओर देखकर कही।

किशोर ने रूमाल से मदन के आँसू पोंछते पोंछते कहा – मदन, हम जानते हैं कि उस दिन बाबूजी ने जो तिरस्कार किया था, उससे तुमको बहुत दुःख है। मगर सोचो तो, इसमें दोष किसका है? यदि तुम उस रोज मृणालिनी को बहकाने का उद्योग न करते, तो बाबूजी तुम पर क्यों अप्रसन्न होते?

अब तो मदन से नहीं रहा गया। उसने क्रोध से कहा – कौन दुष्ट उस देव-बाला पर झूठा अपवाद लगाता है? और मैंने उसे बहकाया है? इस बात का कौन साक्षी है? किशोर बाबू! आप लोग मालिक हैं, जो चाहें सो कहिए। आपने पालन किया है, इसलिए, यदि आप आज्ञा दे तो मदन समुद्र में भी कूद पड़ने के लिए तैयार है, मगर अपवाद और अपमान से बचाए रहिए। कहते-कहते मदन का मुख क्रोध से लाल हो आया, आँखों में आँसू भर आए, उसके आकार से उस समय दृढ़ प्रतिज्ञा झलकती थी।

किशोर ने कहा –इस बारे में विशेष हम कुछ नहीं जानते, केवल माँ के मुख सुना था कि जमादार ने बाबूजी से तुम्हारी निंदा की है और इसी से वह तुम पर से बिगड़े हैं।

मदन ने कहा – आप लोग अपनी बाबूगीरी में भूले रहते हैं और ये बेईमान आपका सब माल खाते हैं। मैंने उस जमादार को मोती निकालने वालों के हाथ मोती बेचते देखा; मैंने पूछा –क्यों, तुमने मोती कहाँ पाया? तब उसने गिड़गिड़ाकर, पैर पकड़कर, मुझसे कहा –बाबूजी से न करिएगा। मैंने उसे डांटकर फिर ऐसा काम न करने के लिए कहकर छोड़ दिया, आप लोगों से नहीं कहा। इसी कारण वह ऐसी चाल चला है और आप लोगों ने भी बिना सोचे-समझे उसकी बात पर विश्वास कर लिया है।

यों कहते-कहते मदन उठ खड़ा हो गया। किशोर ने उसका हाथ पकड़कर बैठाया और आप भी बैठकर कहने लगा-मदन, घबराओ मत, थोड़ी देर बैठकर हमारी बात

सुनो। हम उसको दंड देंगे और तुम्हारा अपवाद भी मिटाएँगे। मगर हम एक बात जो कहते हैं, उसे ध्यान देकर सुनो। मृणालिनी अब बालिका नहीं है, और तुम भी बालक नहीं हो। तुम्हारे उसके जैसे भाव है, सो भी इनसे दिए नहीं है। फिर ऐसी जगह पर हम तो यही चाहते हैं कि तुम्हारा और मृणालिनी का ब्याह हो जाए।

मदन ब्याह का नाम सुनकर चौंक पड़ा, और मन में सोचने लगा कि यह कैसी बात? कहाँ हम युक्तप्रांत-निवासी अन्यजातीय, और कहाँ ये बंगाली ब्राह्मण, फिर ब्याह किस तरह हो सकता है! हो न हो, ये मुझे भुलावा देते हैं। क्या मैं इनके साथ अपना धर्म नष्ट करूँगा? क्या इसी कारण ये लोग मुझे इतना सुख देते हैं और खूब खुलकर मृणालिनी के साथ घूमने-फिरने और रहने देते थे? मृणालिनी को मैं जी से चाहता हूँ, और जहाँ तक देखता हूँ, मृणालिनी भी मुझसे निशकपट-प्रेम नहीं करती है। किंतु यह ब्याह नहीं हो सकता क्योंकि इसमें धर्म और अधर्म दोनों का डर है। धर्म का निर्णय करने की मुझमें शक्ति नहीं है। मैंने ऐसा ब्याह होते न देखा है और न सुना है, फिर कैसे यह ब्याह करूँ?

इन्हीं बातों को सोचते-सोचते बहुत देर हो गई। जब मदन को यह सुन पड़ा कि 'अच्छा, सोचकर हमसे कहना', तब वह चौंक पड़ा और देखा तो किशोरनाथ जा रहा है।

मदन ने किशोरनाथ के जाने पर कुछ विशेष ध्यान नहीं दिया और फिर अपने विचारों के सागर में मग्न हो गया।

फिर मृणालिनी का ध्यान आया, हृदय धड़कने लगा। मदन की चिंता-शक्ति का वेग रुक गया और उसके मन में यही समाया कि ऐसे धर्म को मैं दूर हो से हाथ जोड़ता हूँ! मृणालिनी – प्रेम प्रतिमा मृणालिनी को मैं नहीं छोड़ सकता।

मदन इसी मंतव्य को स्थिर कर, समुद्र की ओर मुख कर उसकी गंभीरता निहारने लगा।

वहाँ पर कुछ धनी लोग पैसा फेंककर उसे समुद्र से ले आने का तमाशा देख रहे थे। मदन ने सोचा कि प्रेमियों का जीवन 'प्रेम' है और सज्जनों का अमोघ धन 'धर्म' है। ये लोग अपने प्रेम-जीवन की परवाह न कर धर्म-धन को बटोरते हैं और फिर इनके पास जीवन और धन दोनों चीजें दिखाई पड़ती है। तो क्या मनुष्य इनका अनुकरण नहीं कर सकता? अवश्य कर सकता है। प्रेम ऐसी तुच्छ वस्तु नहीं है कि धर्म को हटाकर उस स्थान पर आप बैठे। प्रेम महान है, प्रेम उदार है। प्रेमियों को भी वह उदार और महान बनाता है। प्रेम का मुख्य अर्थ है 'आत्मत्याग'। तो क्या मृगालिनी से ब्याह कर लेना ही प्रेम में गिना जाएगा? नहीं-नहीं, वह घोर स्वार्थ है। मृणालिनी को मैं जन्म-भर

प्रेम से अपने हृदय मंदिर में बिठाकर पूजूँगा, उसकी सरल प्रतिमा को पंक में न लपेटूंगा, परंतु ये लोग जैसा बर्ताव करते हैं, उससे संभव है कि मेरे विचार पलट जाएँ इसलिए अब इन लोगों से दूर रहना ही उचित है।

मदन इन्हीं बातों को सोचता हुआ लौट आया, और जो अपना मासिक वेतन जमा किया था वह – तथा कुछ कपड़े आदि आवश्यक सामान लेकर वहाँ से चला गया। जाते समय उसने एक पत्र लिखकर वहीं छोड़ दिया।

जब बहुत देर तक लोगों ने मदन को नहीं देखा, तब चिंतित हुए। खोज करने से उनको मदन का पत्र मिला, जिसे किशोरनाथ ने पढ़ा और पढ़कर उसका मर्म पिता को समझा दिया।

पत्र का भाव समझते ही उनकी सब आशा निर्मूल हो गई। उन्होंने कहा – किशोर, देखो हमने सोचा था कि मृणालिनी किसी कुलीन हिंदू को समर्पित हो, परंतु वह नहीं हुआ। इतना व्यय और परिश्रम, जो मदन के लिए किया गया, सब व्यर्थ हुआ। अब वह कभी मृणालिनी से ब्याह नहीं करेगा, जैसा कि उसके पत्र से विदित होता है।

आपके उस व्यवहार ने उसे और भी भड़का दिया। अब वह कभी ब्याह न करेगा।

मृणालिनी का क्या होगा?

जो उसके भाग्य में है!

क्या जाते समय मदन ने मृणालिनी से भी भेंट नहीं की?

पूछने से मालूम होगा।

इतना कहकर किशोर मृणालिनी के पास गया। मदन उससे भी नहीं मिला था। किशोर ने आकर पिता से सब हाल कह दिया।

अमरनाथ बहुत ही शोकग्रस्त हुए। बस, उसी दिन उनकी चिंता बढ़ने लगी। क्रमशः वह नित्य ही मद्य सेवन करने लगे। वह तो प्रायः अपनी चिंता दूर करने के लिए मद्यपान करते थे, किंतु उसका फल उलटा हुआ –उनकी दशा और भी बुरी हो चली, यहाँ तक कि वह हर समय मद्यपान करने लगे, काम-काज देखना-भालना छोड़ दिया।

नवयुवक 'किशोर' बहुत चिंतित हुआ, किंतु वह धैर्य के साथ सांसारिक कष्ट सहने लगा।

मदन के चले जाने से मृणालिनी को बड़ा कष्ट हुआ। उसे यह बात और भी खटकती थी कि मदन जाते समय उससे क्यों नहीं मिला। वह यह नहीं समझती थी कि मदन यदि जाते समय उससे मिलता, तो जा नहीं सकता था।

मृणालिनी बहुत विरक्त हो गई। संसार उसे सूना दिखाई देने लगा। किंतु वह क्या करे? उसे अपनी मानसिक व्यथा सहनी ही पड़ी।

मदन ने अपने एक मित्र के यहाँ जाकर डेरा डाला। वह भी मोती काव्या पार करता था। बहुत सोचने-विचारने के उपरांत उसने भी मोती का ही व्यवसाय करना निश्चित किया।

मदन नित्य संध्या के समय, मोती के बाजार में जा, मछुए लोग जो अपने मेहनताने में मिली हुई मोतियों की सीपियाँ बेचते थे – उनको खरीदने लगा; क्योंकि इसमें थोड़ी पूंजी से अच्छी तरह काम चल सकता था। ईश्वर की कृपा से उसको नित्य विशेष लाभ होने लगा।

संसार में मनुष्य की अवस्था सदा बदलती रहती है। वही मदन, जो तिरस्कार पाकर दासत्व छोड़ने पर लक्ष्य भ्रष्ट हो गया था, अब एक प्रसिद्ध व्यापारी बन गया।

मदन इस समय सम्पन्न हो गया। उसके यहाँ अच्छे-अच्छे लोग मिलने-जुलने आने लगे। उसने नदी के किनारे एक बहुत सुंदर बंगला बनवा लिया है; उसके चारों ओर सुंदर बगीचा भी है। व्यापारी लोग उत्सव के अवसरों पर उसको निमंत्रण देते है; वह भी अपने यहाँ कभी-कभी उन लोगों को निमंत्रित करता है। संसार की दृष्टि में वह बहुत सुखी था, यहाँ तक कि बहुत लोग उससे डरने लगे। सचमुच संसार बड़ा आडंबर-प्रिय है!

मदन सब प्रकार से शारीरिक सुख भोगा करता था; पर उसके चित्त-पट पर किसी रमणी की मलिन छाया निरंतर अंकित रहती थी; जो उसे कभी-कभी बहुत कष्ट पहुँचाती थी। प्रायः वह उसे विस्मृति के जल से धो डालना चाहता था यद्यपि वह चित्र किसी साधारण कारीगर का अंकित किया हुआ नहीं था कि एकदम लुप्त हो जाए, तथापि वह बराबर उसे मिटा डालने की ही चेष्टा करता था।

अकस्मात् एक दिन, जब सूर्य की किरणें सुवर्ण ही सुवर्ण आभा धारण किए हुई थीं, नदी का जल मौज में बह रहा था, उस समय मदन किनारे खड़ा हुआा स्थिर भाव से नदी की शोभा निहार रहा था। उसको वहाँ कई एक सुसज्जित जलपान देख पड़े। उसका चित्त, न जाने क्यों उत्कंठित हुआ। अनुसंधान करने पर पता लगा कि वहाँ वार्षिक जल-विहार का उत्सव होता है, उसी में लोग जा रहे हैं।

मदन के चित्त में भी उत्सव देखने की आकांक्षा हुई। वह भी अपनी नाव पर चढ़कर उसी ओर चला। कल्लोलिनी की कल्लोलों में हिलती हुई वह छोटी-सी

सुसज्जित तरी चल दी। मदन उस स्थान पर पहुँचा, जहाँ नावों का जमाव था। सैंकड़ों बजरे और नौकाएँ अपने नीले-पीले, हरे-लाल निशान उड़ाती हुई इधर-उधर घूम रही है। उन पर बैठे हुए मित्र लोग आपस में आमोद-प्रमोद कर रहे हैं। कामिनियाँ अपने मणिमय अलंकारों की प्रभा से उस उत्सव को आलोकमय किए हुई हैं।

मदन भी अपनी नाव पर बैठा हुआ एकटक इस उत्सव को देख रहा है। उसकी आँखें जैसे किसी को खोज रही हैं। धीरे-धीरे संध्या हो गई। क्रमशः एक, दो, तीन तारे दिखाई दिए। साथ ही, पूर्व की तरफ, ऊपर को उठते हुए गुब्बारे की तरह चंद्र- बिंब दिखाई पड़ा। लोगों के नेत्रों में आनंद का उल्लास छा गया। इधर दीपक जल गए। मधुर संगीत, शून्य की निस्तब्धता में, और भी गूंजने लगा। रात के साथ ही आमोद-प्रमोद की मात्रा बढ़ी।

परंतु मदन के हृदय में सन्नाटा छाया हुआ है। उत्सव के बाहर यह अपनी नौका को धीरे-धीरे चला रहा है। अकस्मात् कोलाहल सुनाई पड़ा, वह चौंककर ऊपर देखने लगा। उसी समय कोई चार-पाँच हाथ दूर एक काली-सी चीज दिखाई दी। अस्त हो रहे चंद्रमा का प्रकाश पड़ने से कुछ वस्त्र भी दिखाई देने लगा। वह बिना कुछ सोचे-समझे ही जल में कूद पड़ा और उसी वस्तु के साथ बह चला।

उषा की आभा पूर्व में दिखाई पड़ रही है। चंद्रमा की मलिन ज्योति तारागण को भी मलिन कर रही है।

तरंगों से शीतल दक्षिण-पवन धीरे-धीरे संसार को निंद्रा से जगा रहा है। पक्षी भी कभी-कभी बोल उठते हैं।

निर्जन नदी तट में एक नाव बंधी है, और बाहर एक सुकुमारी सुंदरी का शरीर अचेत अवस्था में पड़ा हुआ है। एक युवक सामने बैठा हुआ उसे होश में लाने का उद्योग कर रहा है। दक्षिण – पवन भी उसे इस शुभ काम में बहुत सहायता दे रहा है।

सूर्य की पहली किरण का स्पर्श पाते ही सुंदरी के नेत्र कमल धीरे-धीरे विकसित होने लगे। युवक ने ईश्वर को धन्यवाद दिया और झुककर उस कामिनी से पूछा- मृणालिनी, अब कैसी हो?

मृणालिनी ने नेत्र खोलकर देखा। उसके मुख-मंडल पर हर्ष के चिह्न दिखाई पढ़े। उसने कहा – प्यारे मदन, अब अच्छी है!

प्रणय का भी वेग कैसा प्रबल है! यह किसी महासागर की प्रचंड आँधी से कम प्रबलता नहीं रखता। इसके झोंके में मनुष्य की जीवन- नौका असीम तरंगों से घिर कर प्रायः कूल को नहीं पाती। अलोकिक आलोकमय अंधकार में प्रणयी अपनी प्रणय-तरी पर आरोहण कर उसी आनंद के महासागर में घूमना पसंद करता है, कूल की ओर जाने की इच्छा भी नहीं करता।

इस समय मदन और मृणालिनी दोनों की आँखों से आँसुओं की धारा धीरे- धीरे बह रही है। चंचलता का नाम भी नहीं है। कुछ बल आने पर दोनों उस नाव में जा बैठे।

मदन ने मल्लाहों को पास के गाँव से दूध या और कुछ भोजन की वस्तु लाने के लिए भेजा। फिर दोनों ने बिछुड़ने के उपरांत की सब कथा परस्पर कह सुनाई।

मृणालिनी कहने लगी- भैया किशोरनाथ से मैं तुम्हारा सब हाल सुना करती थी। पर वह कहा करते थे कि तुमसे मिलने में उनको संकोच होता है। इसका कारण उन्होंने कुछ नहीं बतलाया। मैं भी हृदय पर पत्थर रखकर तुम्हारे प्रणय को आज तक स्मरण कर रही हूँ।

मदन ने बात टालकर पूछा-मृणालिनी, तुम जल में कैसे गिरी?

मृणालिनी ने कहा – मुझे बहुत उदास देख भैया ने कहा, चलो तुम्हें एक तमाशा दिखलावें, सो मैं भी आज यहाँ मेला देखने आयी। कुछ कोलाहल सुनकर मैं नाव पर खड़ी हो देखने लगी। दो नाव वालों में झगड़ा हो रहा था। उन्हीं के झगड़े कि हाथापाई में नाव हिल गयी और मैं गिर पड़ी। फिर क्या हुआ, सो मैं कुछ नहीं जानती।

इतने में दूर से एक नाव आती हुई दिखाई पड़ी, उस पर किशोरनाथ था। उसने मृणालिनी को देखकर बहुत हर्ष प्रकट किया और सब लोग मिलकर बहुत आनंदित हुए।

बहुत कुछ बातचीत होने के उपरांत मृणालिनी और किशोर दोनों ने मदन के घर चलना स्वीकार किया। नावें नदी तट पर स्थित मदन के घर की ओर बढ़ीं।उस समय मदन को एक दूसरी ही चिंता थी।

भोजन के उपरांत किशोरनाथ ने कहा – मदन, हम अब भी तुमको छोटा भाई ही समझते हैं; पर तुम शायद हमसे कुछ रुष्ट हो गए हो।

मदन ने कहा – भैया, कुछ नहीं। इस दास से जो कुछ ढिठाई हुई हो, उसे क्षमा करना, में तो आपका वही मदन हूँ।

इसी तरह की बहुत-सी बातें होती रहीं, और फिर दूसरे दिन किशोरनाथ मृणालिनी को साथ लेकर अपने घर गया।

अमरनाथ बाबू की अवस्था बड़ी शोचनीय है। वह एक प्रकार से मद्य के नशे में चूर रहते हैं, काम-काज देखना सब छोड़ दिया है। अकेला किशोरनाथ काम-काज संभालने के लिए तत्पर हुआ, पर उसके व्यापार की दशा अत्यंत शोचनीय होती गई, और उसके पिता का स्वास्थ्य भी बिगड़ चला। क्रमशः उसको चारों ओर अंधकार दिखाई देने लगा।

संसार की कैसी विलक्षण गति है! जो बाबू अमरनाथ एक समय सारे सीलोन में प्रसिद्ध व्यापारी गिने जाते थे, और व्यापारी लोग जिनसे सलाह लेने के लिए तरसते थे, वही अमरनाथ इस समय कैसी अवस्था में हैं! कोई उनसे मिलने भी नहीं आता!

किशोरनाथ एक दिन अपने आफिस में बैठा कार्य देख रहा था। अकस्मात् मृणालिनी भी उसी स्थान पर आ गई और एक कुर्सी खींचकर बैठ गई। उसने किशोर से कहा - क्यों भैया, पिताजी की कैसी अवस्था है? काम-काज की भी दशा अच्छी नहीं है, तुम भी पिता से व्याकुल रहते हो, यह क्या है?

किशोरनाथ-बहन कुछ न पूछो, पिताजी की अवस्था तो तुम देख ही रही हो। काम-काज की अवस्था भी अत्यंत शोचनीय हो गई है। पचास लाख रुपए के लगभग बाजार का देना है; और आफिस का रुपया सब बाजार में फँस गया है, जो कि काम देखे-भाले बिना पिताजी की अस्वस्थता के कारण दब-सा गया है। इसी सोच में बैठा हुआ हूँ कि ईश्वर क्या करेंगे!

मृणालिनी भयातुर हो गई। उसके नेत्रों से आँसुओं की धारा बहने लगी। किशोर उसे समझाने लगा; फिर बोला केवल एक ईमानदार कर्मचारी अगर काम- काज की देख-भाल किया करता, तो यह अवस्था न होती। आज यदि मदन होता, तो हम लोगों की यह दशा न होती।

मदन का नाम सुनते ही मृणालिनी कुछ विवर्ण हो गई और उसकी आँखों में आँसू भर आए। इतने में दरबान ने आकर कहा – सरकार, एक रजिस्ट्री चिट्ठी मृणालिनी देवी के नाम से आयी है, डाकिया बाहर खड़ा है।

किशोर ने कहा – बुला लाओ।

किशोर ने वह रजिस्ट्री लेकर खोली उसमें एक पत्र और एक स्टाम्प का कागज था। देखकर किशोर ने मृणालिनी के आगे फेंक दिया। मृणालिनी ने फिर वह पत्र किशोर के हाथ में देकर पढ़ने के लिए कहा। किशोर पड़ने लगा –

"मृणालिनी!"

आज मैं तुमको पत्र लिख रहा हूँ। आशा है कि तुम इसे ध्यान देकर पढ़ोगी। मैं एक अनजाने स्थान का रहनेवाला कंगाल के भेष में तुमसे मिला और तुम्हारे परिवार में पालित हुआ। तुम्हारे पिता ने मुझे आश्रय दिया, और मैं सुख से तुम्हारा मुख देखकर दिन बिताने लगा। पर दैव को वह भी ठीक न जंचा! अच्छा, जैसी उसकी इच्छा! पर मैं तुम्हारे परिवार को सदा स्नेह की दृष्टि से देखता हूँ। बाबू अमरनाथ के कहने-सुनने का मुझे कुछ ध्यान भी नहीं है, मैं उसे आशीर्वाद समझता हूँ। मेरे चित में उसका तनिक भी ध्यान नहीं है, पर केवल पश्चात्ताप यह है कि मैं उनसे बिना कहे -सुने चला

आया। अच्छा, इसके लिए उनसे क्षमा मांग लेना और भाई किशोरनाथ से भी मेरा यथोचित अभिवादन कह देना।

अब कुछ आवश्यक बातें में लिखता हूँ, उन्हें ध्यान से पढ़ो। जहाँ तक संभव हैं, उनके करने में तुम आगा-पीछा न करोगी –यह मुझे विश्वास है। मुझे तुम्हारे परिवार की दशा अच्छी तरह विदित है, मैं उसे लिखकर तुम्हारा दुःख नहीं बढ़ाना चाहता। सुनो, यह एक 'बिल' है जिसमें मैंने अपनी सब सीलोन की संपत्ति तुम्हारे नाम लिख दी है। वह तुम्हारी ही है, उसे लेने में तुमको कुछ संकोच न करना चाहिए।वह सब तुम्हारे ही रुपए का लाभ है। जो धन में वेतन में पाता था, वही मूल कारण है अस्तु, यह मूलधन, लाभ और ब्याज सहित, तुमको लौटा दिया जाता है। इसे अवश्य स्वीकार करना, और स्वीकार करो या न करो, अब सिवा तुम्हारे इसका स्वामी कौन है? क्योंकि मैं भारतवर्ष से जिस रूप में आया था, उसी रूप में लौटा जा रहा हूँ। मैं इस पत्र को लिखकर तब भेजता हूँ, जब घर से निकलकर जहाज को रवाना हो चुका हूँ। अब तुमसे भेंट भी नहीं हो सकती। तुम यदि आओ भी तो मैं जहाज पर होऊँगा। तुमसे मेरी केवल यही प्रार्थना है कि 'तुम मुझे भूल जाना।' मदन"

यह पत्र पढ़ते ही मृणालिनी की और किशोरनाथ की अवस्था दूसरी ही हो गई। मृणालिनी ने कातर स्वर से कहा – भैया, क्या समुद्रतट तक चल सकते हो?

किशोरनाथ ने खड़े होकर कहा – अवश्य!

बस, तुरंत ही एक गाड़ी पर सवार होकर दोनों समुद्र तट की ओर चले। ज्योंही वे पहुँचे, त्योंही जहाज तट छोड़ चुका था। उस समय व्याकुल होकर मृणालिनी की आँखे किसी को खोज रही थीं। किंतु अधिक खोज नहीं करनी पड़ी।

किशोर और मृणालिनी दोनों ने देखा कि गेरुए रंग का कपड़ा पहिने हुए एक व्यक्ति दोनों को हाथ जोड़े हुए जहाज पर खड़ा है, और जहाज शीघ्रता के साथ समुद्र के बीच में चला जा रहा है!

मृणालिनी ने देखा कि बीच में अगाध समुद्र है!

8

गूदड़ साईं

"साईं! ओ साईं!!" एक लड़के ने पुकारा साईं घूम पड़ा। उसने देखा कि एक 8 वर्ष का बालक उसे पुकार रहा है।

आज कई दिन बाद उस मुहल्ले में साईं दिखलाई पड़ा है। साईं बैरागी था माया नहीं, मोह नहीं। परन्तु कुछ दिनों से उसकी आदत पड़ गई थी कि दोपहर को मोहन के घर जाना, अपने दो-तीन गन्दे गूदड़ यत्न से रख कर उन्हों पर बैठ जाता और मोहन से बातें करता। जब कभी मोहन उसे गरीब और भिखमंगा जानकर माँ से अभिमान करके और पिता की नजर बचा कर कुछ साग-रोटी लाकर दे देता, तब उस साईं के मुख पर पवित्र मैत्री के भावों का साम्राज्य हो जाता। गूदड़ साईं उस समय 10 बरस के बालक के समान अभिमान, सराहना और उलाहना के आदान-प्रदान के बाद उसे बड़े चाव से खा लेता; मोहन की दी हुई एक रोटी उसकी अक्षय-तृप्ति का कारण होती।

एक दिन मोहन के पिता ने देख लिया। यह बहुत बिगड़े वह थे। कट्टर आर्यसमाजी, 'ढोंगी फकीरों पर उनकी साधारण और स्वाभाविक चिढ़ थी।' मोहन को डाँटा कि वह इन लोगों के साथ बातें न किया करे। साईं हँस पड़ा और चला गया।

उसके बाद आज कई दिन बाद साईं आया और वह जान-बूझकर उस बालक के मकान की ओर नहीं गया; परन्तु पढ़ कर लौटते हुए मोहन ने उसे देख कर पुकारा और वह लौट भी आया।

"मोहन!"

"तुम आजकल आते नहीं?"

"तुम्हारे बाबा बिगड़ते थे।"

"नहीं, तुम रोटी ले जाया करो।"

"भूख नहीं लगती।"

“अच्छा, कल जरूर आना; भूलना मत!”

इतने में एक दूसरा लड़का साईं का गूदड़ खींचकर भागा। गूदड़ लेने के लिए खाई उस लड़के के पीछे दौड़ा। मोहन खड़ा देखता रहा, साईं आँखों से गोझल हो गया।

चौराहे तक दौड़ते-दौड़ते साईं को ठोकर लगी, वह गिर पड़ा। सिर से खून बहने लगा खिझाने के लिए जो लड़का उसका गूदड़ लेकर भागा था, वह डर से ठिठका रहा। दूसरी ओर से मोहन के पिता ने उसे पकड़ लिया, दूसरे हाथ से साईं को पकड़ कर उठाया। नटखट लड़के के सर पर चपत पड़ने लगी साईं उठकर खड़ा हो गया।

“मत मारो, मत मारो, चोट आती होगी!’ साईं ने कहा – और लड़के को छुड़ाने लगा! मोहन के पिता ने साईं से पूछा – “तब चीथड़े के लिए दौड़ते क्यों थे?”

सिर फटने पर भी जिसको रुलाई नहीं आयी थी, वह साईं लड़के को रोते देखकर रोने लगा। उसने कहा – “बाबा, मेरे पास, दूसरी कौन वस्तु है, जिसे देकर इन ‘रामरूप’ भगवान् को प्रसन्न करता!”

“तो क्या तुम इसीलिए गूदड़ रखते हो?”

“इस चीथड़े को लेकर भागते हैं भगवान् और मैं उनसे लड़ कर छीन लेता हूँ; रखता हूँ फिर उन्हीं से छिनवाने के लिए, उनके मनोविनोद के लिए सोने का खिलौना तो उच्चके भी छीनते हैं, पर चीथड़ों पर भगवान् ही दया करते है।” इतना कहकर बालक का मुँह पोंछते हुए मित्र के समान गलबाँही डाले हुए साईं चला गया।

मोहन के पिता आश्चर्य से बोले – “गूदड़ साईं! तुम निरे गूदड़ नहीं; गुदड़ी के लाल हो!”

9

गूदड़ी में लाल

दीर्घ निश्वासों का क्रीडा-स्थल, गर्म-गर्म आँसुओं का फूटा हुआ पात्र! कराल काल की सारंगी, एक बुढ़िया का जीर्ण कंकाल, जिसमें अभिमान के लय में करुणा की रागिनी बजा करती है।

अभागिनी बुढ़िया, एक भले घर की बहू-बेटी थी। उसे देखकर दयालु वयोवृद्ध, हे भगवान्! कहके चुप हो जाते थे। दृष्ट कहते थे कि अमीरी में बड़ा सुख लूटा है। नवयुवक देश-भक्त कहते थे, देश दरिद्र है; खोखला है। अभागे देश में जन्मग्रहण करने का फल भोगती है। आगामी भविष्य की उज्ज्वलता में विश्वास रखकर हृदय के रक्त पर सन्तोष करे। जिस देश का भगवान ही नहीं; उसे विपत्ति क्या! सुख क्या!

परन्तु बुढ़िया सबसे यही कहा करती थी- "मैं नौकरी करूँगी। कोई मेरी नौकरी लगा दो।" देता कौन? जो एक घड़ा जल भी नहीं भर सकती, जो स्वयं उठ कर सीधा खड़ी नहीं हो सकती थी, उससे कौन काम कराए? किसी की सहायता लेना पसन्द नहीं, किसी की भिक्षा का अन्न उसके मुख में पैठता ही न था। लाचार होकर बाबू रामनाथ ने उसे अपनी दुकान में रख लिया। बुढ़िया की बेटी थी, वह दो वैसे कमाती थी। अपना पेट पालती थी, परन्तु बुढ़िया का विश्वास या कि कन्या का धन खाने से उस जन्म में बिल्ली, गिरगिट और भी क्या क्या होता है। अपना-अपना विश्वास ही है, परन्तु धार्मिक विश्वास हो या नहीं, बुढ़िया को अपने आत्माभिमान का पूर्ण विश्वास था। वह अटल रही। सर्दी के दिनों में अपने ठिठुरे हुए हाथ से वह अपने लिए पानी भर के रखती। अपनी बेटी से सम्भवतः उतना ही काम कराती, जितना अमीरी के दिनों में कभी-कभी उसे अपने घर बुलाने पर कराती।

बांबू रामनाथ उसे मासिक वृत्ति देते थे और भी तीन-चार पैसे उसे चबेनी के, जैसे और नौकरों को मिलते थे, मिला करते थे। कई बरस बुढ़िया के बडी प्रसन्नता से कटे उसे न तो दुःख था और न सुख। दुकान में झाड़ू लगाकर उसकी बिखरी हुई चीजों को बटोरे रहना और बैठे-बैठे थोड़ा-घना जो काम हो, करना बुढ़िया का दैनिक कार्य था।

उससे कोई नहीं पूछता था कि तुमने कितना काम किया। दुकान के और कोई नौकर यदि दुष्टतावश उसे छेड़ते भी थे, तो रामनाथ उन्हें डॉट देता था।

वसन्त, वर्षा, शरद और शिशिर की सन्ध्या में जब विश्व की वेदना, जगत की थकावट, घूसकर चादर में मुँह लपेट कर क्षितिज के नीरव प्रान्त में सोने जाती थी; बुढ़िया अपनी कोठरी में लेटी रहती। अपनी कमाई के पैसे से पेट भर कर कठोर पृथ्वी की कोमल रोमावली के समान हरी-हरी दूब पर भी लेटे रहना किसी-किसी के सुखों की संख्या है, वह सबको प्राप्त नहीं। बुढ़िया धन्य हो जाती थी, उसे सन्तोष होता।

एक दिन उस दुर्बल, दीन, बुढ़िया को बनिए की दुकान में लाल मिर्चे फटकना पडा। बुढ़िया ने बड़ी मुश्किल से उसे संवारा। परन्तु उसकी तीव्रता वह सहन न कर सकी। उसे मूर्छा आ गई। रामनाथ ने देखा, और देखा अपने कठोर ताँबे के पैसे को ओर। उसके हृदय ने धिक्कारा, परन्तु अन्तरात्मा ने ललकारा। उस बनिया रामनाथ को साहस हो गया। उसने सोचा, क्या इस बुढ़िया को 'पिन्सिन' नहीं दे सकता? क्या उनके पास इतना अभाव है? अवश्य दे सकता है। उसने मन में निश्चय किया। "तुम बहुत थक गई हो, अब तुमसे काम नहीं हो सकता।" बुढ़िया के देवता कूच कर गए उसने कहा – "नहीं नहीं, अभी तो मैं अच्छी तरह काम कर लेती हूँ।" "नहीं, अब तुम काम करना बन्द कर दो, मैं तुमको घर बैठे पैसे दिया करूँगा।"

"नहीं बेटा! अब तुम्हारा काम मैं अच्छा भला किया करूँगी।" बुढ़िया के गले में काँटे पड़ गए थे। किसी सुख की इच्छा से नहीं, पेन्शन के लोभ से भी नहीं। उसके मन में धक्का लगा। वह सोचने लगी- "मैं बिना किसी काम के किए इसका पैसा कैसे लूंगी? क्या यह भीख नहीं?" आत्माभिमान भनभना उठा। हृदय-तन्त्री के तार कड़े होकर चढ़ गए। रामनाथ ने मधुरता से कहा – "तुम घबराओ मत, तुमको कोई कष्ट न होगा।"

बुढ़िया चली आयी। उसकी आँखों में आँसू न थे। आज वह सूखे काठ-सी हो गई। घर जाकर बैठी,कोठरी में अपना सामान एक ओर सुधारने लगी। बेटी ने कहा – "माँ, यह क्या करती हो?"

माँ ने कहा – "चलने की तैयारी।"

रामनाथ अपने मन में अपनी प्रशंसा कर रहा था, अपने को धन्य समझता था। उसने समझ लिया कि हमने आज एक अच्छा काम करने का संकल्प किया है।भगवान इससे अवश्य प्रसन्न होंगे।

बुढ़िया अपनी कोठरी में बैठी-बैठी विचारती थी, "जीवन भर के संचित इस अभिमान-धन को एक मुट्ठी अन्न की भिक्षा पर बेच देना होगा। असह्य! भगवान् क्या मेरा इतना सुख भी नहीं देख सकते! उन्हें सुनना होगा।" वह प्रार्थना करने लगी।

"इस अनन्त ज्वालामयी सृष्टि के कर्ता! क्या तुम्ही करुणानिधान हो? क्या इसी डर से तुम्हारा अस्तित्व माना जाता है? अभाव, आशा, असन्तोष और आर्तनादों के आचार्य क्या तुम्ही दीनानाथ हो? तुम्ही ने वेदना का विषम जाल फैलाया है? तुम्हीं ने निष्ठुर दुःखों के सहने के लिए मानव-हृदय-सा कोमल पदार्थ चूना है और उसे विचारने के लिए, स्मरण करने के लिए दिया है अनुभवशील मस्तिष्क? कैसी कठोर कल्पना है, निष्ठुर! तुम्हारी कठोर करुणा की जय हो! मैं चिर पराजित हूँ।"

सहसा बुढ़िया के शीर्ण मुख पर कान्ति आ गई। उसने देखा, एक स्वर्गीयज्योति उसे बुला रही है। वह हँसी, फिर शिथिल होकर लेटी रही।

रामनाथ ने दूसरे ही दिन सुना कि बुढ़िया चली गई। वेदना-क्लेशहीन- अक्षयलोक में उसे स्थान मिल गया। उस महीने की पेन्शन से उसका दाह-कर्म करा दिया। फिर एक दीर्घ निश्वास छोड़कर बोला, "अमीरी की बाढ़ में न जाने कितनी वस्तु कहाँ से आकर एकत्र हो जाती है, बहुतों के पास उस बाढ़ के घट जाने पर केवल कुर्सी, कोच और टूटे गहने रह जाते हैं। परन्तु बुढ़िया के पास रह गया था सच्चा स्वाभिमान गुदड़ी का लाल।"

10

पाप की पराजय

घने हरे कानन के हृदय में पहाड़ी नदी झिर-झिर करती बह रही है। गाँव से दूर, बन्दुक लिए हुए शिकारी के वेश में, घनश्याम दूर बैठा है। एक निरीह शशक मारकर प्रसन्नता से पतली-पतली लकड़ियों में उसका जलना देखता हुआ प्रकृति की कमनीयता के साथ वह बड़ा अन्याय कर रहा है। किन्तु उसे दायित्व-विहीन विचारपति की तरह बेपरवाही है। जंगली जीवन का आज उसे बड़ा अभिमान है। अपनी सफलता पर आप ही मुग्ध होकर मानव-समाज की शैशवावस्था की पुनरावृत्ति करता हुआ निर्दय घनश्याम उस अधजले जन्तु से पेट भरने लगा। तृप्त होने पर वन की सुधि आई। चकित होकर देखने लगा कि यह कैसा रमणीय देश है। थोड़ी देर में निंद्रा ने उसे दबा दिया वह कोमल वृत्ति विलीन हो गई। स्वप्न ने उसे फिर उद्वेलित किया। निर्मल जल-धारा से धुले हुए पत्तों का घना कानन, स्थान-स्थान पर कुसुमित कुञ्ज, आंतरिक और स्वाभाविक आलोक में उन कुंजो की कोमल छाया, हृदय-स्पर्शकारी शीतल पवन का संचार, अस्फुट आलेख्य के समान उसके सामने स्फुरित होने लगे।

घनश्याम को सुदूर से मधुर झंकार-सी सुनाई पड़ने लगी। उसने अपने को व्याकुल पाया। देखा तो एक अद्भुत दृश्य! इन्द्रनील की पुतली फूलों से सजी हुई झरने के उस पार पहाड़ी से उतर कर बैठी है। उसके सहज-कुच्चित केश से वन्य कुरुवक कलियाँ कूद-कूद कर जल-लहरियों से क्रीड़ा कर रही हैं। घनश्याम को वह वन- देवी-सी प्रतीत हुई यद्यपि उसका रंग कंचन के समान नहीं, फिर भी गठन साँचे में ढला हुआ है। आकर्ण विस्तृत नेत्र नहीं, तो भी उनमें एक स्वाभाविक राग है। यह कवि की कल्पना-सी कोई स्वर्गीय आकृति नहीं, प्रत्युत एक भिल्लिनी है। तब भी इसमें सौन्दर्य नहीं है, यह कोई साहस के साथ नहीं कह सकता। घनश्याम ने तंद्रा से चौंककर उस सहज सौन्दर्य को देखा और विषम समस्या में पड़कर यह सोचने लगा- "क्या सौंदर्य उपासना की ही वस्तु है, उपभोग की नहीं? इस प्रशन को हल करने के लिए उसने हँटिंग कोट के पाकेट का सहारा लिया। क्लान्तिहारिणी का पान करने पर उसकी आँखों पर रंगीन चश्मा चढ़

गया। उसकी तन्द्रा का यह काल्पनिक स्वर्ग धीरे-धीरे विलास-मन्दिर में परिणत होने लगा। घनश्याम ने देखा कि अद्भुत रूप, यौवन को चरम सीमा और स्वास्थ्य का मनोहर संस्करण, रंग बदलकर पाप हो सामने आया।

पाप का यह रूप, जब वह वासना को फाँस कर अपनी ओर मिला चुकता है, बड़ा कोमल, कठोर एवं भयानक होता है और तब पाप का मुख कितना सुन्दर होता है। सुन्दर ही नहीं, आकर्षक भी, वह भी कितना प्रलोभन-पूर्ण और कितना शक्तिशाली जो अनुभव में नहीं आ सकता। उसमें विजय का दर्प भरा रहता है। वह अपने एक मृदु मुस्कान से सुदृढ़ विवेक की अवहेलना करता है। घनश्याम ने धोखा खाया और क्षण भर में वह सरल सुषमा विलुप्त होकर उद्दीपन का अभिनय करने लगी। योवन ने भी उस समय काम से मित्रता कर ली। पाप की सेना और उसका आक्रमण प्रबल हो चुका था। विचलित होते ही घनश्याम को पराजित होना पड़ा। वह आवेश में बाहें फैला कर झरने को पार करने लगा।

नील की पुतली ने उस ओर देखा भी नहीं। युवक की मांसल भुजाएँ उसे आलिंगन करना ही चाहती थीं कि ऊपर पहाड़ी पर से शब्द सुनाई पड़ा - "क्यों नीला, कब तक यहाँ बैठी रहेगी? मुझे देर हो रही है। चल, घर चलें।"

घनश्याम ने सिर उठा कर देखा तो ज्योतिर्मयी दिव्य मूर्ति रमणी सुलभ पवित्रता का ज्वलन्त प्रमाण, केवल यौवन से ही नहीं, बल्कि कला की दृष्टि से भी, दृष्टिगत हुई। किन्तु आत्म- गौरव का दुर्ग किसी की सहज पाप-वासना को वहाँ फटकने नहीं देता था शिकारी घनश्याम लज्जित तो हुआ ही, पर वह भयभीत भी था। पुष्य- प्रतिमा के सामने पाप की पराजय हुई। नीला ने घबराकर कहा – "रानी जी, आती हूँ। जरा मैं थक गई थी।" "रानी और नीला दोनों चली गईं। अबकी बार घनश्याम ने फिर सोचने का प्रयास किया – "क्या सौन्दर्य उपभोग के लिए नहीं, केवल उपासना के लिए है?" खिन्न होकर वह घर लौटा। किन्तु बार-बार वह घटना याद आती रही घनश्याम कई बार उस झरने पर क्षमा मांगने गया। किन्तु वहाँ उसे कोई न मिला।

जो कठोर सत्य है, जो प्रत्यक्ष है, जिसकी प्रचण्ड लपट अभी नदी में प्रतिभाषित हो रही है, जिसकी गर्मी इस शीतल रात्रि में भी अंग में अनुभूत हो रही है, उसे असत्य या उसे कल्पना कह कर उड़ा देने के लिए घनश्याम का मन हठ कर रहा है।

थोड़ी देर पहले जब (नदी पर से मुक्त आकाश में एक टुकड़ा बादल का उठ आया था) चिता लग चुकी थी, घनश्याम आग लगाने को उपस्थित था। उसकी स्त्री चिता पर अतीत निद्रा में निमग्न थी। निठुर हिन्दू शास्त्र की कठोर आज्ञा से जब वह विद्रोह करने लगा था, उसी समय घनश्याम को सान्त्वना हुई, उसने अचानक मूर्खता से

अग्नि लगा दी। उसे ध्यान हुआ कि बादल बरस कर निर्दयी चिता को बुझा देंगे, उसे जलने न देंगे। किन्तु व्यर्थ? चिता ठंडी होकर और भी ठहर-ठहर कर सुलगने लगी, क्षण भर में जल कर राख न होने पायी।

घनश्याम ने हृदय में सोचा कि यदि हम मुसलमान या ईसाई होते तो?आह!फूलों से मिली हुई मुलायम मिटटी में इसे सुला देते, सुन्दर समाधि बनाते, आजीवन प्रति संध्या को दीप जलाते, फूल पढ़ाते, कविता पड़ते, रोते, आँसू बहाते, किसी तरह दिन बीत जाते। किन्तु यहाँ कुछ भी नहीं। हत्यारा समाज! कठोर धर्म! कुत्सित व्यवस्था! इनसे क्या आशा? चिता जलने लगी।

श्मशान से लौटते समय धनश्याम ने साथियों को छोड़कर जंगल की ओर पैर बढ़ाया। जहाँ प्रायः शिकार खेलने जाया करता था, वहीं जाकर बैठ गया। आज वह बहुत दिनों बाद इधर आया है। कुछ ही दूरी पर देखा कि साल के वृक्ष की छाया में एक सुकुमार शरीर पड़ा है। सिरहाने तकिया का काम हाथ दे रहा है। घनश्याम ने अभी कड़ी चोट खायी है। करुण-कमल का उसके आर्द्र मानस में विकास हो गया था। उसने समीप जाकर देखा कि वह रमणी और कोई नहीं है, यही रानी है, जिसे उसने बहुत दिन हुए एक अनोखे ढंग में देखा था। घनश्याम की आहट पाते हो रानी उठ बैठी। घनश्याम ने पूछा "आप कौन है?क्यों यहाँ पड़ी है?"

रानी- "मैं केतकी-बन की रानी हूँ।"

"तब ऐसे क्यों?"

"समय की प्रतीक्षा में पड़ी हूँ।"

"कैसा समय?"

"आप से क्या काम?क्या शिकार खेलने आए हैं?"

"नहीं देवी! आज स्वयं शिकार हो गया हूँ।"

"तब तो आप शीघ्र ही शहर की ओर पलटेंगे। क्या किसी भिल्लनी के नयन-बाण लगे हैं? किन्तु नहीं, मैं भूल कर रही हूँ। उन बेचारियों को क्षुधा ज्वाला ने जला रखा है। ओह, वह गढ़े में धंसी हुई आँखें अब किसी को आकर्षित करने का सामर्थ्य नहीं रखती। हे भगवान्, मैं किसलिए पहाड़ी से उतर कर आयी हूँ।"

"देवी! आपका अभिप्राय क्या है, मैं समझ न सका। क्या ऊपर अकाल है, दुर्भिक्षा है?"

"नहीं - नहीं, ईश्वर का प्रकोप है, पवित्रता का अभिशाप है, करुणा की बीभत्समूर्ति का दर्शन है।"

"तब आपकी क्या इच्छा है?"

"मैं वहाँ की रानी हूँ। मेरे वस्त्र आभूषण भण्डार में जो कुछ था, सब बेच कर तीन महीने किसी प्रकार उन्हें खिला सकी, अब मेरे पास केवल इस वस्त्र को छोड़कर और कुछ नहीं रहा कि विक्रय करके एक भी क्षुधित पेट की ज्वाला बुझाती, इसलिए..."

"क्या?"

शहर चलूँगी सुना है कि वहाँ रूप का भी दाम मिलता है। यदि कुछ मिल सके..."

"तब?"

"तो इसे भी बेच दूँगी अनाथ बालकों को इससे कुछ तो सहायता पहुँच सकेगी। क्यों, क्या मेरा रूप बिकने योग्य नहीं है?"

युवक घनश्याम इसका उत्तर देने में असमर्थ था। कुछ दिन पहले वह अपना सर्वस्व देकर भी ऐसा रूप क्रय करने को प्रस्तुत हो जाता। आज वह अपनी स्त्री के वियोग में बड़ा ही सीधा, धार्मिक, निरीह एवं परोपकारी हो गया था। आर्त मुमुक्ष की तरह उसे न जाने किस वस्तु की खोज थी।

घनश्याम ने कहा – "मैं क्या उत्तर दूं?"

"क्यों? क्या दाम न लगेगा? हाँ तुम भी आज किस वेश में हो? क्या सोचते हो? बोलते क्यों नहीं?"

"मेरी स्त्री का शरीरान्त हो गया।"

"तब तो अच्छा हुआ, तुम नगर के धनी हो। तुम्हें तो रूप की आवश्यकता होती होगी। क्या इसे क्रय करोगे?"

घनश्याम ने हाथ जोड़कर सिर नीचा कर लिया। तब उस रानी ने कहा – "उस दिन तो एक भिल्लनी के रूप पर मरते थे। क्यों, आज क्या हुआ?"

"देवी, मेरा साहस नहीं है-वह पाप का वेग था।"

"छिः पाप के लिए साहस था और पुण्य के लिए नहीं?"

घनश्याम रो पड़ा और बोला- "क्षमा कीजिएगा। पुण्य किस प्रकार सम्पादित होता है, मुझे नहीं मालूम। किन्तु इसे पुण्य कहने में...।"

"संकोच होता है। क्यों?"

इसी समय दो-तीन बालक, चार-पाँच स्त्रियाँ और छः-सात भील अनाहार-क्लिष्ट, शीर्ण कलेवर पवन के बल से हिलते डुलते रानी के सामने आकर खड़े हो गए।

रानी ने कहा – "क्यों अब पाप की परिभाषा करोगे?"

घनश्याम ने काँप कर कहा – “नहीं, प्रायश्चित्त करूँगा, उस दिन के पाप का प्रायश्चित्त।”

युवक घनश्याम वेग से उठ खड़ा हुआ, बोला- “बहिन, तुमने मेरे जीवन को अवलम्ब दिया है। मैं निरुद्देश्य हो रहा था, कर्तव्य नहीं सुझ पड़ता था। आपको रूप-विक्रय न करना पड़ेगा। देवी! मैं सन्ध्या तक आ जाऊँगा।”

“सन्ध्या तक?”

“और भी पहले।”

बालक रोने लगे “रानी माँ, अब नहीं रहा जाता।” घनश्याम से भी नहीं रहा गया, वह भागा।

घनश्याम की पापभूमि, देखते-देखते गाड़ी और छकड़ों से भर गई, बाजार लग गया, रानी के प्रबन्ध में घनश्याम ने वहीं पर अकाल पीड़ितों की सेवा आरम्भ कर दी।

जो घटना उसे बार-बार स्मरण होती थी, उसी का यह प्रायश्चित्त था। घनश्याम ने उसी भिल्लनी को प्रधान प्रबन्ध करने वाली देख कर आश्चर्य किया। उसे न जाने क्यों हर्ष और उत्साह दोनों हुए।

11

सहयोग

मनोरमा, एक भूल से सचेत होकर जब तक उसे सुधारने में लगती है, तब तक उसकी दूसरी भूल उसे अपनी मनुष्यता पर ही सन्देह दिलाने लगती है। प्रतिदिन प्रतिक्षण भूल की अविच्छिन श्रृंखला मानव-जीवन को जकड़े हुए है, यह उसने कभी हृदयंगम नहीं किया। भ्रम को उसने शत्रु के रूप में देखा। वह उससे प्रति-पद शंकित और संदिग्ध रहने लगी! उसकी स्वाभाविक सरलता, जो बनावटी भ्रम उत्पन्न कर दिया करती थी, और उसके अस्तित्व में सुन्दरता पालिश कर दिया करती थी, अब उससे बिछुड़ने लगी। वह एक बनावटी रूप और आवभगत को अपना आभरण समझने लगी।

मोहन, एक हृदय-हीन युवक उसे दिल्ली से ब्याह लाया था। उसकी स्वाभाविकता पर अपने आतंक से क्रूर शासन करके उसे आत्मचिंताशून्य पति-गत-प्राणा बनाने की उत्कट अभिलाषा से हृदय-हीन कल से चलती-फिरती हुई पुतली बना डाला और वह इसी में अपनी विजय और पौरुष की पराकाष्ठा समझने लगा था।

धीरे-धीरे अब मनोरमा में अपना निज का कुछ नहीं रहा। वह उसे एक प्रकार से भूल-सी गई थी। दिल्ली के समीप का यमुना तट का वह गाँव, जिसमें वह पली थी, बढ़ी थी, अब उसे कुछ विस्मृत-सा हो चला था। वह व्याह करने के बाद द्विरागमन के अवसर पर जब से अपनी ससुराल आयी थी, वह एक अद्भुत दृश्य था। मनुष्य समाज में पुरुषों के लिए वह कोई बड़ी बात न थी, किन्तु जब उन्हें घर छोड़ कर कभी किसी काम में परदेश जाना पड़ता है, तभी उनको उस कथा के अधम अंश का दआभास सूचित होता है। वह सेवा और स्नेहवृत्तिवाली स्त्रियाँ ही कर सकती हैं। जहाँ अपना कोई नहीं है, जिससे कभी की जान-पहचान नहीं, जिस स्थान पर केवल बघू दर्शन का कुतूहल मात्र उसकी अर्म्यथना करने वाला है, वहाँ वह रोते और सिसकते किसी साहस से आयी और किसी को अपने रूप से, किसी को विनय से, किसी को स्नेह से उसने वश करना आरम्भ किया। उसे सफलता भी मिली। जिस तरह एक महाउद्योगी

किसी भारी अनुसन्धान के लिए अपने घर से अलग होकर अपने सहारे अपना साधन बनाता है, वा कथा-सरित्सागर के साहसिक लोग बैताल या विद्याधरत्व की सिद्धि के असम्भवनीय साहस का परिचय देते हैं, वह इन प्रतिदिन साहसकारिणी मनुष्य जाति की किशोरियों के सामने क्या है, जिनकी बुद्धि और अवस्था कुछ भी इसके अनुकूल नहीं है।

हिन्दू शास्त्रानुसार शूद्रा स्त्री मनोरमा ने आश्‍वर्यपूर्वक समुराल में द्वितीय जन्म ग्रहण कर लिया। उसे द्विजन्मा कहने में कोई बाधा नहीं है।

मेला देख कर मोहन लौटा। उसकी अनुराग-लता, उसकी प्रगल्भा प्रेयसी ने उसका साथ नहीं दिया। सम्भवतः वह किसी विशेष आकर्षक पुरुष के साथ सहयोग करके चली गई। मेला फीका हो गया। नदी के पुल पर एक पत्थर पर वह बैठ गया अंधेरी रात धीरे-धीरे गम्भीर होती जा रही थी। कोलाहल, जनरव और रसीली तानें विरल हो चली। ज्यों-ज्यों एकान्त होने लगा, मोहन की आतुरता बढ़ने लगी। नदी-तट की शरद-रजनी में एकान्त, किसी की अपेक्षा करने लगा। उसका हृदय चन्चल हो चला मोहन ने सोचा, इस समय क्या करें? विनोदी हृदय उत्सुक हुआ। वह चाहे जो हो, किसी की संगति को इस समय आवश्यक समझने लगा। प्यार न करने पर भी मनोरमा का ही ध्यान आया। समस्या हल होते देख कर वह घर की ओर चल पड़ा।

मनोरमा का त्योहार अभी बाकी था। नगर भर में एक नीरव अवसाद हो गया था; किन्तु मनोरमा के हृदय में कोलाहल हो रहा था। ऐसे त्योहार के दिन भी वह मोहन को न खिला सकी थी। लैम्प के मन्द प्रकाश में खिड़की के जंगले के पास वह बैठी रही। विचारने को कुछ भी उसके पास न था। केवल स्वामी की आशा में दास के समान वह उत्कंठित बैठी थी। दरवाजा खटका, वह उठी, चतुरा दासी से भी अच्छी तरह उसने स्वामी की अभ्यर्थना, सेवा, आदर और सत्कार करने में अपने को लगा दिया। मोहन चुपचाप अपने ग्रासों के साथ वाग्युद्ध और दन्तघर्षण करने लगा। मनोरमा ने भूलकर भी यह न पूछा कि तुम इतनी देर कहाँ थे? क्यों नहीं आए? न वह रूठी, न वह ऐंठी, लघुमान की कौन कहे, लघुमान का छींटा नहीं। मोहन को यह और असह्य हो गया। उसने समझा कि हम इस योग्य भी नहीं रहा कि कोई हमसे यह पूछे - "तुम कहाँ इतनी देर मरते थे?" पत्नी का अपमान उसे और यन्त्रणा देने लगा वह भोजन करते-करते अकस्मात रुक गया। मनोरमा ने पूछा - "क्या दूध ले आऊँ। अब और कुछ नहीं लीजिएगा?"

साधारण प्रश्न था। किन्तु मोहन को प्रतीत हुआ कि यह तो अतिथि की-सी अभ्यर्थना है, गृहस्थ को अपने घर की-सी नहीं। वह चट बोल उठा - "नहीं, आज दूध न लूँगा।" किन्तु मनोरमा तो तब तक दूध का कटोरा लेकर सामने आ गई, बोली- "थोड़ा-सा लीजिए, अभी गरम है।"

मोहन बार-बार सोचता था कि कोई ऐसी बात निकले जिसमें मुझे कुछ करना पढ़े और मनोरमा मानिनी बने, मैं उसे मनाऊँ; किन्तु मनोरमा में वह मिट्टी ही नहीं रही। मनोरमा तो कल की पुतली हों गई थी। मोहन ने 'दूध अभी गरम है', इसी में देर होने का व्यंग्य निकाल लिया और कहा "हाँ, आज मेला देखने चला गया था, इसी में देर हुई।"

किन्तु वहाँ कैफियत तो कोई लेता न था, देने के लिए प्रस्तुत अवश्य था। मनोरमा ने कहा – "नहीं, अभी देर तो नहीं हुई। आध घंटा हुआ होगा कि दूध उतारा गया है।"

मोहन हताश हो गया। चुपचाप पलंग पर जा लेटा। मनोरमा ने उधर ध्यान भी नहीं दिया। वह चतुरता से गृहस्थी की सारी वस्तुओं को समेटने लगी। थोड़ी देर में इससे निबटकर वह अपनी भूल समझ गई। चट पान लगाने बैठ गई। मोहन ने यह देखकर कहा – ''नहीं, मैं पान इस समय न खाऊँगा।"

मनोरमा ने भयभीत स्वर से कहा – "बिखरी हुई चीजें इकट्ठी न कर लेती, बिल्ली-चूहे उसे खराब कर देते। थोड़ी देर हुई है, क्षमा कीजिए। दो पान तो अवश्य खा लीजिए।"

बाध्य होकर मोहन को दो पान खाना पड़ा। अब मनोरमा पैर दबाने बैठी। वेश्या से तिरस्कृत मोहन घबरा उठा। वह इस सेवा से कब छुट्टी पावे? इस सह- योग से क्या बस चले। उसने विचारा कि मनोरमा को मैंने ही तो ऐसा बनाना चाहा था। अब वह ऐसी हुई, तो मुझे अब विरक्ति क्यों है? इसके चरित्र का यह अंश क्यों नहीं रुचता – किसी ने उसके कान में धीरे से कहा – "तुम तो अपनी स्त्री को अपनी दासी बनाना चाहते थे, जो वास्तव में तुम्हारी अन्तरात्मा को ईप्सित नहीं था। तुम्हारी कुप्रव्रतियों की वह उत्तेजना थी कि वह तुम्हारी चिर-संगिनी न होकर दासी के समान आज्ञाकारिणी मात्र रहे। वही हुआ। अब क्यों भागते हो!" अकस्मात मोहन उठ बैठा। मोहन और मनोरमा एक-दूसरे के पैर पकड़े हुए थे।

12

खंडहर की लिपि

जब बसन्त की पहली लहर ने अपना पीला रंग सीमा के खेतों पर चढ़ा लायी, काली कोयल ने उसे बरजना आरम्भ किया और भौरे गुनगुना कर काना-फुँसी करने लगे, उसी समय एक समाधि के पास लगे हुए गुलाब ने मुँह खोलने का उपक्रम किया। किन्तु किसी युवक के चंचल हाथ ने उसका हौसला भी तोड़ दिया। दक्षिण पवन ने उससे कुछ झटक लेना चाहा, बिचारे की पंखुड़ियाँ झड़ गई। युवक ने इधर- उधर देखा। एक उदासी और अभिलाषामयी शुन्यता ने उसकी प्रत्याशी दृष्टि को कुछ उत्तर न दिया। वसन्त-पवन का एक भारी झोंका 'हा-हा' करता उसकी हँसी उड़ाता चला गया।

सटी हुई टेकरी की टूटी-फूटी सीढ़ी पर युवक चढ़ने लगा। पचास सीढ़ियाँ चढ़ने के बाद वह बगल की बहुत पुरानी दालान में विश्राम लेने के लिए ठहर गया। ऊपर जो जीर्ण मन्दिर था, उसका ध्वंसावशेष देखने को वह बार-बार जाता था। उस भग्न स्तूप से युवक को आमंत्रित करती हुई 'आओ आओ' की अपरिस्फुट पुकार बुलाया करती। जाने कब के अतीत ने उसे स्मरण कर रखा है। मण्डप के भग्न कोण में एक पत्थर के ऊपर न जाने कौन-सी लिपि थी, जो किसी कोरदार पत्थर में लिखी गई थी। वह नागरी तो कदापि नहीं थी। युवक ने आज फिर उसी ओर देखते-देखते उसे पढ़ना चाहा। बहुत देर तक घूमता-घूमता वह थक गया था, इस वजह से उसे निद्रा आने लगी और वह स्वप्न देखने लगा।

कमलों का कमनीय विकास झील की शोभा को द्विगुणित कर रहा है। उसके आमोद के साथ वीणा की झनकार, झील के स्पर्श के शीतल और सुरभित पवन में भर रही थी। सुदूर प्रतीचि में एक सहस्रदल स्वर्ण कमल अपनी शेष स्वर्ण-किरण की भी मृणाल पर व्योम-निधि में खिल रहा है। वह लज्जित होना चाहता है। वीणा के तारों पर उसकी अन्तिम आभा की चमक पड़ रही है। एक आनन्दपूर्ण विषाद से युवक अपनी चंचल अँगुलियों को नचा रहा है। एक दासी स्वर्णपात्र में केसर, अगुरु, चन्दनमिश्रित अंगराग और नवमल्लिका की माला, कई ताम्बूल लिए हुए आयी, प्रणाम करके उसने

कहा – "महाश्रेष्ठि धनमित्र की कन्या ने श्रीमान के लिए उपहार भेजकर प्रार्थना की है कि आज के उद्यान गोष्ठ में आप अवश्य पधारने की कृपा करें। आनन्द विहार के समीप उपवन में आपकी प्रतीक्षा करती हुई कामिनी देवी बहुत देर तक रहेंगी।"

युवक ने विरक्त होकर कहा – "अभी कई दिन हुए है, मैं सिंहल से आ रहा हूँ, मेरा पोत समुद्र में डूब गया है। मैं ही किसी तरह बचा हूँ। अपनी स्वामिनी से कह देना कि मेरी अभी ऐसी अवस्था नहीं है कि मैं उपवन के आनन्द का उपभोग कर सकूँ।"

"तो प्रभु, क्या मैं यही उत्तर दे दूँ?" दासी ने कहा।

"हाँ, और यह भी कह देना कि तुम सरीखी अविश्वासिनी स्त्रियों से मैं और भी दूर भागना चाहता हूँ, जो प्रलय के समुद्र की प्रचण्ड आँधी में एक जर्जर पोत से भी दुर्बल और उस डुबा देने वाली लहर से भी भयानक है।" युवक ने अपनी वीणा सँवारते हुए कहा।

"वे उस उपवन में कभी की जा चुकी हैं, और हमसे यह भी कहा है कि यदि वे गोष्ठ में न आना चाहें, तो स्तूप की सीढ़ी के विश्राम मण्डप में मुझसे एक बार अवश्य मिल लें, मैं निर्दोष हूँ।" दासी ने सविनय कहा।

युवा ने रोष भरी दृष्टि से देखा। दासी प्रणाम करके चली गई। सामने का एक कमल सन्ध्या के प्रभाव से कुम्हला रहा था। युवक को प्रतीत हुआ कि वह घन- मित्र की कन्या का मुख है। उससे मकरन्द नहीं, अश्रु गिर रहे हैं। मैं निर्दोष हूँ', यही भौंरें भी गूंजकर कह रहे हैं।

युवक ने स्वप्न में चौंक कर कहा – "मैं आऊँगा।" आँख न खोलने पर भी उसने उस जीर्ण दालान की लिपि पढ़ ली – "निष्ठुर! अन्त को तुम नहीं आए।"युवक सचेत होकर उठने को था कि वह कई सौ बरस की पुरानी छत धम से गिरी।

वायुमण्डल में – "आओ-आओ" का शब्द गूंजने लगा।

13

आकाशदीप

“बंदी!”

“क्या है? सोने दो।”

“मुक्त होना चाहते हो?”

“अभी नहीं, निद्रा खुलने पर, चुप रहो।”

“फिर अवसर न मिलेगा।”

“बड़ा शीत है, कहीं से एक कंबल डालकर कोई शीत से मुक्त करता।”

“आँधी की संभावना है। यही अवसर है। आज मेरे बंधन शिथिल हैं।”

“तो क्या तुम भी बंदी हो?”

“हाँ, धीरे बोलो, इस नाव पर केवल दस नाविक और प्रहरी हैं।”

“शस्त्र मिलेगा?”

“मिल जाएगा। पोत से संबद्ध रज्जु काट सकोगे?”

“हाँ।”

समुद्र में हिलोरें उठने लगीं। दोनों बंदी आपस में टकराने लगे। पहले बंदी ने अपने को स्वतंत्र कर लिया। दूसरे का बंधन खोलने का प्रयत्न करने लगा। लहरों के धक्के एक-दूसरे को स्पर्श से पुलकित कर रहे थे। मुक्ति की आशा – स्नेह का असंभावित आलिंगन। दोनों ही अंधकार में मुक्त हो गए। दूसरे बंदी ने हर्षातिरेक से उसको गले से लगा लिया। सहसा उस बंदी ने कहा – “यह क्या? तुम स्त्री हो?”

“क्या स्त्री होना कोई पाप है?” अपने को अलग करते हुए स्त्री ने कहा।

“शस्त्र कहाँ है – तुम्हारा नाम?”

“चंपा।”

तारक-खचित नील अंबर और समुद्र के अवकाश में पवन ऊधम मचा रहा था। अंधकार से मिलकर पवन दुष्ट हो रहा था। समुद्र में आंदोलन था। नौका लहरों में विकल थी। स्त्री सतर्कता से लुढ़कने लगी। एक मतवाले नाविक के शरीर से टकराती हुई सावधानी से उसका कृपाण निकालकर, फिर लुढ़कते हुए, बंदी के समीप पहुँच गई। सहसा पोत से पथ-प्रदर्शक ने चिल्लाकर कहा – "आँधी!"

आपत्ति-सूचक तूर्य बजने लगा। सब सावधान होने लगे। बंदी युवक उसी तरह पड़ा रहा। किसी ने रस्सी पकड़ी, कोई पाल खोल रहा था। पर युवक बंदी ढूलक कर उस रज्जु के पास पहुँचा, जो पोत से संलग्न थी। तारे ढँक गए। तरंगें उद्वेलित हुईं, समुद्र गरजने लगा। भीषण आँधी, पिशाचिनी के समान नाव को अपने हाथों में लेकर कंदुक-कीड़ा और अट्टहास करने लगी।

एक झटके के साथ ही नाव स्वतंत्र थी। उस संकट में भी दोनों बंदी खिल-खिला कर हँस पड़े। आँधी के हाहाकार में उसे कोई न सुन सका।

अनंत जलनिधि में उषा का मधुर आलोक फूट उठा। सुनहली किरणों और लहरों की कोमल सृष्टि मुस्कराने लगी। सागर शांत था। नाविकों ने देखा, पोत का पता नहीं। बंदी मुक्त हैं।

नायक ने कहा – "बुधगुप्त! तुमको मुक्त किसने किया?"

कृपाण दिखाकर बुधगुप्त ने कहा – "इसने।"

नायक ने कहा – "तो तुम्हें फिर बंदी बनाऊँगा।"

"किसके लिए? पोताध्यक्ष मणिभद्र अतल जल में होगा-नायक! अब इस नौका का स्वामी मैं हूँ।"

"तुम? जलदस्यु बुधगुप्त? कदापि नहीं।" – चौंक कर नायक ने कहा और अपना कृपाण टटोलने लगा! चंपा ने इसके पहले उस पर अधिकार कर लिया था। वह क्रोध से उछल पड़ा।

"तो तुम द्वंद्वयुद्ध के लिए प्रस्तुत हो जाओ; जो विजयी होगा, वह स्वामी होगा।" इतना कहकर बुधगुप्त ने कृपाण देने का संकेत किया। चंपा ने कृपाण नायक के हाथ में दे दिया।

भीषण घात-प्रतिघात आरंभ हुआ। दोनों कुशल, दोनों त्वरित गति वाले थे। बड़ी निपुणता से बुधगुप्त ने अपना कृपाण दाँतों से पकड़कर अपने दोनों हाथ स्वतंत्र कर लिए चंपा भय और विस्मय से देखने लगी। नाविक प्रसन्न हो गए परन्तु बुध- गुप्त ने लाघव से नायक का कृपाण वाला हाथ पकड़ लिया और विकट हुंकार से दूसरा हाथ कमर

में डाल, उसे गिरा दिया। दूसरे ही क्षण प्रभात की किरणों में बुधगुप्त का विजयी कृपाण उसके हाथों में चमक उठा। नायक की कातर आँखें प्राण – भिक्षा मांगने लगी।

बुधगुप्त ने कहा – "बोलो, अब स्वीकार है कि नहीं?"

"मैं अनुचर हूँ, वरुणदेव की शपथ। मैं विश्वासघात नहीं करूँगा।" बुधगुप्तने उसे छोड़ दिया।

चंपा ने युवक जलदस्यु के समीप आकर उसके क्षतों को अपनी स्निग्ध दृष्टि और कोमल करों से वेदना-विहीन कर दिया। बुधगुप्त के सुगठित शरीर पर रक्त-बिंदु विजय तिलक कर रहे थे।

विश्राम लेकर बुधगुप्त ने पूछा "हम लोग कहाँ होंगे?"

"बालीद्वीप से बहुत दूर, सम्भवतः एक नवीन द्वीप के पास, जिसमें अभी हम लोगों का बहुत कम आना-जाना होता है। सिंहल के वणिकों का वहाँ प्राधान्य है।"
"कितने दिनों में हम लोग वहाँ पहुँचेंगे?"

अनुकूल पवन मिलने पर दो दिन में तब तक के लिए खाद्य का अभाव न होगा।

"सहसा नायक ने नाविकों को डाँड लगाने की आज्ञा दी, और स्वयं पतवार पकड़कर बैठ गया बुधगुप्त के पूछने पर उसने कहा – "यहाँ एक जलमग्न शैलखण्ड है। सावधान न रहने से नाव टकराने का भय है।"

"तुम्हें इन लोगों ने बंदी क्यों बनाया?"

"वणिक मणिभद्र की पाप-वासना ने।"

"तुम्हारा घर कहाँ है?"

"जाह्नवी के तट पर। चंपा नगरी की एक क्षत्रिय बालिका है। पिता इसी मणिभद्र के यहाँ प्रहरी का काम करते थे। माता का देहावसान हो जाने पर मैं भी पिता के साथ नाव पर ही रहने लगी। आठ बरस से समुद्र ही मेरा घर है। तुम्हारे आक्रमण के समय मेरे पिता ने ही सात दस्युओं को मारकर जल समाधि ली एक मास हुआ, मैं इस नील नभ के नीचे, नील जलनिधि के ऊपर, एक भयानक अनंतता में निस्सहाय हूँ-अनाथ हूँ। मणिभद्र ने मुझसे एक दिन घृणित प्रस्ताव दिया। मैंने उसे गालियाँ सुनाई। उसी दिन से बन्दी बना दी गई।" - चंपा रोष से जल रही थी।

"मैं भी ताम्रलिप्ति का एक क्षत्रिय हूँ, चंपा! परन्तु दुर्भाग्य से जलदस्यु बन कर जीवन बिताता हूँ। अब तुम क्या करोगी?"

"मैं अपने अदृष्ट को अनिर्दिष्ट ही रहने दूँगी। वह जहाँ ले जाए।" - चंपा को आँखें निस्सीम प्रदेश में निरुद्देश्य थीं। किसी आकांक्षा के लाल डोरे न थे। धवल अपांगों

में बालकों के सदृश विश्वास था। हत्या व्यवसायी दस्यु भी उसे देखकर काँप गया। उसके मन में एक संभ्रमपूर्ण श्रद्धा यौवन की पहली लहरों को जगाने लगी समुद्र-वक्ष पर विलंबमयी राग-रंजित संध्या थिरकने लगी। चंपा के असंयत कुंतल उसकी पीठ पर बिखरे थे दुर्दान्त दस्यु ने देखा, अपनी महिमा में अलौकिक एक तरुण बालिका! वह विस्मय से अपने हृदय को टटोलने लगा। उसे एक नई वस्तु का पता चला। वह थी – कोमलता!

उसी समय नायक ने कहा – "हम लोग द्वीप के पास पहुँच गए।"

बेला से नाव टकराई चंपा निर्भीकता से कूद पड़ी। मांझी भी उतरे। बुधगुप्त ने कहा – "जब इसका कोई नाम नहीं है, तो हम लोग इसे चंपा द्वीप कहेंगे।"

चंपा हँस पड़ी।

पाँच बरस बाद-

शरद के धवल नक्षत्र नील गगन में झिलमिला रहे थे। चंद्र की उज्ज्वल विजय पर अंतरिक्ष में शरदलक्ष्मी ने आशीर्वाद के फूलों और खिलों को बिखेर दिया।

चंपा के एक उच्चसौध पर बैठी हुई तरुणी चंपा दीपक जला रही थी। बड़े यत्न से अभ्रक की मंजूषा में दीप धर कर उसने अपनी सुकुमार उँगलियों से डोरी खोंची। वह दीपाधार ऊपर चढ़ने लगा। भोली भोली आँखें उसे ऊपर चढ़ते बड़े हर्ष से देख रही थीं डोरी धीरे-धीरे खींची गई। चंपा की कामना थी कि उसका आकाश- दीप नक्षत्रों से हिलमिल जाए; किंतु वैसा होना असंभव था। उसने आशाभरी आँखें फिरा लीं।

सामने जल राशि का रजत श्रृंगार था। वरुण बालिकाओं के लिए लहरों से हीरे और नीलम की क्रीड़ा शैल-मालाएँ बना रही थी और वे मायाविनी छाल्नाये अपनी हँसी का कलनाद छोड़ कर छिप जाती थीं। दूर-दूर से धीवरों का वंशी-झंकार उनके संगीत-सा मुखरित होता था। चंपा ने देखा कि तरल संकुल जल राशि में उसके कंडील का प्रतिबिद अस्तव्यस्त था! वह अपनी पूर्णता के लिए सैकड़ों चक्कर काटता था। वह अनमनी होकर उठ खड़ी हुई। किसी को पास न देखकर पुकारा- "जया!"

एक श्यामा युवती सामने आकर खड़ी हुई। वह जंगली थी। नील नभोमण्डल- से मुख में शुद्ध नक्षत्रों की पंक्ति के समान उसके दाँत हँसते ही रहते। वह चंपा को रानी कहती; बुधगुप्त की आज्ञा थी।

"महानाविक कब तक आएँगे, बाहर पूछो तो।" चंपा ने कहा। जया चली गई।

दूरागत पवन चंपा के अंचल में विश्राम लेना चाहता था। उसके हृदय में गुद-गुदी हो रही थी आज न जाने क्यों वह बेसुध थी। एक दीर्घकाय दृढ़ पुरुष ने उसकी पीठ पर हाथ रख चमत्कृत कर दिया। उसने फिर कर कहा – "बुधगुप्त!"

"बावली हो क्या? यहाँ बैठी हुई अभी तक दीप जला रही हो, तुम्हें यह काम करना है?"

"क्षीरनिषिशायी अनंत की प्रसन्नता के लिए क्या दासियों से आकाश-दीप जलवाऊँ?"

"हँसी आती है। तुम किसको दीप जला कर पथ दिखलाना चाहती हो?उसको, जिसको तुमने भगवान् मान लिया है?"

"हाँ, वह भी कभी भटकते हैं, भूलते हैं; नहीं तो, बुधगुप्त को इतना ऐश्वर्य क्यों देते?"

"तो बुरा क्या हुआ, इस द्वीप की अधीश्वरी चंपारानी!'

"मुझे इस बंदीगृह से मुक्त करो। अब तो बाली, जावा और सुमात्रा का वाणिज्य केवल तुम्हारे ही अधिकार में है महानाविक! परंतु मुझे उन दिनों की स्मृति सुहानी लगती है, जब तुम्हारे पास एक ही नाव थी और चंपा के उपकूल में पूण्य लादकर हम लोग सुखी जीवन बिताते थे। इस जल में अगणित बार हम लोगों की हरी मनोमय प्रभात में तारिकाओं को मधुर ज्योति में थिरकती थी। दुधगुप्त। उस विजन अनंत में जब मांझी सो जाते थे, दीपक बुझ जाते थे, हम तुम परिश्रम से थक कर पालों में शरीर लपेट कर एक-दूसरे का मुँह क्यों देखते थे? वह नक्षत्रों की मधुर छाया –"

"तो चंपा! अब उससे भी अच्छे ढंग से हम लोग विचर सकते हैं। तुम मेरी प्राणदात्री हो, मेरी सर्वस्व हो।"

"नहीं-नहीं, तुमने दस्युवृत्ति छोड़ दी परंतु हृदय वैसा ही अकरुण, सतृष्ण और ज्वलनशील है। तुम भगवान् के नाम पर हँसी उड़ाते हो। मेरे आकाश-दीप पर व्यंग कर रहे हो नाविक! उस प्रचंड आँधी में प्रकाश की एक-एक किरण के लिए हम लोग कितने व्याकुल थे। मुझे स्मरण है, जब मैं छोटी थी, मेरे पिता नौकरी पर समुद्र में जाते थे। मेरी माता, मिट्टी का दीपक बांस की पिटारी में भागीरथी के तट पर बाँस के साथ ऊँचे टांग देती थी। उस समय वह प्रार्थना करती 'भगवान्! मेरे पथ भ्रष्ट नाविक को अंधकार में ठीक पथ पर ले चलना।' और जब मेरे पिता बरसों पर लोटते तो कहते- 'साध्वी! तेरी प्रार्थना से भगवान् ने संकटों में मेरी रक्षा की है।' वह गद्गद हो जाती। मेरी माँ? आह नाविक! यह उसी की पुण्य स्मृति है। मेरे पिता, वीर पिता की मृत्यु के निष्ठुर कारण, जल-दस्यु! हट जाओ।" - सहसा चंपा का मुख क्रोम से भीषण होकर रंग बदलने लगा। महानाविक ने कभी यह रूप न देखा था। वह ठठा कर हँस पड़ा।

"यह क्या, चंपा? तुम अस्वस्थ हो जाओगी, सो रहो।" - कहता हुआ चला गया। चंपा मुट्ठी बाँचे उन्मादिनी-सी घूमती रही।

निर्जन समुद्र के उपकूल में वेला से टकरा कर लहरें बिखर जाती थीं। पश्चिम का पथिक थक गया था। उसका मुख पीला पड़ गया। अपनी शांत गंभीर हलचल में जलनिधि विचार में निमग्न था। वह जैसे प्रकाश की उन्मलिन किरणों से विरक्त था।

चंपा और जया धीरे-धीरे उस तट पर आकर खड़ी हो गई। तरंग से उठते हुए पवन ने उनके वसन को अस्त-व्यस्त कर दिया। जया के संकेत से एक छोटी-सी नौका आई। दोनों के उस पर बैठते ही नाविक उतर गया। जया नाव खेने लगी। चंपा मुग्ध-सी समुद्र के उदास वातावरण में अपने को मिश्रित कर देना चाहती थी।

"इतना जल! इतनी शीतलता! हृदय की प्यास न बुझी। पी सकूंगी? नहीं। तो जैसे वेला में चोट खाकर सिंधु चिल्ला उठता है, उसी के समान रोदन करूँ? या जलते हुए स्वर्ण-गोलक सद्रश अनंत जल में डूब कर बुझ जाऊँ?"- चंपा के देखते- देखते पीड़ा और ज्वलन से आरक्त बिंब धीरे-धीरे सिंधु में चौथाई- आधा, फिर संपूर्ण विलीन हो गया। एक दीर्घ निश्वास लेकर चंपा ने मुँह फेर लिया। देखा, तो महा- नाविक का बजरा उसके पास है। बुधगुप्त ने झुक कर हाथ बढ़ाया। चंपा उसके सहारे बजरे पर चढ़ गई। दोनों पास-पास बैठ गए।

"इतनी छोटी नाव पर पर घूमना ठीक नहीं। पास ही वह जलमग्न शैल- खंड है। कहीं नाव टकरा जाती या ऊपर चढ़ जाती, चंपा तो?"

"अच्छा होता, बुधगुप्त। जल में बंदी होना कठोर प्राचीरों से तो अच्छा है।"

"आह चंपा, तुम कितनी निर्दय हो! बुधगुप्त को आज्ञा देकर देखो तो, वह क्या नहीं कर सकता। जो तुम्हारे लिए नए द्वीप की सृष्टि कर सकता है, नई प्रजा खोज सकता है, नए राज्य बना सकता है, उसकी परीक्षा लेकर देखो तो कहो, चंपा वह कृपाण से अपना हृदय पिंड निकाल अपने हाथों अतल जल में विसर्जन कर दे।" –महानाविक जिसके नाम से बाली, जावा और चंपा का आकाश गूंजता था, पवन थर्राता था। घुटनों के बल चंपा के सामने छलछलाई आँखों से बैठा था।

सामने शैल माला की चोटी पर हरियाली में विस्तृत जल देश में, नील पिंगल संध्या, प्रकृति की सहृदय कल्पना, विश्राम की शीतल छाया, स्वप्नलोक का सृजन करने लगी। उस मोहिनी के रहस्यपूर्ण नीलजाल का कुहक स्फुट हो उठा। जैसे मदिरा ये सारा अंतरिक्ष सिक्त हो गया। सृष्टि नील कमलों में भर उठी। उस सौरभ से पागल चंपा ने बुधगुप्त के दोनों हाथ पकड़ लिए। वहाँ एक आलिंगन हुआ, जैसे क्षितिज में आकाश और सिंधु का। किन्तु उस परिरंभ में सहस्रा चैतन्य होकर चंपा ने अपनी कंचुकी से एक कृपाण निकाल लिया।

"बुधगुप्त! आज मैं अपने प्रतिशोध का कृपाण अतल जल में डुबा देती हूँ। हृदय ने छल किया, बार-बार धोखा दिया!' – चमककर वह कृपाण समुद्र का हृदय भेदता हुआ विलीन हो गया।

"तो आज से मैं विश्वास करूँ, क्षमा कर दिया गया?"- आश्चर्य-कंपित कंठ से महानाविक ने पूछा।

"विश्वास? कदापि नहीं, बुधगुप्त! जब मैं अपने हृदय पर विश्वास नहीं कर सकी, उसी ने धोखा दिया, तब में कैसे कहूँ? मैं तुमसे घृणा करती हूँ, फिर भी तुम्हारे लिए मर सकती हूँ। अंधेर है जलदस्यु तुम्हें प्यार करती हूँ।" चंपा रो पड़ी।

वह स्वप्नों की रंगीन संध्या, तम से अपनी आँखें बन्द करने लगी थी। दीर्घ निश्वास लेकर महानाविक ने कहा – "इस जीवन की पुण्यतम घड़ी की स्मृति में एक प्रकाश गृह बनाऊँगा, चंपा! यहीं उस पहाड़ी पर संभव है कि मेरे जीवन की धुंधली संध्या उससे आलोकपूर्ण हो जाए!"

चंपा के दूसरे भाग में एक मनोरम शैलमाला थी। वह बहुत दूर तक सिंधु जल में निमग्न थी। सागर का चंचल जन उस पर उबलता हुआ उसे छिपाए था। आज उसी शैलमाला पर चंपा के आदि-निवासियों का समारोह था। उन सबों ने चंपा को वनदेवी-सा सजाया था। ताम्रलिप्ति के बहुत से सैनिक नाविकों की श्रेणी में वन-कुसुम विभूषिता शिविकारूढ़ होकर जा रही थी।

शैल के एक ऊँचे शिखर पर चंपा के नाविकों को सावधान करने के लिए सुदृढ़ दीपस्तंभ बनवाया गया था। आज उसी का महोत्सव है। बुधगुप्त स्तंभ के द्वार पर खड़ा था। शिविका से सहायता देकर चंपा को उसने उतारा। दोनों ने भीतर पदार्पण किया था कि बांसुरी और ढोल बजने लगे। पंक्तियों में कुसुम भूषण से सजी वन-बालाएँ फूल उछालती हुई नाचने लगीं।

दीपस्तंभ की ऊपरी खिड़की से यह देखती हुई चंपा ने जरा से पूछा "यह क्या है जया? इतनी बालिकाएँ कहाँ से बटोर लाई?"

"आज रानी का ब्याह है न?" कह कर जया ने हँस दिया।

बुद्धगुप्त विस्तृत जलनिधि की ओर देख रहा था। उसे झकझोर कर चंपा ने पूछा- क्या यह सच है?"

"यदि तुम्हारी इच्छा हो, तो यह सच भी हो सकता है, चंपा! कितने वर्षों से मैं ज्वालामुखी को अपनी छाती में दबाए हूँ।"

"चुप रहो, महानाविक! क्या मुझे निस्सहाय और कंगाल जानकर तुमने आज सब प्रतिशोध लेना चाहा?"

"मैं तुम्हारे पिता का घातक नहीं हूँ, चंपा! वह एक दूसरे दस्यु के शस्त्र से मरे!'

"यदि मैं इसका विश्वास कर सकती। बुधगुप्त, वह दिन कितना सुंदर होता। वह पल कितना स्पृहणीय। आह! तुम इस निष्ठुरता में भी कितने महान होते!'

जया नीचे चली गई थी। स्तंभ के संकीर्ण प्रकोष्ठ में बुधगुप्त और चंपा एकांत में एक दूसरे के सामने बैठे थे।

बुधगुप्त ने चंपा के पैर पकड़ लिए। उच्छवसित शब्दों में वह कहने लगा- चंपा, हम लोग जन्मभूमि-भारतवर्ष से कितनी दूर इन निरीह प्राणियों में इंद्र और शची के समान पूजित हैं। पर न जाने कौन अभिशाप हम लोगों को अभी तक अलग किए है। स्मरण होता है वह दार्शनिकों का देश! वह महिमा की प्रतिमा! मुझे वह स्मृति नित्य आकर्षित करती है; परंतु मैं क्यों नहीं जाता? जानती हो, इतना महत्त्व प्राप्त करने पर भी मैं कंगाल हूँ मेरा पत्थर-सा हृदय एक दिन सहसा तुम्हारे स्पर्श से चंद्रकांतमणि की तरह द्रवित हुआ।

"चंपा! मैं ईश्वर को नहीं मानता, मैं पाप को नहीं मानता, मैं दया को नहीं समझ सकता, मैं उस लोक में विश्वास नहीं करता। पर मुझे अपने हृदय के एक दुर्बल अंश पर श्रधा हो चली है। तुम न जाने कैसे एक बहकी हुई तारिका के समान मेरे शून्य में उदित हो गई हो। आलोक की एक कोमल रेखा इस निविड़तम में मुस्कराने लगी। पशु-बल और धन के उपासक के मन में किसी शांत और एकांत कामना की हँसी खिलखिलाने लगी; पर मैं न हँस सका!

"चलोगी चंपा? पोतवाहिनी पर असंख्य वनराशि लाद कर राजरानी-सी जन्मभूमि के अंक में? आज हमारा परिणय हो, कल ही हम लोग भारत के लिए प्रस्थान करें। महानाविक बुधगुप्त की आज्ञा सिन्धु की लहरें मानती हैं। वे स्वयं उस पोत पुंज को दक्षिण पवन के समान भारत में पहुँचा देंगी। आह चंपा! चलो।"

चंपा ने उसके हाथ पकड़ लिए। किसी आकस्मिक झटके ने एक पलभर के सिए दोनों के अवरों को मिला दिया। सहसा चैतन्य हो कर चंपा ने कहा"! मेरे लिए सब भूमि मिट्टी है; सब जल तरल है; सब पवन शीतल है। कोई विशेष आकांक्षा हृदय में अग्नि के समान प्रज्वलित नहीं। सब मिलाकर मेरे लिए एक शून्य है। प्रिय नाविक! तुम स्वदेश लौट जाओ, विभवों का सुख भोगने के लिए, और मुझे,छोड़ दो इन निरीह भोले-भाले प्राणियों के दुःख की सहानुभूति और सेवा के लिए।"

"तब मैं अवश्य चला जाऊँगा, चंपा! यहाँ रहकर मैं अपने हृदय पर अधिकार रख सकूं इसमें सन्देह है। आह! उन लहरों में मेरा विनाश हो जाए।" - महानाविक के उच्छ्वास में विकलता थी। फिर उसने पूछा "तुम अकेली यहाँ क्या – करोगी?"

"पहले विचार था कि कभी-कभी इस दीप-स्तंभ पर से आलोक जला कर अपने पिता की समाधि का इस जल से अंवेषण करुँगी। किंतु देखती हूँ, मुझे भी इसी में जलना होगा, जैसे आकाश-दीप।"

एक दिन स्वर्ण रहस्य के प्रभात में चंपा ने अपने दीपस्तंभ पर से देखा- सामुद्रिक नावों की एक श्रेणी चंपा का उपकुल उछोड़कर पश्चिम-उत्तर की ओर महा जल-व्याल के समान संतरण कर रही है। उसकी आँखों से आँसू बहने लगे।

यह कितनी ही शताब्दियों पहले की कथा है। चंपा आजीवन उस दीप-स्तंभ में आलोक जलाती रही। किंतु उसके बाद भी बहुत दिन दीप निवासी उस माया- ममता और स्नेह-सेवा की देवी की समाधि-सदृश पूजा करते थे।

एक दिन काल के कठोर हाथों ने उसे भी अपनी चंचलता से गिरा दिया।

14

प्रतिध्वनि

मनुष्य की चिता जल जाती है, और बुझ भी जाती है परंतु उसकी छाती की जलन, द्वेष की ज्वाला, संभव है, उसके बाद भी धक् -धक् करती हुई जला करे।

तारा जिस दिन विधवा हुई, जिस समय सब लोग रो-पीट रहे थे, उसकी ननद ने, भाई के मरने पर भी, रोदन के साथ व्यंग स्वर में कहा – "अरे मैया रे, किसका पाप किसे खा गया रे!" तभी आसन्न वैधव्य ठेलकर, अपने कानों को ऊँचा करके, तारा ने वह तीक्ष्ण व्यंग रोदन के कोलाहल में भी सुन लिया था।

तारा संपन्न थी, इसलिए वैधव्य उसे दूर ही से डराकर चला जाता। उसका पूर्ण अनुभव वह कभी न कर सकी। हाँ, ननद रामा अपनी दरिद्रता के दिन अपनी कन्या श्यामा के साथ किसी तरह काटने लगी। दहेज मिलने की निराशा से कोई ब्याह करने के लिए प्रस्तुत न होता। श्मामा चौदह बरस की हो चली। बहुत चेष्टा करके भी रामा उसका ब्याह न कर सकी। वह चल बसी।

श्यामा निस्सहाय अकेली हो गई। पर जीवन के जितने दिन हैं, वे कारावासी के समान काटने ही होंगे। वह अकेली ही गंगा तट पर अपनी बारी से सटे हुए कच्चे झोपड़े में रहने लगी।

मन्नी नाम की एक बुढ़िया, जिसे 'दादी' कहती थी, रात को उसके पास सो जाती, और न जाने कहाँ से, कैसे उसके खाने-पीने का कुछ प्रबंध कर ही देती। धीरे-धीरे दरिद्रता के सब अवशिष्ट चिह्न बिककर श्यामा के पेट में चले गए।

पर, उसकी आम की बारी अभी नीलाम होने के लिए हरी-भरी थी!

कोमल आतप गंगा के शीतल शरीर में अभी ऊष्मा उत्पन्न करने में असमर्थ था। नवीन किसलय उससे चमक उठे थे। वसंत की किरणों की चोट से कोयल कुहुक उठी। आम की कैरियों के गुच्छे हिलने लगे। उस आम की बारी में माधव ऋतु का डेरा था और श्यामा के कमनीय कलेवर में यौवन था।

श्यामा अपने कच्चे घर के द्वार पर खड़ी हुई मेघ-संक्रांति का पर्व- स्नान करने वालों को कगार के नीचे देख रही थी। समीप होने पर भी वह मनुष्यों की भीड़ उसे चीटियाँ रेंगती हुई जैसी दिखायी पड़ती थी। मन्नी ने आते ही उसका हाथ पकड़कर कहा – "चलो बेटी, हम लोग भी स्नान कर आएँ।"

उसने कहा – "नहीं दादी, आज अंग-अंग टूट रहा है, जैसे ज्वर आने को है।"

मन्नी चली गई।

तारा स्नान करके दासी के साथ कगारे के ऊपर चढ़ने लगी। श्यामा की बारी के पास से ही पथ था। किसी को वहाँ न देखकर तारा ने संतुष्ट होकर साँस ली। कैरियों से गदराई हुई डाली से उसका सिर लग गया। डाली राह में झुकी पड़ती थी। तारा ने देखा, कोई नहीं है; हाथ बढ़ाकर कुछ कैरियाँ तोड़ लीं।

सहसा किसी ने कहा – "और तोड़ लो मामी, कल तो यह नीलाम ही होगा!"

तारा की अग्नि-बाण-सी आँखें किसी को जला देने के लिए खोजने लगीं। फिर उसके हृदय में वही बहुत दिन की बात प्रतिध्वनित होने लगी – "किसका पाप किसको खा गया, रे!'–तारा चौंक उठी। उसने सोचा, रामा की कन्या व्यंग कर रही है-भीख लेने के लिए कह रही है। तारा होंठ चबाती हुई चली गई।

एक सौ पाँच-एक,

एक सौ पांच-दो,

एक सौ पाँच रुपए तीन!

बोली हो गई। अमीन ने पूछा – "नीलाम का चौथाई रुपया कौन जमा करता है?" एक गठीले युवक ने कहा – "चौथाई नहीं, कुल रुपए लीजिए।" तारा के नाम की रसीद बना रुपया सामने रख दिया गया।

श्यामा एक आम के वृक्ष के नीचे चुपचाप बैठी थी। उसे और कुछ नहीं सुनाई पड़ता था, केवल डूग्गियों के साथ एक-दो-तीन की प्रतिध्वनि कानों में गूंज रही थी। एक समझदार मनुष्य ने कहा – "चलो, अच्छा ही हुआ, तारा ने अनाथ लड़की के बैठने का ठिकाना तो बना रहने दिया; नहीं तो गंगा किनारे का घर और तीन बीघे की बारी, एक सौ पाँच रुपए में! तारा ने बहुत अच्छा किया।"

बुढ़िया मन्नी ने कहा – "भगवान् जाने, ठिकाना कहाँ होगा!"

श्यामा चुपचाप सुनती रही। संध्या हो गई। जिनका उसी अमराई में नीड़ था, उन पक्षियों का झुंड कलरव करता हुआ घर लौटने लगा। पर श्यामा न हिली; उसे भूल गया कि उसके भी घर है।

बुढ़िया के साथ अमीन साहब आकर खड़े हो गए। अमीन एक सुंदर कहे जाने योग्य युवक थे, और उनका यह सहज विश्वास था कि कोई भी स्त्री हो, मुझे एक बार अवश्य देखेगी। श्यामा के सौंदर्य को तो दारिद्र्य ने ढंक लिया था, पर उसका यौवन छिपने के योग्य न था। कुमार यौवन अपनी क्रीड़ा में बिह्वल था। अमीन ने कहा – "मन्नी! पूछो, मैं रुपया दे दूँ – अभी एक महीने की अवधि है, रुपया दे देने से नीलाम रुक जाएगा!"

श्यामा ने एक बार तीखी आँखों से अमीन की ओर देखा। वह पुष्ट कलेवर अमीन, उस अनाथ बालिका की दृष्टि न सह सका, धीरे से चला गया।मन्नी ने देखा, बरसात की-सी गोली चिता श्यामा की आँखों में जल रही है। मन्नी का साहस न हुआ कि उससे घर चलने के लिए कहे। उसने सोचा, ठहरकर आऊँगी तो इसे घर लिया जाऊँगी परंतु जब वह लौटकर आई, तो रजनी के अंधकार में बहुत खोजने पर भी श्यामा को न पा सकी।

तारा का उत्तराधिकारी हुआ उसके भाई का पुत्र प्रकाश। अकस्मात् सम्पत्ति मिल जाने से जैसा प्रायः हुआ करता है, वही हुआ – प्रकाश अपने-आपे में न रह सका वह उस देहात में प्रथम श्रेणी का विलासी बन बैठा। उसने तारा के पहले घर से कोस-भर दूर श्यामा की बारी को भली-भाँति सजाया; उसका कच्चा घर तोड़कर बंगला बन गया। अमराई में सड़कें और क्यारियाँ दोड़ने लगीं। यहीं प्रकाश बाबू की बैठक जमी। अब इसे उसके नौकर 'छावनी' कहते थे।

आषाढ़ का महीना था। सवेरे ही बड़ी उमस थी। पुरवाई से धनमंडल स्थिर हो रहा था। वर्षा होने की पूरी संभावना थी। पक्षियों के झुंड आकाश में अस्त-व्यस्त घूम रहे थे। एक पगली गंगा के तट के ऊपर की ओर चढ़ रही थी। वह अपने प्रत्येक पाद-विक्षेप पर एक- दो-तीन अस्फुट स्वर से कह देती, फिर आकाश की ओर देखने लगती थी। अमराई के खुले फाटक से वह घुस आई, और पास के वृक्षों के नीचे घूमती हुई "एक-दो-तीन" करके गिनने लगी।

लहरीले पवन का एक झोंका आया; तिरछी बूंदों की एक बाढ़ पड़ गई। दो- चार आम भी चू पड़े पगली घबरा गई। तीन से अधिक वह गिनना ही नहीं जानती थी। इधर बूंदों को गिने कि आमों को! बड़ी गड़बड़ी हुई। पर वह मेघ का टुकड़ा बरसता हुआ निकल गया। पगली एक बार स्वस्थ हो गई।

महोखा एक डाल से बोलने लगा। डुग्गी के समान उसका "डुप-डुप-डुप" शब्द पगली को पहचाना हुआ-सा मालूम पड़ा। वह फिर गिनने लगी- एक-दो-तीन! उसके चुप हो जाने पर पगली ने डालों की ओर देखा और प्रसन्न होकर बोली- एक दो तीन! इस बार उसकी गिनती में बड़ा उल्लास था, विस्मय था और हर्ष भी। उसने एक

ही डाल में पके हुए तीन आमों को तोड़ लिया, और उन्हें झुकाते हुए गिनने लगी। पगली इस बार सचमुच बालिका बन गई, जैसे खिलौने के साथ खेलने लगी।

माली आ गया उसने गाली दी, मारने के लिए हाथ उठाया। पगली अपना खेल छोड़कर चुपचाप उसकी ओर एकटक देखने लगी। वह उसका हाथ पकड़कर प्रकाश बाबू के पास ले चला।

प्रकाश यक्ष्मा से पीड़ित होकर इन दिनों यहाँ निरंतर रहने लगा था। वह खांसता जाता था; और तकिए के सहारे बैठा हुआ पीकदान में रक्त और कफ थूकता जाता था। कंकाल-सा शरीर पीला पड़ गया था। मुख में केवल नाक और बड़ी-बड़ी आँखें अपना अस्तित्व चिल्लाकर कह रही थीं। पगली को पकड़कर माली उसके सामने ले आया।

विलासी प्रकाश ने देखा, पागल यौवन अभी उस पगली के पीछे लगा था। कामुक प्रकाश को आज अपने रोग पर क्रोध हुआ, और पूर्ण मात्रा में हुआ। पर क्रोध धक्का खाकर पगली की ओर चला आया। प्रकाश ने आम देखकर ही समझ लिया और फूहड़ गालियों की बौछार से उसकी अभ्यर्थन की।

पगली ने कहा - "यह किस पाप का फल है? तू जानता है, इसे कौन खायगा? बोल! कौन मरेगा? बोल! एक-दो तीन"-

"चोरी को पागलपन में छिपाना चाहती है! अभी तो तुझे बीसों चाहने वाले मिलेंगे! चोरी क्यों करती है?" - प्रकाश ने कहा।

एक बार पगली का पागलपन, लाल वस्त्र पहनकर उसकी आँखों में नाच उठा। उसने आम तोड़-तोड़ कर प्रकाश के क्षय जर्जर हृदय पर खींचकर मारते हुए गिना- एक-दो-तीन! प्रकाश तकिए पर चित्त लेटकर हिचकियाँ लेने लगा और पगली हँसते हुए गिनने लगी- एक-दो-तीन उनकी प्रतिध्वनि अमराई में गूँज उठी।

15

चूड़ीवाली

"अभी तो पहना गई हो।"

"बहूजी, बड़ी अच्छी चूड़ियाँ हैं। सीधे बंबई से पारसल मँगाया है। सरकार का हुक्म है; इसलिए नयी चूड़ियाँ आते ही चली आती हूँ।"

तो जाओ, सरकार को ही पहनाओ, मैं नहीं पहनती।

"बहूजी ! जरा देख तो लीजिए।" कहती मुस्कराती हुई ढीठ चूड़ीवाली अपना बक्स खोलने लगी। वह पच्चीस वर्ष की एक गोरी छरहरी स्त्री थी। उसकी कलाई सचमुच चूड़ी पहनाने के लिए ढली थी। पान से लाल पहले-पहले ओठ दो-तीन वक्रताओं में अपना रहस्य छिपाए हुए थे। उन्हें देखने का मन करता, देखने पर उन सलोने अधरों से कुछ बोलवाने का जी चाहता है। बोलने पर हँसाने की इच्छा होती और उसी हँसी में शैशव का अल्हड़पन, यौवन की तरावट और प्रौढ़ की-सी गंभीरता बिजली के समान लड़ जाती।

बहूजी को उसकी हँसी बहुत बुरी लगती; पर जब पंजों में अच्छी चूड़ी चढ़ा- कर हँसते हुए कहती "एक पान मिले बिना यह चूड़ी नहीं चढ़ती।" तब बहूजी को क्रोध के साथ हँसी आ जाती और उसकी तरल हँसी की तरी लेने में तन्मय हो जातीं।

कुछ ही दिनों से यह चूड़ीवाली आने लगी है। कभी-कभी बिना बुलाए ही चली आती और ऐसे ढंग फैलाती कि बिना सरकार के आए निबटारा न होता। यह बहूजी को असह्य हो जाता। आज उसको चूड़ी फँसाते देख बहूजी झल्लाकर बोली –"आज-कल दुकान पर ग्राहक कम आते हैं क्या?"

"बहूजी, आज-कल खरीदने की धुन में हूँ, बेचती हूँ कम।" इतना कहकर कई दर्जन चूड़ियाँ बाहर सजा दीं। स्लीपरों के शब्द सुनाई पड़े। बहूजी ने कपड़े सम्हाले, पर वह ढीठ वाली बालिकाओं के समान सिर टेढ़ा करके "यह जर्मनी की है, यह फराँसीसी है, यह जापानी है" कहती जाती थी। सरकार पीछे खड़े मुस्करा रहे थे।

"क्या रोज नयी चूड़ियाँ पहनाने के लिए इन्हें हुक्म मिला है?" बहूजी ने गर्व से पूछा।

सरकार ने कहा – "पहनो, तो बुरा क्या है?"

"बुरा तो कुछ नहीं, चूड़ी चढ़ाते हुए कलाई दुखती होगी।" चूड़ीवाली ने सिर नीचा किए कनखियों से देखते हुए कहा। एक लहर-सी लाली आँखों की ओर से कपोलों को तर करती हुई दौड़ जाती थी। सरकार ने देखा, एक लालसा-भरी युवती व्यंग कर रही है। हृदय में हलचल मच गई, घबराकर बोले – "ऐसा है, तो न पहनें।"

"भगवान करें, रोज पहनें।" चूड़ीवाली आशीर्वाद देने के गंभीर स्वर में प्रौढ़ा के समान बोली।

"अच्छा, तुम अभी जाओ।" सरकार और चूड़ीवाली दोनों की ओर देखते हुए बहूजी ने झुंझलाकर कहा।

"तो क्या में लौट जाऊँ? आप तो कहती थीं न, कि सरकार को ही पहनाओ, तो जरा उनसे पहनने के लिए कह दीजिए"

"निकल मेरे यहाँ से।" कहते हुए बहूजी की आँखें तिलमिला उठीं। सरकार धीरे से निकल गए। अपराधी के समान सर नीचा किए चूड़ीवाली अपनी चूड़ियाँ बटोरकर उठी। हृदय की धड़कन में अपनी रहस्यपूर्ण निश्वास छोड़ती हुई चली गई।

चूड़ीवाली का नाम था विलासिनी। वह नगर की एक प्रसिद्ध नर्तकी की कन्या थी उसके रूप और संगीत कला की सुख्याति थी, वैभव भी कम न था! विलास और प्रमोद का पर्याप्त संभार मिलने पर भी उसे संतोष न था। हृदय में कोई अभाव खटकता था, वास्तव में उसकी मनोवृत्ति उसके व्यवसाय के प्रतिकूल थी।

कुलवधू बनने की अभिलाषा हृदय में और दांपत्य सुख का स्वर्गीय स्वप्न उसकी आँखों में समाया था। स्वच्छंद प्रणय का व्यापार अरुचिकर हो गया। परंतु समाज उससे हिंस्र पशु के समान सशंक था। उससे आश्रय मिलना असंभव जानकर विलासिनी ने छल के द्वारा वही सुख लेना चाहा। यह उसकी सरल आवश्यकता थी, क्योंकि अपने व्यवसाय में उसका प्रेम क्रय करने के लिए बहुत से लोग आते थे, पर विलासिनी अपना हृदय खोल कर किसी से प्रेम न कर सकती थी।

उन्हीं दिनों सरकार के रूप, यौवन और चारित्र ने उसे प्रलोभन दिया। नगर के समीप बाबू विजयकृष्ण की, अपनी जमींदारी में बड़ी सुंदर अट्टालिका थी। वहीं रहते थे। उनके अनुचर और प्रजा उन्हें सरकार कहकर पुकारती थी। विलासिनी की आँखें विजयकृष्ण पर गड़ गईं। अपना चिर-संचित मनोरथ पूर्ण करने के लिए वह कुछ दिनों के लिए चूड़ीवाली बन गई थी।

सरकार चूड़ीवाली को जानते हुए भी अनजान बने रहे। अमीरी का एक कौतुक था, एक खिलवाड़ समझकर उसके आने-जाने में बाधा न देते विलासिनी के कला-पूर्ण सौंदर्य ने जो कुछ प्रभाव उनके मन पर डाला था, उसके लिए उनके सुरुचिपूर्ण मन ने अच्छा बहाना खोज लिया था, वे सोचते, 'बहूजी का कुल-वधू जनोचित सौंदर्य और वैभव को मर्यादा देखकर चूड़ीवाली स्वयं पराजय स्वीकार कर लेगी और अपना निष्फल प्रयत्न छोड़ देगी, तब तक यह एक अच्छा मनोविनोद चल रहा है!'

चूड़ीवाली अपने कौतुहलपूर्ण कौशल में सफल न हो सकी थी, परंतु बहूजी के आज के दुर्व्यवहार ने प्रतिक्रिया उत्पन्न कर दी और चोट खाकर उसने सरकार को घायल कर दिया।

अब सरकार प्रकाश्य रूप से उसके यहाँ जाने लगे। विलास-रजनी का प्रभात चूड़ीड़ीवाली के उपवन में कटता। कुल-मर्यादा, लोकलाज और जमींदारी सब एक ओर और चूड़ीवाली अकेले। दालान में कुर्सियों पर सरकार और चूड़ीवाली बैठकर रात्रि जागरण का खेद मिटा रहे थे। पास ही अनार का वृक्ष था, उसमें फूल खिले थे। एक बहुत ही छोटी काली चिड़िया उन फूलों में चोंच डालकर मकरंद पान करती और कुछ केसर खाती, फिर हृदयविमोहक कल-नाद करती हुई उड़ जाती।

सरकार बड़ी देर से कौतुक देख रहे थे, बोले- "इसे पकड़कर पालतू बनाया जाए, तो कैसा?"

"यह फूलसुंघी है। पींजरे में जी नहीं सकती। उसे फूलों का प्रदेश ही जीवित रख सकता है, स्वर्ण-पिंजर नहीं, उसे खाने के लिए फूलों की केसर का चारा और पीने के लिए मकरंद-मदिरा कौन जुटावेगा?"

"पर इसकी सुंदर-बोली संगीत-कला की चरम सीमा है; वीणा में भी कोई-कोई मोड़ ऐसी निकलती होगी। इसे अवश्य पकड़ना चाहिए।"

"जिसमें बाधा नहीं, बंधन नहीं, जिसका सौन्दर्य स्वच्छंद है, उस असाधारण प्राकृतिक कला का मूल्य क्या बंधन है? कुरुचि के द्वारा वह कलंकित भले ही हो जाए, परंतु पुरस्कृत नहीं हो सकती। उसे आप पींजरे में बंद करके पुरस्कार देंगे या दंड?" कहते हुए उसने विजय की एक व्यंग भरी मुस्कान छोड़ी। सरकार की – उस वन-विहँगम को पकड़ने की लालसा बलवती हो उठी। उन्होंने कहा – "जाने भी दो, वह अच्छी कला नहीं जानती।" प्रसंग बदल गया। नित्य का साधारण विनोद- पूर्ण क्रम चला।

चूड़ीवाली अपने अभ्यास के अनुसार समझती थी कि यदि बहूजी की अपार प्रणय-संपत्ति में से कुछ अंश मैं भी लेती है, तो हानि क्या, परंतु बहूजी को अपने प्रणय के एकाधिपत्य पर पूर्ण विश्वास था। वह निष्क्रिय प्रतिरोध करने लगीं। राजयक्ष्मा के भयानक आक्रमण से वह घुलने लगीं और सरकार वन-विहँगिनी विलासिनी को स्वायत्त करने में दत्तचित्त हुए। रोगी की शुश्रूषा और सेवा में कोई कमी न थी, परंतु एक बड़े मुकदमे में सरकार का उधर सर्वस्वांत हुआ, इधर बहूणी चल बसीं।

चूड़ीवाली ने समझा कि उसकी पूर्ण विजय हुई, पर बात कुछ दूसरी थी। विजयकृष्ण का यह एक विनोद था। जब सब कुछ चला गया, तब विनोद लेकर क्या होगा। एक दिन चूड़ीवाली से छुट्टी माँगी। उसने कहा – "कमी किस बात की है, मैं तुम्हारी ही हूँ और सब विभव भी तुम्हारा है।" विजयकृष्ण ने कहा – "मैं वेश्या की दी हुई जीविका से पेट पालने में असमर्थ हूँ।" जुड़ीवाली बिलख़ने लगी, विनय किया, रोई, गिगिढ़ाई पर विजयकृष्ण चले ही गए! वह सोचने लगी कि "अपना व्यवसाय और विजय की गृहस्थी बिगाड़कर जो सुख खरीदा था, उसका कोई मूल्य नहीं मैं कुलवधू होने के उपयुक्त नहीं। क्या समाज के पास इसका कोई प्रतिकार नहीं? इतनी तपस्या और इतना स्वार्थ-त्याग व्यर्थ है?"

परंतु विलासिनी यह न जानती थी कि स्त्री और पुरुष संबंधी समस्त अंतिम निर्णय करने में समाज कितना ही उदार क्यों न हो; दोनों पक्षों को सर्वथा संतुष्ट नहीं कर सका और न कर सकने की आशा है। यह रहस्य सृष्टि को उलझा रखने की कुंजी है।

विलासिनी ने बहुत सोच-समझकर अपनी जीवनचर्या बदल डाली। सरकार से मिली हुई जो कुछ संपत्ति थी, उसे बेचकर पास ही के एक गाँव में खेती करने के लिए भूमि लेकर आदर्श हिंदू गृहस्थ की सी तपस्या करने में अपना बिखरा हुआ मन उसने लगा दिया। उसके कच्चे मकान के पास एक विशाल वट-वृक्ष और निर्मल जल का सरोवर था। वहीं बैठकर चूड़ीवाली ने पथिकों की सेवा करने का संकल्प किया। थोड़े ही दिनों में अच्छी खेती होने लगी और अन्न से उसका घर भरा रहने लगा। भिखारियों को अन्न देकर उन्हें खिला देने में उसे अकथनीय सुख मिलता धीरे-धीरे दिन ढलने लगा, चूड़ीवाली को सहेली बनाने के लिए यौवन का तीसरा पहर करुणा और शांति को पकड़ लाया। उस पथ से चलने वाले पथिकों को दूर से किसी कला- कुशल कंठ की तान सुनाई पड़ती-

अब लौ नसानी अब न नसैहौं।

वटवृक्ष के नीचे एक अनाथ बालक नंदू को चना और गुड़ की दूकान चूड़ीवाली ने करा दी है। जिन पथिकों के पास पैसे न होते, उनका मूल्य वह स्वयं देकर नंदू की

दुकान में घाटा न होने देती और पथिक भी विश्राम किए बिना उस तालाब से न जाता कुछ ही दिनों में चूड़ीवाली का तालाब विख्यात हो गया।

संध्या हो चली थी। पखेरुओं का बसेरे की ओर लौटने का कोलाहल मचा और वट-वृक्ष में चहल-पहल हो गई। चूड़ीवाली चरनी के पास खड़ी बैलों को देख रही थी। दालान में दीपक जल रहा था, अंधकार उसके घर और मन में जबरदस्ती घुस रहा था। कोलाहल शून्य जीवन में भी चूड़ीवाली को शांति मिली, ऐसा विश्वास नहीं होता था। पास ही उसकी पिंटुलियों से सिर रगड़ता हुआ कलुआ दुम हिला रहा था। सुखिया उसके लिए घर में से कुछ खाने को ले आयी थी; पर कलुआ उधर न देखकर अपनी स्वामिनी से स्नेह जता रहा था। चूड़ीवाली ने हँसते हुए कहा – चल, तेरा दुलार हो चुका। जा, खा ले।चूड़ीवाली ने मन में सोचा, कंगाल मनुष्य स्नेह के लिए क्यों भीख मांगता है? वह स्वयं नहीं करता, नहीं तो तृण-वीरुष तथा पशु-पक्षी भी तो स्नेह करने के लिए प्रस्तुत हैं। इतने में नंदू ने आकर कहा – "माँ, एक बटोही बहुत थका हुआ अभी आया है। भूख के मारे वह जैसे शिथिल हो गया है।"

"तूने क्यों नहीं दे दिया?"

"लेता भी नहीं, कहता है, तू बड़ा गरीब लड़का है, तुझसे न लूँगा।"

चुड़ीवाली वट वृक्ष की ओर चल पड़ी। अंधेरा हो गया था। पथिक जड़ कासहारा लेकर लेटा था। चुड़ीवाली ने हाथ जोड़कर कहा –"महाराज, आप कुछ भोजन कीजिए।"

"तुम कौन हो?"

पहले की एक वेश्या।

"छिः, मुझे पड़े रहने दो, मैं नहीं चाहता कि तुम मुझसे बोलो भी, क्योंकि तुम्हारा व्यवसाय कितने ही सुखी घरों को उजाड़कर श्मशान बना देता है।"

"महाराज, हम लोग तो कला के व्यवसायी हैं। यह अपराध कला का मूल्य लगाने वालों की कुरुचि और इच्छा का है। संसार में बहुत-से निस्वार्थ पूर्ण व्यवसाय चलते हैं। फिर इसी पर इतना क्रोध क्यों?"

"क्योंकि वह उन सबों में अधम और निकृष्ट है।"

"परन्तु वेश्या का व्यवसाय करके भी मैंने एक ही व्यक्ति से प्रेम किया था।मैं और धर्म नहीं जानती, पर अपने सरकार से जो कुछ मुझे मिला, उसे मैं लोक-सेवा में लगाती हूँ। मेरे तालाब पर कोई भूखा नहीं रह पाता। मेरी जीविका चाहे जो रही हो, मेरे अतिथि धर्म में बाधा न दीजिए।"

पथिक एक ही बार में उठकर बैठ गया और आँख गड़ाकर अंधेरे में देखने लगा। सहसा बोल उठा "चूड़ीवाली?"

"कौन, सरकार?"

"हाँ, तुमने शोक हर लिया। मेरे अपराधजनक तमाम त्याग में पुण्य का भी भाग था, यह मैं नहीं जानता।"

"सरकार! मैंने गृहस्य कुलवधू होने के लिए कठोर तपस्या की है। इन चार वर्षों में मुझे स्त्री-पुरुष के शारीरिक बंधन में यह पर्यवसित नहीं है, बाह्य साधनों के हो जाने तक ही, उसकी सीमा नहीं, ग्रहस्थ जीवन उसके लिए प्रचुर उपकरण प्रस्तुत करता है, इसलिए वह प्रिय भी है और श्रेय भी है। मुझे विश्वास है कि तुम अब सफल हो जाओगी।"

"मेरी सफलता आपकी कृपा पर है। विश्वास है कि अब इतने निर्दय न होंगे" कहते-कहते चूड़ीवाली ने सरकार के पैर पकड़ लिए।

सरकार ने उसके हाथ पकड़ लिए।

16

बिसाती

उद्यान की शैल-माला के नीचे एक हरा-भरा छोटा-सा गाँव है। वसंत का सुंदर समीर उसे आलिंगन करके फूलों के सौरभ से उसके झोपड़ों को भर देता है। तलहटी के हिम-शीतल झरने उसको अपने बाहुपाश में जकड़े हुए हैं। उस रमणीय प्रदेश में एक स्निग्ध-संगीत निरंतर चला करता है, जिसके भीतर बुलबुलों का कलनाद, कंप और लहर उत्पन्न करता है।

दाडिम के लाल फूलों की रंगीली छाया संध्या की अरुण किरणों से चमकीली हो रही थी। शीरीं उसी के नीचे शिलाखंड पर बैठी हुई सामने गुलाबों की झुरमुट देख रही थी, जिसमें बहुत से बुलबुल चहचहा रहे थे, वे स्मरण के साथ छुल- छुलैया खेलते हुए आकाश को अपने कलरव से गुंजित कर रहे थे।

शीरीं ने सहसा अपना अवगुंठन उलट दिया। प्रकृति प्रसन्न हो हँस पड़ी गुलाबों के दल में शीरीं का मुख राजा के समान सुशोभित था। मकरंद मुँह में भरे दो नील-भ्रमर उस गुलाब से उड़ने में असमर्थ थे, भौंरों के पद पर निस्पंद थे। कंटीली झाड़ियों की कुछ परवा न करते हुए बुलबुलों का उसमें घुसना और उड़ भागना शीरीं तन्मय होकर देख रही थी।

उसकी सखी जुलेखा के जाने से उसकी एकांत भावना भंग हो गई। अपना अवगुंठन उलटते हुए जुलेखा ने कहा – "शीरीं! वह तुम्हारे हाथों पर आकर बैठ जाने वाला बुलबुल, आज-कल नहीं दिखलाई देता?"

आह खींचकर शीरीं ने कहा –"कड़े शीत में अपने दल के साथ मैदान की ओर निकल गया। वसंत तो आ गया पर वह नहीं लौट आया।"

"सुना है कि ये सब हिंदुस्तान में बहुत दूर तक चले जाते हैं। क्या यह सच है, शीरी?"

"हाँ प्यारी! उन्हें स्वाधीन विचरना अच्छा लगता है। इनकी जाति बड़ी स्वतंत्रता प्रिय है।"

"तूने अपनी घुंघराली अलकों के पाश में उसे क्यों न बाँध लिया?"

"मेरे पाश उस पक्षी के लिए ढीले पड़ जाते थे।"

"अच्छा लौट आवेगा – चिंता न कर मैं घर जाती हूँ।" शीरीं ने सिर हिला दिया।

जुलेखा चली गई।

जब पहाड़ी आकाश में संध्या अपने रंगीले पट फैला देती, जब विहँग केवल कलरव करते पंक्ति बांधकर उड़ते हुए गुंजन झाड़ियों की ओर लोटते और अनिल में उनके कोमल परों से लहर उठती, जब समीर अपनी झोंकेदार तरंगों में बार-बार अंधकार को खींच लाता, जब गुलाब अधिकाधिक सौरभ लुटाकर हरी चादर में मुँह छिपा लेना चाहते थे; तब शीरीं की आशा-भरी दृष्टि कालिमा से अभिभूत होकर पलकों में छिपने लगी। वह जागते हुए भी एक स्वप्न की कल्पना करने लगी।

हिंदुस्तान के समृद्धिशाली नगर की गली में एक युवक पीठ पर गट्ठर लादे घूम रहा है। परिश्रम और अनाहार से उसका मुख विवर्ण है। थककर वह किसी के द्वार पर बैठ गया है। कुछ बेचकर उस दिन की जीविका प्राप्त करने की उत्कंठा उसकी दयनीय बातों से टपक रही है। परंतु वह गृहस्य कहता है-"तुम्हें उधार देना हो तो दो, नहीं तो अपनी गठरी उठाओ। समझे आगा?"

युवक कहता है – "मुझमें उधार देने का सामर्थ्य नहीं।"

"तो मुझे भी कुछ नहीं चाहिए।"

शीरीं अपनी इस कल्पना से चौंक उठी। काफिले के साथ अपनी संपत्ति लादकर खैबर के गिरि-संकट को वह अपनी भावना से पदाक्रांत करने लगी।

उसकी इच्छा हुई कि हिंदुस्तान के प्रत्येक गृहस्थ के पास हम इतना धन रख दें कि वे अनावश्यक होने पर भी उस युवक की सब वस्तुओं का मूल्य देकर उसका बोझ उतार दें परंतु सरला शीरी निस्सहाय थी। उसके पिता एक क्रूर पहाड़ी सरदार थे। उसने अपना सिर झुका लिया। कुछ सोचने लगी।

संध्या का अधिकार हो गया कलरव बंद हुआ। शीरीं की साँसों के समान समीर की गति अवरुद्ध हो उठी। उसकी पीठ शिला से टिक गई।

दासी ने आकर उसको प्रकृतिस्थ किया। उसने कहा – "बेगम बुला रही हैं। चलिए, मेंहदी आ गई है।"

महीनों हो गए शीरीं का ब्याह एक धनी सरदार से हो गया। झरने के किनारे शीरीं के बाग में शवरी खींची है। पवन अपने एक-एक थपेड़े में सैकड़ों फूलो को रुला देता है मधु-धारा बहने लगती है। बुलबुल उसकी निर्दयता पर क्रन्दन करने लगते हैं शीरीं सब सहन करती रही। सरदार का मुख उत्साहपूर्ण था। सब होने पर भी वह एक सुंदर प्रभात था।

एक दुर्बल और लंबा युवक पीठ पर गट्ठर लादे सामने जाकर बैठ गया। शीरी ने उसे देखा पर वह किसी ओर देखता नहीं। अपना सामान खोलकर सजाने लगा।

सरदार अपनी प्रेयसी को उपहार देने के लिए कांच की प्याली और कश्मीरी सामान छाँटने लगा।

शीरीं चुपचाप थी, उसके हृदय कानन में कलरवों का क्रन्दन हो रहा था!

सरदार ने दाम पूछा। युवक ने कहा – "मैं उपहार देता हूँ। बेचता नहीं। ये विलायती और कश्मीरी सामान मैंने चुनकर लिए हैं। इनमें मूल्य ही नहीं, हृदय भी लगा है। ये दाम पर नहीं बिकते।"

सरदार ने तीक्ष्ण स्वर में कहा – "तब मुझे न चाहिए। ले जाओ–उठाओ।"

"अच्छा, उठा ले जाऊँगा। मैं थका हुआ आ रहा हूँ, थोड़ा अवसर दीजिए,हाथ-मुँह धो।" कहकर युवक भरभराई हुई आँखों को छिपाते हुए उठ गया।

सरदार ने समझा, झरने की ओर गया होगा। विलंब हुआ पर वह न आया। गहरी चोट और निर्मम व्यथा को वहन करते कलेजा हाथ से पकड़े हुए, शीरीं गुलाब की झाड़ियों की ओर देखने लगी। परंतु उसकी आँसू भरी आँखों को कुछ न सूझता था। सरदार ने प्रेम से उसकी पीठ पर हाथ रखकर पूछा- "क्या देख रही हो?"

"एक मेरा पालतू बुलबुल शीत में हिंदुस्तान की ओर चला गया था। वह लौटकर आज सबेरे दिखलाई पड़ा, पर जब वह पास आ गया और मैंने उसे पकड़ना चाहा, तो वह उधर कोहकाफ की ओर भाग गया!" शीरीं के स्वर में कंपन था, फिर भी वे शब्द बहुत सम्हलकर निकले थे। सरदार ने हँसकर कहा – "फूल को बुलबुल की खोज? आश्चर्य है!"

बिसाती अपना सामान छोड़ गया। फिर लौटकर नहीं आया। शीरीं ने बोझ तो उतार लिया, पर दाम नहीं दिया।

17

आँधी

चन्दा के तट पर बहुत-से छतनारे वृक्षों की छाया है, किन्तु मैं प्रायः मुचकुन्द के नीचे ही जाकर टहलता, बैठता और कभी-कभी चाँदनी में ऊँघने भी लगता। वहीं मेरा विश्राम था। वहाँ मेरी एक सहचरी भी थी, किन्तु वह कुछ बोलती न थी। वह रहट्ठों की बनी हुई मूसदानी-सी एक झोपड़ी थी, जिसके नीचे पहले सथिया मुसहरिन का मोटा-सा काला लड़का पेट के बल पड़ा रहता था। दोनों कलाइयों पर सिर टेके हुए भगवान की अनन्त करुणा को प्रणाम करते हुए उसका चित्र आँखों के सामने आ जाता। मैं सथिया को कभी-कभी कुछ दे देता था, पर वह नहीं के बराबर उसे तो मजूरी करके जीने में सुख था। अन्य मुसहरों की तरह अपराध करने में वह चतुर न थी। उसको मुसहरों की बस्ती से दूर रहने में सुविधा थी, वह मुचकुंद के फूल इकट्ठे करके बेचती, सेमर की रुई बिन लेती, लकड़ी के गट्ठे बटोर कर बेचती पर उसके इन सब व्यापारों में कोई और सहायक न था। एक दिन वह मर ही तो गई। तब भी कलाई पर से सिर उठा कर, करवट बदल कर अंगड़ाई लेते हुए कलुआ ने केवल एक जंभाई ली थी। मैंने सोचा स्नेह, माया, ममता इन सबों की भी एक घरेलू पाठशाला है, जिसमें उत्पन्न होकर शिशु धीरे-धीरे इनके अभिनय की शिक्षा पाता है। उसकी अभिव्यक्ति के प्रकार और विशेषता से वह आकर्षक होता है सही, किन्तु, माया-ममता किस प्राणी के हृदय में न होगी! मुसहरों को पता लगा – वे कल्लू को ले गए। तब से इस स्थान की निर्जनता पर गरिमा का एक और रंग चढ़ गया।

मैं अब भी तो वहीं पहुँच जाता हूँ। बहुत घूम-फिर कर भी जैसे मुचकुंद की छाया की ओर खिंच जाता हूँ। आज के प्रभाव में कुछ अधिक सरसता थी। मेरा हृदय हलका-हलका-सा हो रहा था। पवन में मादक सुगन्ध और शीतलता थी। ताल पर नाचती हुई लाल-लाल किरणें वृक्षों के अन्तराल से बड़ी सुहावनी लगती थीं। मैं परजाते के सौरभ में अपने सिर को धीरे-धीरे हिलाता हुआ कुछ गुनगुनाता चला जा रहा था। सहसा मुचकुंद के नीचे मुझे धुंआ और कुछ मनुष्यों की चहल-पहल का अनुमान हुआ। मैं कुतूहल से उसी ओर बढ़ने लगा।

वहाँ कभी एक सराय भी थी, अब उसका ध्वंस बच रहा था। दो-एक कोठरियाँ थीं, किन्तु पुरानी प्रथा के अनुसार अब भी वहीं पर पथिक ठहरते।

मैंने देखा कि मुचकुन्द के आस-पास दूर तक एक विचित्र जमावड़ा है। अद्भुत शिविरों की पाँति में यहाँ पर कानन-चरों, बिना घरवालों की बस्ती बसी हुई है।

सृष्टि को आरम्भ हुए कितना समय बीत गया, किन्तु इन अभागों को कोई पहाड़ की तलहटी या नदी की घाटी बसाने के लिए प्रस्तुत न हुई और न इन्हें कहीं घर बनाने की सुविधा ही मिली। वे आज भी अपने चलते-फिरते घरों को जानवरों पर सादे हुए घूमते ही रहते हैं! मैं सोचने लगा- ये सभ्य मानव समाज के विद्रोही है, तो भी इनका एक समाज है। सभ्य संसार के नियमों को कभी न मान कर भी इन लोगों ने अपने लिए नियम बनाए हैं। किसी भी तरह, जिनके पास कुछ है, उनसे ले लेना और स्वतंत्र होकर रहना। इनके साथ सदैव आज के संसार के लिए विचित्रता- पूर्ण संग्रहालय रहता है। ये अच्छे घुड़सवार और भयानक व्यापारी है। अच्छा, ये लोग कठोर परिश्रमी और संसार-यात्रा के उपयुक्त प्राणी हैं, फिर इन लोगों ने कहीं बसना, घर बनाना क्यों नहीं पसन्द किया? मैं मन-ही-मन सोचता हुआ धीरे-धीरे उनके पास होने लगा। कुतुहल ही तो था। आज तक इन लोगों के सम्बन्ध में कितनी ही बातें सुनता आया था। जब निर्जन चन्दा का ताल मेरे मनोविनोद की सामग्री हो सकता है, तब आज उसका बसा हुआ तट मुझे क्यों न आकर्षित करता? मैं धीरे-धीरे मुचकुन्द के पास पहुँच गया। उसकी एक डाल से बंधा हुआ एक सुन्दर बछेड़ा हरी-हरी दूब खा रहा था और लहँगा-कुरता पहने, रूमाल सिर से बाँधे हुए एक लड़की उसको पीठ सूखे घास के मट्ठे से मल रही थी। मैं रुक कर देखने लगा। उसने पूछा-घोडा लोगे, बाबू?

नहीं – कहते हुए मैं आगे बढ़ा था, कि एक तरुणी ने झोपड़े से सिर निकाल कर देखा। वह बाहर निकल आई। उसने कहा – आप पढ़ना जानते हैं?

हो, जानता तो हूँ।

हिन्दुओं की चिट्ठी आप पढ़ लेंगे?

मैं उसके सुन्दर मुख को कला की दृष्टि से देख रहा था। कला की दृष्टि; ठीक तो बौद्ध-कला, गान्धार-कला, द्रविड़ों की कला इत्यादि नाम से भारतीय मूर्ति- सौन्दर्य के अनेक विभाग जो है; जिससे गढ़न का अनुमान होता है। मेरे एकान्त जीवन को बिताने की सामग्री में इस तरह का जड़ सौन्दर्य-बोध भी एक स्थान रखता है। मेरा हृदय सजीव प्रेम से कभी आप्लुत नहीं हुआ था। मैं इस मूक सौन्दर्य से ही कभी- कभी अपना मनोविनोद कर लिया करता। चिट्ठी पढ़ने की बात पूछने पर भी मैं अपने मन में निश्चय कर रहा था, कि यह वास्तविक गान्धार प्रतिमा है, या ग्रीस और भारत का इस सौन्दर्य में समन्वय है।

वह झुंझला कर बोली- क्या नहीं पढ़ सकोगे?

चशमा नहीं है, मैंने सहसा कह किया। यद्यपि में चशमा नहीं लगाता, तो भी स्त्रियों से बोलने में न जाने क्यों मेरे मन में हिचक होती है। मैं उनसे डरता भी था, क्योंकि सुना था कि वे किसी वस्तु को बेचने के लिए प्रायः इस तरह तंग करती हैं कि उनसे दाम पूछने वाले को लेकर ही छूटना पड़ता है। इसमें उनके पुरुष लोग भी सहायक हो जाते हैं, तब वह बेचारा गाहक और भी झंझट में फँस जाता। मेरी सौन्दर्य की अनुभूति विलीन हो गई। मैं अपने दैनिक जीवन के अनुसार टहलने का उपक्रम करने लगा; किन्तु वह सामने अचल प्रतिमा की तरह खड़ी हो गई। मैंने कहा – क्या है?

चश्मा चाहिए? मैं ले आती हूँ।

ठहरो, ठहरो, मुझे चश्मा न चाहिए।

कहकर मैं सोच रहा था कि कहीं मुझे खरीदना न पड़े। उसने पूछा- तब तुम पढ़ सकोगे कैसे?

मैंने देखा कि बिना पढ़े मुझे छुट्टी न मिलेगी। मैंने कहा, सम्भव है कि पढ़ सकूँ। उसने अपनी जेब से एक बुरी तरह मुड़ा हुआ पत्र निकाला। मैं उसे लेकर मन-ही-मन पढ़ने लगा।

लैला...,

तुमने जो मुझे पत्र लिखा था, उसे पढ़ कर मैं हँसा भी और दुःख तो हुआ ही। हँसा इसलिए कि तुमने दूसरे से अपने मन का ऐसा खुला हुआ हाल क्यों कह दिया। तुम कितनी भोली हो! क्या तुमको ऐसा पत्र दूसरे से लिखवाते हुए हिचक न हुई। तुम्हारा घूमने वाला परिवार ऐसी बातों को सहन करेगा? क्या इन प्रेम की बातों में तुम गम्भीरता का तनिक भी अनुभव नहीं करती हो? और दुखी इसलिए हुआ कि तुम मुझसे प्रेम करती हो। यह कितनी भयानक बात है। मेरे लिए भी और तुम्हारे लिए भी तुमने मुझे निमंत्रित किया है प्रेम के स्वतंत्र साम्राज्य में घूमने के लिए, किन्तु तुम जानती हो, मुझे जीवन की ठोस झंझटों से छुट्टी नहीं। घर में मेरी स्त्री है, तीन-तीन बच्चे हैं, उन सबों के लिए मुझे सोचना पड़ता है, काम करना पड़ता है। यदि वैसा न भी होता, तो भी क्या मैं तुम्हारे जीवन को अपने साथ घसीटने में समर्थ होता? तुम स्वतंत्र वन-विहँगिनी और मैं एक हिन्दू गृहस्थ अनेकों रुकावटें, बीसों बन्धन। यह सब असम्भव है। तुम भूल जाओ। जो स्वप्न तुम देख रही हो- उसमें केवल हम और तुम हैं। संसार का आभास नहीं। मैं संसार में एक दिन और जीर्ण सुख लेते हुए जीवन की विभिन्न अवस्थाओं का समन्वय करने का प्रयत्न कर रहा है। न मालूम कब से मनुष्य इस भयानक सुख का अनुभव कर रहा है। मैं उन मनुष्यों में अपवाद नहीं हूँ, क्योंकि यह सुख भी तुम्हारे स्वतंत्र सुख की सन्तति है! वह आरम्भ है, यह परिणाम है। फिर भी घर बसाना पड़ेगा।

फिर वही समस्याएँ सामने आएँगी। तब तुम्हारा यह स्वप्न भंग हो जाएगा। पृथ्वी ठोस और कंकरीली रह जाएगी। फूल हवा में बिखर जाएँगे। आकाश का विराट मुख समस्त आलोक को पी जाएगा। अन्धकार केवल अन्धकार में झुंझलाहट भरा पश्यताप, जीवन को अपने डंकों से क्षत-विक्षत कर देगा। इसलिए लैला! भूल जाओ। तुम चारयारी बेचती हो। उससे सुना है, चोर पकड़े जाते हैं। किन्तु अपने मन का चोर पकड़ना कहीं अच्छा है। तुम्हारे भीतर जो तुमको चुरा रहा है, उसे निकाल बाहर करो। मैंने तुमसे कहा था कि बहुत-से पुराने सिक्के खरीदूँगा, तुम अबकी बार पश्चिम जाओ तो खोजकर ले आना। मैं उन्हें अच्छे दामों पर ले लूँगा। किन्तु तुमको खरीदना है, अपने को बेचना नहीं, इसलिए मुझसे प्रेम करने की भूल तुम न करो।

हाँ, अब कभी इस तरह पत्र न भेजना क्योंकि वह सब व्यर्थ है।

तुम्हारा – रामेश्वर

मैं एक साँस में पत्र पढ़ गया, तब तक लैला मेरा मुँह देख रही थी। मेरा पढ़ना कुछ ऐसा ही हुआ, जैसे लोग अपने में बताते हैं। मैंने उसकी ओर देखते हुए वह कागज उसे लौटा दिया। उसने पूछा- इसका मतलब?

मतलब! वह फिर किसी समय बताऊँगा। अब मुझे जलपान करना है। मैं जाता हूँ। कहकर मैं मुड़ा ही था कि उसने पूछा- आपका घर, बाबू! – मैंने चन्दा के किनारे अपने सफेद बंगले को दिखा दिया। लैला पत्र हाथ में लिए वहीं खड़ी रही। मैं अपने बंगले की ओर चला। मन में सोचता जा रहा था। रामेश्वर! वही तो रामेश्वरनाथ वर्मा! क्यूरियो मर्चेण्ट उसी की लिखावट है। वह तो मेरा परिचित है। मित्र मान लेने में मन को एक तरह की अड़चन है। इसलिए में प्रायः अपने कहे जाने वाले मित्रों को भी जब अपने मन में सम्बोधन करता हूँ, तो परिचित ही कहकर! सो भी जब इतना माने बिना काम नहीं चलता। मित्र मान लेने पर मनुष्य उससे शिव के समान आत्म-त्याग, बोधिसत्व के सदृश सर्वस्व-समर्पण की जो आशा करता है और उसकी शक्ति की सीमा को प्रायः अतिरञ्जित देखता है। वैसी स्थिति में अपने को डालना मुझे पसन्द नहीं। क्योंकि जीवन का हिसाब-किताब उस काल्पनिक गणित के आधार पर रखने का मेरा अभ्यास नहीं, जिसके द्वारा मनुष्य सबके ऊपर अपना पावना ही निकाल लिया करता है।

अकेले जीवन के नियमित व्यय के लिए साधारण पूँजी का ब्याज मेरे लिए पर्याप्त है। मैं सुखी विचरता हूँ! हाँ, मैं जलपान करके कुरसी पर बैठा हुआ अपनी डाक देख रहा था। उसमें एक लिफाफा ठीक उन्हीं अक्षरों में लिखा हुआ – जिनमें लैला का पत्र था – निकला। मैं उत्सुकता से खोल कर पढ़ने लगा-

भाई श्रीनाथ

तुम्हारा समाचार बहुत दिनों से नहीं मिला। तुम्हें यह जानकर प्रसन्नता होगी कि हम लोग दो सप्ताह के भीतर तुम्हारे अतिथि होंगे चन्दा की वायु हम लोगों को खींच रही है। मिन्ना तो तंग कर ही रहा है, उसकी मां को और भी उत्सुकता है। उन सबों को यही सूझी है, कि दिन भर ताल में डोंलेंगी पर भोजन न करके हवा खाएँगे और पानी पीएँगे। तुम्हें कष्ट तो न होगा?

तुम्हारा – रामेश्वर

पत्र पढ़ लेने पर जैसे कुतुहल मेरे सामने नाचने लगा। रामेश्वर के परिवार का स्नेह, उनके मधुर झगड़े मान-मनोवल समझौता और अभाव में भी सन्तोष, कितना सुन्दर! मैं कल्पना करने लगा रामेश्वर एक सफल कदम्ब है, जिसके ऊपर मालती की लता अपनी सैकड़ों उलझनों से, आनन्द की छाया और आलिंगन का स्नेह-सुरभि डाल रही है।

रामेश्वर का ब्याह मैंने देखा था। रामेश्वर के हाथ के ऊपर मालती की पीली हथेली, जिसके ऊपर जलधारा पड़ रही थी। सचमुच यह सम्बन्ध कितना शीतल हुआ। उस समय में हँस रहा था –बालिका मालती और किशोर रामेश्वर! हिन्दू समाज का यह परिहास – यह भीषण मनोविनोद! तो भी मैंने देखा, कहाँ भूचाल नहीं हुआ। कहीं ज्वालामुखी नहीं फूटा। बहिया ने कोई गाँव बहाया नहीं। - रामेश्वर और मालती अपने सुख की फसल हर साल काटते हैं।.... मैंने जो सोचा - अभी-अभी जो विचार मेरे मन में आया, वह न लिखूंगा। मेरी क्षुद्रता जलन के रूप में प्रकट होगी किन्तु मैं सच कहता हूँ, मुझे रामेश्वर से जलन नहीं, तो भी मेरे उस विचार का मिथ्या अर्थ लोग लगा ही लेंगे। आज कल मनोविज्ञान का युग है न। प्रत्येक ने मनोवृत्तियों के लिए हृदय को कबूतर का दड़बा बना डाला है। इनके लिए सफेद, नीला, सुर्ख का श्रेणी विभाग कर लिया गया है। उतनी प्रकार की मनोवृत्तियों को गिनकर वर्गीकरण कर लेने का साहस भी होने लगा है।

तो भी मैंने उस बात को सोच ही लिया। मेरे साधारण जीवन में एक लहर उठी प्रसन्नता की स्निग्ध लहर।पारिवारिक सुखों से लिपटा हुआ, प्रणय-कलह देखूंगा; मेरे दायित्व - विहीन जीवन का वह मनोविनोद होगा। मैं रामेश्वर को पत्र लिखने लगा –

भाई रामेश्वर!

तुम्हारे पत्र ने मुझ पर प्रसन्नता की वर्षा की है। मेरे शून्य जीवन को आनन्द-कोलाहल से, कुछ ही दिनों के लिए सही भर देने का तुम्हारा प्रयत्न, मेरे लिए सुख का कारण होगा, तुम अवश्य आओ और सबको साथ लेकर आओ!

तुम्हारा – श्रीनाथ

पुनश्च:- बंबई से आते हुए सूरन अवश्य लेते आना! यहाँ वैसा नहीं मिलता। सूरन की तरकारी की गरमी में ही तुम लोग चन्दा की ठंडी हवा झेल सकोगे और साथ-साथ अपनी चलती-फिरती दूकान का एक बक्स, जिस पर हम लोगों की बातचीत की परम्परा लगी रहे।

– श्रीनाथ

दोपहर का भोजन कर लेने के बाद मैं थोड़ी देर अवश्य लेटता हूँ। कोई पूछता है तो कह देता हूँ कि यह निद्रा नहीं भाई, तन्द्रा है, स्वास्थ्य को मैं उसे अपने आराम से चलने देता हूँ! चिकित्सकों से सलाह पूछ कर उसमें छेड़-छाड़ करना मुझे ठीक नहीं जँचता सच बात तो यह है कि मुझे वर्तमान युग की चिकित्सा में वैसा ही विश्वास है, जैसे पाश्चात्य पुरातत्त्वज्ञों की खोज पर। जैसे वे साँची और अमरावती के स्तम्भ तथा शिल्प के चिह्नों में वस्त्र पहनी हुई मूर्तियों को देखकर, ग्रीक शिल्प कला का आभास पा जाते हैं और कल्पना कर बैठते हैं कि भारतीय बौद्ध कला ऐसी हो ही नहीं सकती, क्योंकि वे कपड़ा पहनना जानते ही न थे। फिर चाहे आप त्रिपिटक से ही प्रमाण क्यों न दें कि बिना अन्तर्वासक, चीवर इत्यादि के भारत का कोई भी भिक्षु नहीं रहता था; पर वे कब मानने वाले! वैसे ही चिकित्सक के पास सिर में दर्द होने की दवा खोजने गए कि वह पेट से उसका सम्बन्ध जोड़कर कोई रेचक औषधि दे ही देगा। बेचारा कभी न सोचेगा कि कोई गम्भीर विचार करते हुए, जीवन की किसी कठिनाई से टकराते रहने से भी सिर में पीड़ा हो सकती है। तो भी मैं हल्की-सी तन्द्रा केवल तबीयत बनाने के लिए ले ही लेता हूँ।

शरद-काल की उजली धूप ताल के नीले जल पर फैल रही थी। आँखों में चकाचौधी लग रही थी। मैं कमरे में पड़ा अंगड़ाई ले रहा था। दुलारे ने आकर कहा – ईरानी- नहीं नहीं बलूची आए हैं। मैंने पूछा – कैसे ईरानी और बलूची?

वही जो मूंगा, फीरोजा, चारयारी बेचते हैं, सिर में रूमाल बांधे हुए।

मैं उठ खड़ा हुआ, दालान में आकर देखता है, तो एक बीस बरस के युवक के साथ लैला। गले में चमड़े का बेग, पीठ पर चोटी, छींट का रूमाल। एक निराला आकर्षक चित्र! लैला ने हँसकर पूछा- बाबू, चारयारी लोगे?

चारयारी?

हाँ बाबू! चारयारी! इसके रहने से इसके पास सोना, अशर्फी रहेगा। थैली कभी खाली न होगी। और बाबू! इससे चोरी का माल बहुत जल्द पकड़ा जाता है।

साथ ही युवक ने कहा – ले लो बाबू! असली चारयारी; सोना का चारयारी!एक बाबू के लिए लाया था। वह मिला नहीं।

मैं अब तक उन दोनों की सुरमीली आँखों को देख रहा था। सुरमे का घेरा गोरे-गोरे मुँह पर आँख की विस्तृत सत्ता का स्वतन्त्र साक्षी था। पतली लंबी गर्दन पर खिलोने-सा मुँह पटापट बोल रहा था! मैंने कहा – मुझे तो चारयारी नहीं चाहिए।

किन्तु वहाँ सुनता कौन है, दोनों सीढ़ी पर बैठ गए थे और लैला अपना बेग खोल रही थी। कई पोटलियाँ निकलीं, सहसा लैला के मुँह का रंग उड़ गया। वह घबराकर कुछ अपनी भाषा में कहने लगी। युवक उठ खड़ा हुआ। मैं कुछ न समझ सका। वह चला गया। अब लैला ने मुस्कराते हुए, बेग में से वहीं पत्र निकाला। मैंने कहा –इसे तो मैं पढ़ चुका हूँ।

इसका मतलब!

वह तुम्हारी चारयारी खरीदने फिर आएगा। यही इसमें लिखा है -मैंने कहा।

बस! इतना ही?

और भी कुछ है।

क्या बाबू?

और जो उसने लिखा है, यह में नहीं कह सकता-

क्यों बाबू? क्यों न कह सकोगे? बोलो।

लैला की वाणी में पुचकार, दुलार, झिड़की और आज्ञा थी।

यह सब बात में नहीं.......

बीच में ही बात काटकर उसने कहा – नहीं क्यों? तुम जानते हो, नहीं बोलोगे?

उसने लिखा है, मैं तुमको प्यार करता हूँ।

लिखा है, बाबू! लैला की आँखों में स्वर्ग हँसने लगा। वह फुरती से पत्र मोड़कर रखती हुई हँसने लगी। मैंने अपने मन में कहा – अब यह पूछेगी, वह कब आवेगा? कहाँ मिलेगा? - किन्तु लैला ने यह सब कुछ नहीं पूछा। वह सीढ़ियों पर अर्द्ध-शयनावस्था में जैसे कोई सुन्दर सपना देखती हुई मुस्करा रही थी। युवक दौड़ता हुआ आया; उसने अपनी भाषा में कुछ घबराकर कहा पर लैला लेटे-ही-लेटे कुछ बोली। युवक भी बैठ गया। लैला ने मेरी ओर देखकर कहा – तो बाबू! वह आवेगा। मेरी चारयारी खरीदेगा। गुल से भी कह दो। मैंने समझ लिया कि युवक का नाम गुल है। मैंने कहा – हाँ, वह तुम्हारी चारयारी खरीदने आएँगे। गुल ने लैला की ओर प्रसन्न दृष्टि से देखा।

परन्तु मैं, जैसे भयभीत हो गया। अपने ऊपर सन्देह होने लगा। लैला सुन्दरी थी, पर उसके भीतर भयानक राक्षस की आकृति थी या देवमूर्ति! यह बिना जाने मैंने क्या कह दिया! इसका परिणाम भीषण भी हो सकता है। मैं सोचने लगा रामेश्वर को मित्र तो मानता नहीं, किन्तु मुझे उससे शत्रुता करने का क्या अधिकार है?

चन्दा के दक्षिणी तट पर ठीक मेरे बंगले के सामने एक पाठशाला थी। उसमें एक सिंहली सज्जन रहते थे। न जाने कहाँ-कहाँ से उनको चन्दा मिलता था। वे पास- पड़ोस के लड़कों को बुलाकर पढ़ाने के लिए बिठाते थे। दो मास्टरों को वेतन देते थे। उनका विश्वास था कि चन्दा का तट किसी दिन तथागत के पवित्र चरण-चिह्न से अंकित हुआ था, वे आज भी उन्हें खोजते थे। बड़े शांत प्रकृति के जीव थे। उनका श्याम शरीर, कुंचित केश, तीक्ष्ण दृष्टि, सिंहली विशेषता से पूर्ण विनय, मधुर वाणी और कुछ-कुछ मोटे अक्षरों में चौबीसों घंटे बसने वाली हँसी आकर्षण से भरी थी। मैं कभी-कभी जब जीभ में खुजलाहट होती, वहाँ पहुँच जाता। आज की वह घटना मेरे विचार का विषय बन कर मुझे व्यस्त कर रही थी। मैं अपनी डोंगी पर बैठ गया। दिन अभी घंटे-ड़ेढ-घंटे बाकी था उस पार खेकर डोंगी ले जाते बहुत देर नहीं हुई मैं पाठशाला और ताल के बीच के उद्यान को देख रहा था। खजूर और नारियल के ऊँचे-ऊँचे वृक्षों की जिसमें निराली छूटा थी एक नया पीपल अपने चिकने पत्तों की हरियाली में झूम रहा था। उसके नीचे शिला पर प्रज्ञासारथि बैठे थे। नाव को अटका कर मैं उनके समीप पहुँचा। अस्त होने वाले सूर्य-बिम्ब की रंगीली किरणें उनके प्रशांत मुखमण्डल पर पड़ रही थीं। दो ढाई हजार वर्ष पहले का चित्र दिखाई पड़ा, जब भारत की पवित्रता हजारों कोस से लोगों को वासना-दमन करना सीखने के लिए आमन्त्रित करती थी। आज भी आध्यात्मिक रहस्यों के उस देश में उस महती साधना का आशीर्वाद बचा है। अभी भी बोध-वृक्ष पनपते हैं! जीवन की जटिल आवश्यकता को त्याग कर जब काषाय पहने सन्ध्या के सूर्य के रंग में रंग मिलाते हुए ध्यान-स्तिमित-लोचन मूर्तियाँ अभी देखने में आती हैं, तब जैसे मुझे अपनी सत्ता का विश्वास होता है, और भारत की अपूर्वता का अनुभव होता है। अपनी सत्ता का इसलिए कि मैं भी त्याग का अभिनय करता हूँ न! और भारत के लिए तो मुझे पूर्ण विश्वास है कि इसकी विजय धर्म में है।

अधरों में कुंचित हँसी, आँखों में प्रकाश भरे प्रज्ञासारथि ने मुझे देखते हुए कहा – आज मेरी इच्छा थी कि आपसे भेंट हो।

मैंने हँसते हुए कहा – अच्छा हुआ कि मैं प्रत्यक्ष ही आ गया। नहीं तो ध्यान में बाधा पड़ती।

श्रीनाथजी! मेरे ध्यान में आपके आने की सम्भावना न थी तो भी आज एक विषय पर आपकी सम्मति की आवश्यकता है।

मैं भी कुछ कहने के लिए ही यहाँ आया हूँ। पहले मैं कहूँ कि आप ही आरम्भ करेंगे?

सथिया के लड़के कल्लू के सम्बन्ध में तो आपको कुछ नहीं कहना है? मेरे बहुत कहने पर मुसहरों ने उसे पढ़ने के लिए मेरी पाठशाला में रख दिया है और उसके पालन के भार से अपने को मुक्त कर लिया। अब वह सात बरस का हो गया है अच्छी

तरह खाता-पीता है। साफ-सुथरा रहता है। कुछ-कुछ पढ़ता भी है !- प्रज्ञासारथि ने कहा।

चलिए, अच्छा हुआ! एक रास्ते पर लग गया। फिर जैसा उसके भाग्य में हो। मेरा मन इन घरेलू बन्धनों में पड़ने के लिए विरक्त-सा है, फिर भी न जाने क्यों कल्लू का ध्यान आ ही जाता है-मैंने कहा।

तब तो अच्छी बात है, आप इस कृत्रिम विरक्ति से ऊब चले हैं, तो कुछ काम करने लगिए मैं भी घर जाना चाहता हूँ, न हो तो पाठशाला ही चलाइए- कहते हुए प्रज्ञासारथि ने मेरी ओर गम्भीता से देखा।

मेरे मन में हलचल हुई। मैं एक बकवादी मनुष्य! किसी विषय पर गम्भीरता का अभिनय करके थोड़ी देर तक सफल वाद-विवाद चला देना और फिर विश्वास करना; इतना ही तो मेरा अभ्यास था। काम करना, किसी दायित्व को सिर पर लेना असम्भव मैं चुप रहा वह मेरा मुँह देख रहे थे। मैं चतुरता से निकल जाना चाहता था। यदि मैं थोड़ी देर और उसी तरह सन्नाटा रखता, तो मुझे हाँ या नहीं कहना ही पड़ता मैंने विवाह वाला चुटकुला छेड़ ही तो दिया।

आप तो विरक्त भिक्षु हैं। अब घर जाने की आवश्यकता कैसे आ पड़ी?

भिक्षु! आश्चर्य से प्रज्ञासारथि ने कहा मैं तो ब्रह्मचर्य में हूँ। विद्याभ्यात और धर्म का अनुशीलन कर रहा है। यदि मैं चाहूँ तो प्रव्रज्या ले सकता है, नहीं तो शुद्धी बनने में कोई धार्मिक आपत्ति नहीं। सिंहल में तो यही प्रथा प्रचलित है। मेरे विचार से यह प्राचीन आर्य-प्रथा भी थी! मैं गार्हस्थ्य-जीवन से परिचित होना चाहता हूँ।

तो आप व्याह करेंगे?

क्यों नहीं; यही करने तो जा रहा हूँ।

देखता हूँ, स्त्रियों पर आपको पूर्ण विश्वास है।

अविश्वास करने का कारण ही क्या है? इतिहास में आख्यायिकाओं में कुछ स्वियों और पुरुषों का दुष्ट चरित्र पढ़कर मुझे अपने और अपनी भावी सहपर्मिणी पर अविश वास कर लेने का कोई अधिकार नहीं? प्रत्येक व्यक्ति को अपनी परीक्षा देनी चाहिए।

विवाहित जीवन! सुखदायक होगा? मैंने पूछा।

किसी कर्म को करने के पहले उसमें सुख की ही खोज करना क्या अत्यन्त आवश्यक है? सुख तो धर्माचरण से मिलता है। अन्यथा संसार तो दुःखमय है ही! संसार के कर्मों को धार्मिकता के साथ करने में सुख की ही संभावना है।

किन्तु व्याह-जैसे कर्म से तो सीधा-सीधा स्त्री से सम्बन्ध है। स्त्री! कितनी विचित्र पहेली है। इसे जानना सहज नहीं बिना जाने ही उससे अपना सम्बन्ध जोड़ लेना, कितनी बड़ी भूल है, ब्रह्मचारीजी! मैंने हँस कर कहा।

भाई, तुम बड़े चतुर हो। खूब सोच-समझकर, परख कर तब सम्बन्ध जोड़ना चाहते हो नः किन्तु मेरी समझ में सम्बन्ध हुए बिना परखने का दूसरा उपाय नहीं। प्रज्ञासारथि ने गंभीरता से कहा मैं चुप होकर सोचने लगा। अभी-अभी जो मैंने एक काण्ड का बीजारोपण किया है, यह क्या लैला के स्वभाव से परिचित होकर। मैं अपनी मूर्खता पर मन-ही-मन तिलमिला उठा। मैंने कल्पना से देखा, लैला प्रतिहिंसा- भरी एक भयानक राक्षसी है, यदि वह अपने जाति-स्वभाव के अनुसार रामेश्वर के साथ बदला लेने की प्रतिज्ञा कर बैठे, तब क्या होगा?

प्रज्ञासारथि ने फिर कहा – मेरा जाना तो निश्चित है। ताम्रपर्णी की तरंग- मालाएँ मुझे बुला रही हैं! मेरी एक प्रार्थना है। आप कभी-कभी आकर इसका निरीक्षण कर लिया कीजिए।

मुझे एक बहाना मिला, मैंने कहा – मैंने बैठे-बिठाए एक झंझट बुला ली है। मैं देखता हूँ कि कुछ दिनों तक तो मुझे उसमें फँसना ही पड़ेगा।

प्रज्ञासारथि ने पूछा –वह क्या?

मैंने लैला का पत्र पढ़ने और उसके बाद का सब वृत्तान्त कह सुनाया। प्रज्ञासारथि चुप रहे, फिर उन्होंने कहा – आपने इस काम को खूब सोच-समझ कर करने की आवश्यकता पर तो ध्यान न दिया होगा, क्योंकि इसका फल दूसरे को भोगने की सम्भावना है न!

मुझे प्रज्ञासारथि का यह व्यंग अच्छा न लगा। मैंने कहा –सम्भव है कि मुझे भी कुछ भोगना पड़े।

भाई, मैं तो देखता हूँ, संसार में बहुत से ऐसे काम मनुष्य को करने पड़ते हैं,जिन्हें वह स्वप्न में भी नहीं सोचता। अकस्मात वे प्रसंग सामने आकर गुर्राने लगते हैं, जिनसे भाग कर जान बचाना ही उसका अभीष्ट होता है। मैं भी इसी तरह ब्याह करने के लिए सिंहल जा रहा हूँ।

अन्धकार को भेद कर शरद् का चन्द्रमा नारियल और खजूर के वृक्षों पर दिखाई देने लगा था। चन्दा का ताल लहरियों में प्रसन्न था। मैं क्षण भर के लिए प्रकृति की उस सुन्दर चित्रपटी को तन्मय होकर देखने लगा।

कलुआ ने जब प्रज्ञासारथि को भोजन करने की सूचना दी, मुझे स्मरण हुआ कि मुझे उस पार जाना है। मैंने दूसरे दिन आने को कह कर प्रज्ञासारथि से छुट्टी माँगी।

डोंगी पर बैठकर में धीरे-धीरे डांड़ चलाने लगा।

मैं अनमना-सा डांड़ चलाता हुआ कभी चन्द्रमा को और कभी चन्दा ताल को देखता। नाव सरल आन्दोलन में तिर रही थी। बार-बार सिंहली प्रज्ञासारथि की बात सोचता जाता था। मैंने घूमकर देखा, तो कुंज से घिरा हुआ पाठशाला का भवन चन्दा

के शुभ्रजल में प्रतिबिम्बित हो रहा था! चन्दा का वह तट समुद्र- उपकूल का एक खंड-चित्र था। मन-ही-मन सोचने लगा- मैं करता ही क्या हूँ, यदि मैं पाठशाला का ही निरीक्षण करूँ, तो हानि क्या? मन भी लगेगा और समय भी कटेगा। –अब मैं बहुत दूर चला आया था। सामने मुचकुन्द वृक्ष की नील आकृति दिखलाई पड़ी। मुझे लैला का फिर स्मरण आ गया। कितनी सरल, स्वतंत्र और साहसिकता से भरी हुई रमणी है। सुरमीली आँखों में कितना नशा है और अपने मादक उपकरणों से भी रामेश्वर को अपनी ओर आकर्षित करने में वह असमर्थ है। रामेश्वर पर मुझे क्रोम आया और लैला को फिर अपने विचारों से उलझते देख कर झुंझला उठा। अब किनारा समीप हो चला था। मैं मुचकुन्द की ओर से नाव घुमाने को था कि मुझे उस प्रशान्त जल में दो शिर तैरते हुए दिखाई पड़े। शरद्-काल की शीतल रजनी में उन तैरने वालों पर मुझे आश्चर्य हुआ। मैंने डाँड़ा चलाना बन्द कर दिया। दोनों तैरनेवाले डोंगी के पास आ चले थे। मैंने चन्द्रिका के आलोक में पहचान लिया, वह लैला का सुन्दर मुख था। कुमदिनी की तरह प्रफुल्ल चांदनी में हँसता हुआ लैला का मुख! मैंने पुकारा, लैला! वह बोलने ही को थी कि उसके साथ वाला मुख गुर्रा उठा मैंने समझा कि उसका साथी गुल होगा; किन्तु लैला ने कहा – चुप, बाबू जी हैं। अब मैंने पहचाना – वह एक भयानक ताजी कुत्ता है, जो लैला के साथ तैर रहा था। लैला ने कहा – बाबूजी, आप कहाँ? मेरी डोंगो के एक ओर लैला का हाथ था और दूसरी ओर कुत्ते के दोनों अगले पंजे मैंने कहा –यों ही घूमने आया था और तुम रात को तैरती हो? लैला।

दिन भर काम करने के बाद अब तो छुट्टी मिली है, बदन ठंडा कर रही हूँ-लैला ने कहा।

यह एक अद्भुत दृश्य था। इतने दिनों तक में जीवन के अकेले दिनों की काट चुका है। अनेक अवसर विचित्र घटनाओं से पूर्ण और मनोरंजक मिले हैं;किन्तु ऐसा दृश्य तो मैंने कभी न देखा। मैंने पूछा- आज की रात तो बहुत ठंडी है,लैला!

उसने कहा –नहीं, बड़ी गर्म।

दोनों ने अपनी रुकावट हटा ली डोंगी चलने को स्वतन्त्र थी। लैला और उसका साथी दोनों तैरने लगे। मैं फिर अपने बंगले की ओर डोंगी खेने लगा। किनारे पर पहुँच कर देखता हूँ कि दुलारे खड़ा है। मैंने पूछा –क्यों रे! तू कब से यहाँ है?

उसने कहा – आपको जाने में देर हुई, इसलिए मैं आया हूँ। रसोई ठंढी हो रही है।

मैं डोंगीसे उतर पड़ा और बंगले की ओर चला। मेरे मन में न जाने क्यों सन्देह हो रहा था कि दुलारे जान-बूझकर परखने आया था। लैला से बातचीत करते हुए उसने मुझे अवश्य देखा है। तो क्या वह मुझ पर कुछ सन्देह करता है? मेरा मन दुलारे को सन्देह करने का अवसर देकर जैसे कुछ प्रसन्न ही हुआ। बंगले पर पहुँच कर मैं भोजन

करने बैठ गया। स्वभाव के अनुसार शरीर तो अपना नियमित सब करता ही रहा, किन्तु सो जाने पर भी वही सपना देखता रहा।

आज बहुत विलम्ब से सोकर उठा। आलस से कहीं घूमने-फिरने की इच्छा न थी। मैंने अपनी कोठरी में ही आसन जमाया। मेरी आँखों में वह रात्रि का दृश्य अभी घूम रहा था। मैंने लाख चेष्टा की किन्तु लैला और वह सिंहली भिक्षु दोनों ही ने मेरे हृदय को अखाड़ा बना लिया था। मैंने विरक्त होकर विचार-परम्परा को तोड़ने के लिए बाँसुरी बजाना आरम्भ किया। आसावरी के गम्भीर विलम्बित आलापों में फिर भी लैला की प्रेमपूर्ण आकृति जैसे बनने लगती। मैंने बांसुरी बजाना बन्द किया और ठीक विश्रामकाल में ही मैंने देखा कि प्रज्ञासारथि सामने खड़े हैं। मैंने उन्हें बैठाते हुए पूछा- आज आप इधर कैसे भूल पड़े?

यह प्रश्न मेरी विचार-विश्रृंखलता के कारण हुआ था, क्योंकि वे तो प्रायः मेरे यहाँ आया ही करते थे। उन्होंने हँस कर कहा - मेरा आना भूलकर नहीं, किन्तु कारण से हुआ है। कहिए, आपने उस विषय में कुछ स्थिर किया?

मैंने अनजान बन कर पूछा- किस विषय में?

प्रज्ञासारथि ने कहा – वही पाठशाला की देख-रेख करने के लिए, जैसा मैंने उस दिन आपसे कहा था।

मैंने बात उड़ाने के ढंग से कहा – आप तो सोच-विचार कर काम करने में विश्वास ही नहीं रखते। आपका तो यही कहना है न कि मनुष्य प्रायः अनिच्छावश बहुत से काम करने के लिए बाध्य होता है, तो फिर मुझे उस पर सोचने-विचारने की क्या आवश्यकता थी? जब वैसा अवसर आएगा, तब देखा जाएगा।

कृपया मेरी बातों का अपने मनोनुकूल अर्थ न लगाएँ। यह तो मैं मानता हूँ कि आप अपने ढंग से विचार करने के लिए स्वतंत्र हैं; किन्तु उन्हें क्रियात्मक रूप देने के समय आपकी स्वतंत्रता में मेरा विश्वास संदिग्ध हो जाता है। प्रायः देखा जाता है, हम लोग क्या करने जाकर क्या कर बैठते हैं, तो भी हम उसकी जिम्मेदारी से छूटते नहीं। मान लीजिए कि लैला के हृदय में एक दुराशा उत्पन्न करके आपने रामेश्वर के जीवन में अड़चन डाल दी है। संभव है, यह घटना साधारण न रह कर कोई भीषण काण्ड उपस्थित कर सकती है और आपका मित्र अपने अनिष्ट करने वाले को न भी पहचान सके, तो क्या आप अपने ही मन के सामने इसके लिए अपराधी न ठहरेंगे?

प्रज्ञासारथि की ये बातें मुझे बेढंगी-सी जान पड़ीं क्योंकि उस समय मुझे उनका आना और मुझे उपदेश देने का ढोंग रचना असह्य होने लगा। मेरी इच्छा होती थी कि वे किसी तरह भी यहाँ से चले जाते; तो भी मुझे उन्हें उत्तर देने के लिए इतना तो कहना ही पड़ा कि आप कच्चे अदृष्टवादी हैं। आपके जैसा विचार रखने पर मैं तो इसे इस

तरह सुलझाऊँगा कि अपराध करने में और दण्ड देने में मनुष्य एक दूसरे का सहायक होता है। हम आज जो किसी को हानि पहुँचाते हैं, या कष्ट देते है, वह इतने ही के लिए नहीं कि उसने मेरी कोई बुराई की है हो सकता है कि मैं उसके किसी अपराध का यह दंड समाज व्यवस्था के किसी मौलिक नियम के अनुसार दे रहा हूँ। फिर चाहे मेरा यह दण्ड देना भी अपराध बन जाए और उसका फल भी मुझे भोगना पड़े। मेरे यह कहने पर प्रज्ञासारथि ने हँस दिया और कहा – श्रीनाथजी, मैं आपकी दंड-सोचने लगा। मेरे स्वतंत्र जीवन में मां के मर जाने के बाद यह दूसरी उलझन थी। निश्चिन्त जीवन की कल्पना का अनुभव मैंने इतने दिनों तक कर लिया था। मैंने देखा कि मेरे निराश जीवन में उल्लास का छींटा भी नहीं। यह ज्ञान मेरे हृदय को और भी स्पर्श करने लगा। मैं जितना ही विचारता था, उतना ही मुझे निश्चिन्तता और निराशा का अभेद दिखलाई पड़ता था। मेरे आलसी जीवन में सक्रियता की प्रतिध्वनि होने लगी। तो भी काम न करने का स्वभाव मेरे विचारों के बीच में जैसे व्यंग से मुस्कुरा देता था।

तीन दिनों तक मैंने सोचा और विचार किया। अन्त में प्रज्ञासारथि की विजय हुई क्योंकि मेरी दृष्टि में प्रज्ञासारथि का काम नाम के लिए तो अवश्य था, किन्तु करने में कुछ भी नहीं के बराबर।

मैंने अपना हृदय दृढ़ किया और प्रज्ञासारथि से जाकर कह दिया कि मैं पाठशाला का निरीक्षण करूँगा, किन्तु मेरे मित्र आने वाले हैं और जब तक यहाँ रहेंगे, तब तक तो मैं अपना बंगला न छोड़ूगा क्योंकि यहाँ उन लोगों के आने से आपको असुविधा होगी। फिर जब वे लोग चले जाएँगे, तब में यहाँ आकर रहने लगूंगा।

मेरे सिंहली मिश्र ने हँस कर कहा –अभी तो एक महीने यहाँ में अवश्य रहूँगा अदि आप अभी से यहाँ चले आएँ तो, बड़ा अच्छा हो, क्योंकि मेरे रहते यहाँ का सब प्रबन्ध आपकी समझ में आ जाएगा। रह गई मेरी असुविधा की बात, सो तो केवल आपकी कल्पना है। मैं आपके मित्रों को यहाँ देख कर प्रसन्न ही होऊँगा। जगह की कमी भी नहीं।

मैं 'अच्छा' कह कर उनसे छुट्टी लेने के लिए उठ खड़ा हुआ; किन्तु प्रज्ञासारथि ने मुझे फिर से बैठाते हुए कहा – देखिए श्रीनाथजी, यह पाठशाला का भवन पूर्णतः आपके अधिकार में रहेगा। भिक्षुओं के रहने के लिए वो संघाराम का भाग अलग है ही और उसमें जो कमरे अभी अधुरे हैं, उन्हें शीघ्र ही पूरा कराकर तब मैं जाऊँगा और अपने संघ से मैं इसकी पक्की लिखा-पढ़ी कर रहा हूँ कि आप पाठशाला के आजीवन अवैतनिक प्रधानाध्यक्ष रहेंगे और उसमें किसी को हस्तक्षेप करने का अधिकार न होगा।

मैं उस युवक बौद्ध मिशनरी की युक्तिपूर्ण व्यावहारिकता देख कर मन-ही-मन चकित हो रहा था। एक क्षण भर के लिए उस सिंहली की व्यवहारकुशल बुद्धि से मैं भीतर-ही-भीतर ऊब उठा। मेरी इच्छा हुई कि मैं स्पष्ट अस्वीकार कर दूँ; किन्तु न जाने

क्यों में वैसा न कर सका। मैंने कहा – तो आपको मुझमें इतना विश्वास है। कि मैं आजीवन आपकी पाठशाला चलाता रहूँगा!

प्रज्ञासारथि ने कहा – शक्ति की परीक्षा दूसरों ही पर होती है; यदि मुझे आपकी शक्ति का अनुभव हो, तो कुछ आश्चर्य की बात नहीं। और आप तो जानते ही हैं कि धार्मिक मनुष्य विश्वासी होता है। सुक्ष्म रूप से जो कल्याण ज्योति मानवता में अन्तनिहित है, मैं तो उसमें अधिक-से-अधिक श्रद्धा करता हूँ विपथगामी होने पर वही संत हो करके मनुष्य का अनुशासन करती है, यदि उसकी पशुता ही प्रबल न हो गई हो, तो।

मैंने प्रज्ञासारथि की आँखों से आँख मिलाते हुए देखा, उसमें तीव्र संयम की ज्योति चमक रही थी, मैं प्रतिवाद न कर सका और यह कहते हुए खड़ा हुआ कि अच्छा जैसा आप कहते हैं वैसा ही होगा!

मैं धीरे-धीरे बँगले की ओर लौट रहा था। रास्ते में अचानक देखता हूँ कि दुलारे दौड़ा हुआ चला आ रहा है। मैंने पूछा क्या है रे?

उसने कहा – बाबूजी, घोड़ागाड़ी पर बहुत से आदमी आए हैं। वे लोग आपको पूछ रहे हैं।

मैंने समझ लिया कि रामेश्वर आ गया। दुलारे से कहा कि तू दौड़ जा, मैं यहीं खड़ा हूँ। उन लोगों को सामान सहित यहीं लिवा ला!

दुलारे तो बंगले की ओर भागा, किन्तु मैं उसी जगह अविचल भाव से खड़ा रहा। मन में विचारों की आँधी उठने लगी, रामेश्वर तो आ गया और वे ईरानो भी यही है। ओह, मैंने कैसी मूर्खता की! तो मेरे मन को जैसे ढाढ़स हुआ कि रामेश्वर मेरे बंगले में नहीं ठहरता है। इस बौद्ध पाठशाला तक लैला क्यों आने लगी? जैसे लैला को वहाँ आने में कोई देवी बाधा हो। फिर मेरा सिर चकराने लगा। मैने कल्पना की आँखों से देखा कि लैला अवाधगति से चलने वाली एक निर्झरिणी है। पश्चिम की सर्राटे से भरी हुई वायुतरंगमाला है। उसको रोकने का किसमें सामर्थ्य है; ओर फिर अकेले रामेश्वर ही तो नहीं, उसकी स्त्री भी उसके साथ है। अपनी मूर्खतापूर्ण करनी से मेरा ही दम घुटने लगा। में खड़ा खड़ा झील की ओर देख रहा था उसमें छोटी-छोटी लहरियाँ उठ रही थीं, जिनमें सूर्य की किरणें प्रतिबिम्बित होकर आँखों को चौंधिया देती थीं। मैंने आँखें बन्द कर ली 1 अब में कुछ नहीं सोचता था। गाड़ी की घरघराहट ने मुझे सजग किया। मैंने देखा कि रामेश्वर गाड़ी का पल्ला खोलकर वहीं सड़क पर उतर रहा है।

मैं उससे गले मिल शीघ्रता से कहने लगा –गाड़ी पर बैठ जाओ। मैं भी चलता हूँ। यहीं पास ही चलना है। उसने गाड़ीवान से चलने के लिए कहा। हम दोनों साथ-साथ पैदल ही चले। पाठशाला के समीप प्रज्ञासारथि अपनी रहस्यपूर्ण मुस्कराहट के साथ अगवानी करने के लिए खड़े थे।

दो दिनों में हम लोग अच्छी तरह रहने लगे। घर का कोना-कोना आवश्यक चीजों से भर गया। प्रज्ञासारथि इसमें बराबर हम लोगों के साथी हो रहे थे और सबसे अधिक आश्चर्य मुझे मालती को देख कर हुआ। वह मानो इस जीवन की सम्पूर्ण गृहस्थी यहाँ सजा कर रहेगी मालती एक स्वस्थ युवती थी; किन्तु दूर से देखने में अपनी छोटी-सी आकृति के कारण वह बालिका-सी लगती थी। उसकी तीनों सन्तानें बड़ी सुन्दर थीं। मिश्रा छह बरस का, रञ्जन चार का और कमलों दो की थी। कमलो सचमुच एक गुड़िया थी, कल्लू का उससे इतना घना परिचय हो गया कि दोनों को एक दूसरे बिना चैन नहीं मैं सोचता था कि प्राणी क्या स्नेहमय ही उत्पन्न होता है अज्ञात प्रदेशों से आकर वह संसार में जन्म लेता है। फिर अपने लिए स्नेहमय सम्बन्ध बना लेता है; किन्तु मैं सदैव इन बुरी बातों से भागता ही रहा। इसे में अपना सौभाग्य कहूँ, या दुर्भाग्य?

इन्हीं कई दिनों में रामेश्वर के प्रति मेरे हृदय में इतना स्नेह उमड़ा कि मैं उसे एक क्षण छोड़ने के लिए प्रस्तुत न था। अब हम लोग साथ बैठ कर भोजन करते, साथ ही टहलने निकलते बातो का तो अन्त ही न था। कल्लू तीनों लड़कों को बहलाए रहता दुलारे खाने-पीने का प्रबन्ध कर लेता। रामेश्वर से मेरी बातें होती और मालती चुपचाप सुना करती। कमी-कभी बीच में कोई अच्छी-सी मीठी बात बोल भी देती।

और प्रज्ञासारथि को तो मानो एक पाठशाला ही मिल गई थी। वे गार्हस्थ्य जीवन का चुप-चाप अच्छा सा अध्ययन कर रहे थे।

एक दिन में बाजार से अकेला लौट रहा था। बंगले के पास में पहुँचा ही था कि लैला मुझे दिखाई पड़ी। वह अपने घोड़े पर सवार थी। में क्षण भर तक विचारता रहा कि क्या करू। तब तक घोड़े से उतर कर वह मेरे पास चली आई। मैं खड़ा हो गया था। उसने पूछा- बाबूजी, आप कहीं चले गए थे?

हाँ!

अब इस बंगले में आप नहीं रहते?

मैं तुमसे एक बात कहना चाहता हूँ, लैला। – मैंने घबरा कर उससे कहा

क्या बाबूजी?

वह चिट्ठी।

है तो मेरे ही पास, क्यों?

मैंने उसमें कुछ झूठ कहा था।

झूठ! लैला की आँखों से बिजली निकलने लगी थी।

हाँ लैला उसमें रामेश्वर ने लिखा था कि मैं तुमको नहीं चाहता, मुझे बाल-बच्चे हैं।

एँ! तुम झूठे! दगाबाज! – कहती हुई लैला अपनी छुरी की ओर देखती हुई दाँत पिसने लगी।

मैंने कहा – लैला, तुम मेरा कसूर...।

तुम मेरे दिल से दिल्लगी करते थे! कितने रंज की बात है! वह कुछ न कह सकी वहीं बैठ कर रोने लगी। मैंने देखा कि यह बड़ी आफत है। कोई मुझे इस तरह यहाँ देखेगा तो क्या कहेगा मैं तुरन्त वहाँ से चल देना चाहता था, किन्तु लैला ने आँसू भरी आँखों से मेरी ओर देखते हुए कहा – तुमने मेरे लिए दुनिया में एक बड़ी अच्छी बात सुनाई थी। वह मेरी हँसी थी! इसे जान कर आज मुझे इतना गुस्सा आता है कि मैं तुमको मार डालूँ या आप ही मर जाऊँ। –लैला दाँत पीस रही थी।

मैं काँप उठा – अपने प्राणों के भय से नहीं किन्तु लैला के साथ अदृष्ट के खिलवाड़ पर और अपनी मूर्खता पर।

मैंने प्रार्थना के ढंग से कहा –लैला, मैंने तुम्हारे मन को ठेस लगा दी है – इसका मुझे बड़ा दुःख है। अब तुम उसको भूल जाओ।

तुम भूल सकते हो, मैं नहीं! मैं खून करूँगी! – उसकी आँखों से ज्वाला निकल रही थी।

किसका, लैला। मेरा?

ओह नहीं, तुम्हारा नहीं, तुमने एक दिन मुझे सबसे बड़ा आराम दिया है। हो, वह झूठा। तुमने अच्छा नहीं किया था, तो भी मैं तुमको अपना दोस्त समझती हूँ।

तब किसका खुन करोगी?

उसने गहरी सांस ले कर कहा – अपना या किसी.... फिर चुप हो गई।

मैने कहा – तुम ऐसा न करोगी, लैला!मेरा और कुछ कहने का साहस नहीं होता था।

उसी ने फिर पूछा- वह जो तेज हवा चलती है, जिसमें बिजली चमकती है, बरफ़ गिरती है, जो बड़े-बड़े पेड़ों को तोड़ डालती है। हम लोगों के घरों को उड़ा ले जाती है।

आँधी! मैंने बीच ही में कहा।

हाँ, वही मेरे यहाँ चल रही है! कह कर लेना ने अपनी छाती पर हाथ रखदिया।

लैला! – मैने अधीर होकर कहा।

मैं उसको एक बार देखना चाहती हूँ। –उसने भी व्याकुलता से मेरी ओर देखते हुए कहा।

मैं उसे दिखा दूँगा; पर तुम उसकी कोई बुराई तो न करोगी? मैंने कहा।

हुश! कह कर लैला ने अपनी काली आँखें उठा कर मेरी ओर देखा।

मैंने कहा – अच्छा लैला! मैं दिखा दूँगा।

कल मुझसे यहीं मिलना। – कहती हुई वह अपने घोड़े पर सवार हो गई। उदास लैला के बोझ से वह घोड़ा भी धीरे-धीरे चलने लगा और लैला झुकी हुई-सी उस पर मानो किसी तरह बैठी थी।

मैं वहीं थोड़ी देर तक खड़ा रहा। और फिर धीरे-धीरे अनिच्छापूर्वक पाठशाला की ओर लौटा। प्रज्ञासारथि पीपल के नीचे शिलाखंड पर बैठे थे। मिन्ना उनके पास खड़ा उनका मुँह देख रहा था। प्रज्ञासारथि की रहस्यपूर्ण हँसी आज अधिक उदार थी। मैंने देखा कि वह उदासीन विदेशी अपनी समस्या हल कर चुका है। बच्चों की चहल-पहल ने उसके जीवन में वांछित परिवर्तन ला दिया है। और मैं?

मैं कह चुका था, इसलिए दूसरे दिन लैला से भेंट करने पहुँचा। देखता हूँ कि वह पहले ही से वहाँ बैठी है। निराशा से उदास उसका मुँह आज पीला हो रहा था। उसने हँसने की चेष्टा नहीं को और न मैंने ही उसने पूछा- तो कब, कहाँ चलना होगा? मैं तो सूरत में उससे मिली थी! वहीं उसने मेरी चिट्ठी का जवाब दिया था। अब कहाँ चलना होगा?

मैं भौंचक सा हो गया। लैला को विश्वास था कि सूरत, बम्बई, काश्मीर वह चाहे कहीं हो, उसे लिवा कर चलूँगा ही और रामेश्वर से भेंट करा दूँगा। सम्भवतः उसने मेरे परिहास का यह दण्ड निर्धारित कर लिया था। मैं सोचने लगा- क्या कहूँ।

लैला ने फिर कहा – मैं उसकी बुराई न करूँगी, तुम डरो मत।

मैंने कहा – वह यहीं आ गया है। उसके बाल-बच्चे सब साथ हैं! लैला, तुम चलोगी?

वह एक बार सिर से पैर तक काँप उठी! और मैं भी घबरा गया। मेरे मन में नई आशंका हुई आज मैं क्या दूसरी भूल करने जा रहा हूँ? उसने संभल कर कहा -हाँ चलूंगी, बाबू मैंने गहरी दृष्टि से उसके मुँह की ओर देखा, तो अन्धड़ नहीं,!

किन्तु एक शीतल मलय का व्याकुल झोंका उसकी घुँघराती लटों के साथ खेल रहा था।

मैंने कहा – अच्छा, मेरे पीछे-पीछे चली आओ!

मैं चला और वह मेरे पीछे थी। जब पाठशाला के पास पहुँचा, तो मुझे हारमोनियम का स्वर और मधुर आलाप सुनाई पड़ा। में ठिठक कर सुनने लगा- रमणी कंठ की मधुर ध्वनि! मैंने देखा कि लैला की भी आँखें उस संगीत के नशे में मतवाली हो चली हैं। उधर देखता हूँ तो कमलो को गोद में लिए प्रज्ञासारथि भी झूम रहे हैं। अपने कमरे में मालती छोटे-से सफरी बाजे पर पीलू गा रही है और अच्छी तरह गा रही है!

रामेश्वर लेटा हुआ उसके मुँह की ओर देख रहा है। पूर्ण तृप्ति! प्रसन्नता की माधुरी दोनों के मुँह पर खेल रही है! पास ही रंजन और मिन्ना बैठे हुए अपने माता और पिता को देख रहे हैं! हम लोगों के आने की बात कौन जानता है मैंने एक क्षण के लिए अपने को कोसा; इतने सुन्दर संसार में कलह की ज्वाला जला कर मैं तमाशा देखने चला था। हाय रे –मेरा कुतूहल! और लैला स्तब्ध अपनी बड़ी-बड़ी आँखों से एकटक न जाने क्या देख रही थी। मैं देखता था कि कमलो प्रज्ञासारथि की गोद से धीरे से खिसक पड़ी और बिल्ली की तरह पैर दबाती हुई अपनी माँ की पीठ पर हँसती हुई गिर पड़ी, और बोली- माँ! और गाना रुक गया। कमलो के साथ मिन्ना और रंजन भी हँस पड़े। रामेश्वर ने कहा – कमलो, तू बली पाजी है ले! बा-पाजी- -लाल- कहकर कमलो ने अपनी नन्हीं सी उंगली उठाकर हम लोगों की ओर संकेत किया। रामेश्वर तो उठकर बैठ गए। मालती ने मुझे देखते ही सिर का कपड़ा तनिक आगे की ओर खींच लिया और लैला ने रामेश्वर को देखकर सलाम किया। दोनों की आँखें मिलीं। रामेश्वर के मुँह पर पल भर के लिए एक घबराहट दिखाई पड़ी। फिर उसने संभल कर पूछा –अरे लैला! तुम यहाँ कहाँ?

चारयारी न लोगे, बाबू? – कहती हुई लैला निर्भीक भाव से मालती के पास जाकर बैठ गई।

मालती लैला पर एक मुस्कान छोड़ती हुई उठ खड़ी हुई। लैला उसका मुँह देख रही थी, किन्तु उस ओर ध्यान न देकर मालती ने मुझसे कहा – भाई जी, आपने जलपान नहीं किया। आज तो आप ही के लिए मैंने सूरन के लड्डू बनाए हैं।

तो देती क्यों नहीं पगली, मैं सवेरे से ही भूखा भटक रहा हूँ मैंने कहा। मालती जलपान ले जाने गई।

रामेश्वर ने कहा – चारयारी ले आई हो? लैला ने हाँ कहते हुए अपना बैग खोला। फिर रुक कर उसने अपने गले से एक ताबीज निकाला रेशम से लिपटा हुआ चौकोर ताबीज का सीवन खोलकर उसने यह चिट्ठी निकाली। मैं स्थिर भाव से देख रहा था।

लैला ने कहा – पहले बाबूजी, इस चिट्ठी को पढ़ दीजिए।

रामेश्वर ने कम्पित हाथों से उसको खोला, वह उसी का लिखा हुआ पत्र था। उसने घबराकर लैला की ओर देखा। लैला ने शान्त स्वरों में कहा – पढ़िए बाबू! मैं आप ही के मुँह से सुनना चाहती हूँ।

रामेश्वर ने दृढ़ता से पढ़ना आरम्भ किया। जैसे उसने अपने हृदय का समस्त बल आने वाली घटनाओं का सामना करने के लिए एकत्र कर लिया हो; क्योंकि मालती जलपान लिए आ ही रही थी। रामेश्वर ने पूरा पत्र पढ़ लिया। केवल नीचे अपना नाम

नहीं पढ़ा। मालती खड़ी सुनती रही और में सूरन के लड्डू खाता रहा। बीच- बीच में मालती का मुँह देख लिया करता था! उसने बड़ी गम्भीरता से पूछा- भाईजी, लड्डू कैसे हैं, यह तो आपने बताया नहीं, धीरे से खा गए।

जो वस्तु अच्छी होती है, वही तो गले में धीरे से उतार ली जाती है। नहीं तो कड़वी वस्तु के लिए, थू-थू न करना पड़ता। मैं कह ही रहा था कि लैला ने रामेश्वर से कहा –ठीक तो! मैंने सुन लिया। अब आप उसको फाड़ डालिए। तब आपको चारयारी दिखाऊँ।

रामेश्वर सचमुच पत्र फाड़ने लगा। चिन्दी-चिन्दी उस कागज के टुकड़े की उड़ गई और लैला ने एक छिपी हुई गहरी सांस ली, किन्तु मेरे कानों ने उसे सुन ही लिया। वह तो एक भयानक आँधी से कम न थी। लैला ने सचमुच एक सोने की चारयारी निकाली। उसके साथ एक सुन्दर मूंगे की माला रामेश्वर ने चारयारी लेकर देखा। उसने मालती से पचास के नोट देने के लिए कहा। मालती अपने पति के व्यवसाय को जानती थी, उसने तुरन्त नोट दे दिए। रामेश्वर ने जब नोट लैला की ओर बढ़ाए, तभी कमलो सामने आकर खड़ी हो गई – बा... लाल....। रामेश्वर ने पूछा, क्या है रे कमलो?

पुतली-सी सुन्दर बालिका ने रामेश्वर के गालों को अपने छोटे-से हाथों से पकड़ कर कहा – लाला-लाल....

लैला ने नोट ले लिए थे। पूछा- बाबूजी! मूंगे की माला न लीजिएगा?

नहीं।

लैला ने माला उठाकर कमलो को पहना दी। रामेश्वर नहीं नहीं करता ही रहा था किन्तु उसने सुना नहीं! कमलो ने अपनी मां को देख कर कहा मां....लाल.... वह हँस पड़ी और कुछ नोट रामेश्वर को देते हुए बोली तो ले न लो, इसका भी दाम दे दो।

लैला ने तीव्र दृष्टि से मालती को देखा; मैं तो सहम गया था। मालती हँस पड़ी। उसने कहा – क्या दाम न लोगी?

लैला, कमलो का मुँह चूमती हुई उठ खड़ी हुई। मालती अवाक रामेश्वर स्तब्ध, किन्तु मैं प्रकृतिस्थ था।

लैला चली गई।

मैं विचारता रहा, सोचता रहा। कोई अन्त न था –ओर-छोर का पता नहीं। लैला – प्रज्ञासारथि – रामेश्वर और मालती सभी मेरे सामने बिजली के पुतलों-से चक्कर काट रहे थे। सन्ध्या हो चली थी, किन्तु मैं पीपल के नीचे से उठ न सका। प्रज्ञासारथि अपना ध्यान समाप्त करके उठे। उन्होंने मुझे पुकारा- श्रीनाथजी! मैंने हँसने की चेष्टा करते हुए कहा कहिए!

आज तो आप भी समाधिस्थ रहे।

तब भी इसी पृथ्वी पर था। जहाँ लालसा क्रंदन करती है, दुःखानुभूति हँसती है और नियति अपने मिट्टी के पुतलों के साथ अपना क्रूर मनोविनोद करती है; किन्तु आप तो बहुत ऊँचे किसी स्वर्गीय भावना में...

ठहरिए श्रीनाथजी ! सुख और दुःख, आकाल और पृथ्वी, स्वर्ग और नरक के बीच में है वह सत्य, जिसे मनुष्य प्राप्त कर सकता है।

मुझे क्षमा कीजिए। अन्तरिक्ष में उड़ने को मुझमें शक्ति नहीं है। मैंने परिहास-पूर्वक कहा।

साधारण मन की स्थिति को छोड़ कर जब मनुष्य कुछ दूसरी बात सोचने के लिए प्रयास करता है, तब क्या वह उड़ने का प्रयास नहीं ? हम लोग कहने के लिए द्विपद हैं, किन्तु देखिए तो जीवन में हम लोग कितनी बार उचकते हैं, उड़ान भरते हैं। वही तो उन्नति की चेष्टा, जीवन के लिए संग्राम, और भी क्या-क्या नाम से प्रशंसित नहीं होती? तो मैं भी इसकी निन्दा नहीं करता; उठने की चेष्टा करनी चाहिए, किन्तु आप यही न कहेंगे कि समझ-बूझ कर एक बार उचकना चहिए; किन्तु उस एक बार को– उस अचूक अवसर को जानना सहज नहीं। इसीलिए तो मनुष्य को, जो सबसे बुद्धिमान प्राणी है, बार-बार धोखा खाना पड़ता है। उन्नति को उसने विभिन्न रूपों में अपनी आवश्यकताओं के साथ इतना मिलाया है कि उसे सिद्धान्त बना लेना पड़ा है कि उन्नति का द्वन्द्व पतन ही है।

संयम का वज्र-गम्भीर नाद प्रकृति से नहीं सुनते हो ? शारीरिक कर्म तो गौण है, मुख्य संयम तो मानसिक है। श्रीनाथजी, आज लैला का वह मन का संयम क्या किसी महानदी की प्रखर धारा के अचल बांध से कम था ? मैं तो देखकर अवाक था। आपकी उस समय विचित्र परिस्थिति रही। फिर भी कैसे सब निर्विघ्न समाप्त हो गया। उसे सोचकर तो मैं अब भी चकित हो जाता हूँ; क्या वह इस भयानक प्रतिरोध के धक्के को संभल लेगी ?

लैला के वक्षःस्थल में कितना भीषण अन्धड़ चल रहा होगा, इसका अनुभव हम लोग नहीं कर सकते ! मैं अब भी इससे भयभीत हो रहा हूँ।

प्रज्ञासारथि चुप रह कर धीरे-धीरे कहने लगे मैं तो कल जाऊँगा। यदि तुम्हारी सम्मति हो, तो रामेश्वर को भी साथ चलने के लिए कहूँ। बम्बई तक हम लोगों का साथ रहेगा और मालती इस भयावनी छाया से शीघ्र ही दूर हट जाएगी ! फिर तो सब कुशल ही है।

मेरे त्रस्त मन को शरण मिली। मैंने कहा – अच्छी बात है। प्रज्ञासारथि उठ गए। मैं वहीं बैठा रहा, और भी बैठा रहता, यदि मिन्ना और रंजन की किलकारी और रामेश्वर

की डाँट-डपट- मालती की कलछी की खट-खट का कोलाहल जोर न पकड़ लेता और कल्लू सामने आकर न खड़ा हो जाता।

प्रज्ञासारथि, रामेश्वर और मालती को गए एक सप्ताह से ऊपर हो गया। अभी तक उस वास्तविक संसार का कोलाहल सुदूर से आती हुई मधुर संगीत की प्रतिध्वनि के समान मेरे कानों में गूंज रहा था। मैं अभी तक उस मादकता को उतार न सका था। जीवन में पहले की-सी निश्चिन्तता का विराग नहीं, न तो वह बे-परवाही रही। मैं सोचने लगा कि अब में क्या करू?

कुछ करने की इच्छा क्यों? मन के कोने से चुटकी लेते कौन पूछ बैठा?

किए बिना तो रहा नहीं जाता।

करो भी, पाठशाला से क्या मन ऊब चला?

उतने से संतोष नहीं होता।

और क्या चाहिए?

यही तो नहीं समझ सका, नहीं तो यह प्रश्न ही क्यों करता कि अब में क्या करूँ?

मैंने झुंझला कर कहा। मेरी बातों का उत्तर लेने-देने वाला मुस्कुरा कर हट गया । मै चिन्ता के अन्धकार में डूब गया! वह मेरी ही गहराई थी, जिसकी मुझे थाह न लगी। मैं प्रकृतिस्थ हुआ कब, जब एक उदास और ज्वालामयी तीव्र दृष्टि मेरी आँखों में घुसने लगी। अपने उस अन्धकार में मैंने एक ज्योति देखी।

मैं स्वीकार करूँगा कि वह लैला थी, इस पर हँसने की इच्छा हो तो हँस लीजिए, किन्तु मैं लैला को पा जाने के लिए विकल नहीं था, क्योंकि लैला जिसको पाने की अभिलाषा करती थी, वही उसे न मिला और परिणाम ठीक मेरी आँखों के सामने था। तब? मेरी सहानुभूति क्यों जगी? हाँ, वह सहानुभूति थी। लैला जैसे दीर्घ पथ पर चलने वाले मुझ पथिक की चिरसंगिनी थी।

उस दिन इतना ही विश्वास करके मुझे संतोष हुआ।

रात को कलुआ ने पूछा- बाबूजी! आप घर न चलिएगा। मैं आश्चर्य से उसकी ओर देखने लगा। उसने हठ-भरी आँखों से फिर वही प्रश्न किया। मैंने हँस कर कहा – मेरा घर तो यही है रे कलुआ!

नहीं बाबूजी! जहाँ मिन्ना गए हैं। जहाँ रंजन और जहाँ कमलो गई है, वहीं तो घर है।

जहाँ बहूजी गई है – जहाँ बाबाजी... हठात प्रज्ञासारथि का मुझे स्मरण हो आया। मुझे क्रोध में कहना पड़ा कलुआ, मुझे और कहीं घर-वर नहीं है। फिर मन-ही-मन कहा इस बात को वह बौद्ध समझता था-

"हूँ सबको घर है, बाबाजी को, बहूजी को, मिन्ना को सबको है, आपको नहीं है?" उसने ठिठकते हुए कहा।

किन्तु मैं अपने ऊपर झुंझला रहा था। मैंने कहा –वकवाद न कर, जा सो रह, आज-कल तू पढता नहीं।

कलुआ सिर झुकाए – व्यथा-भरे वक्षःस्थल को दबाए अपने बिछौने पर जा पड़ा। और मैं उस निस्तब्ध रात्रि में जागता रहा! खिड़की में से झील का आन्दोलित जल दिखाई पड़ रहा था और मैं आश्चर्य से अपना ही बनाया हुआ चित्र उसमें देख रहा था। चन्दा के प्रशान्त जल में एक छोटी-सी नाव है, जिस पर मालती, रामेश्वर बैठे थे और मैं डाँड़ा चला रहा था। प्रज्ञासारथि तीर पर खड़े बच्चों को बहला रहे थे। हम लोग उजली चांदनी में नाव लेते हुए चले जा रहे थे। सहसा उस चित्र में एक और मूर्ति का प्रादुर्भाव हुआ। वह थी लैला! मेरी आँखें तिलमिला गईं।

मैं जागता था – सोता था।

सवेरा हो गया था। नींद से भरी आँखें नहीं खुलती थीं, तो भी बाहर के कोलाहल ने मुझे जगा दिया। देखता हूँ तो ईरानियों का एक झुण्ड बाहर खड़ा है।

मैंने पूछा – क्या है?

गुल ने कहा – यहाँ का पीर कहाँ है?

पीर! – मैंने आश्चर्य से पूछा।

हाँ वही, जो पीला-पीला कपड़ा पहनता था।

मैं समझ गया, वे लोग प्रज्ञासारथि को खोजते थे। मैंने कहा – वह तो यहाँ नहीं हैं, अपने घर गए। काम क्या है?

एक लड़की को हवा लगी है, यहीं का कोई आसेब है। पीर को दिखलाना चाहती है। एक अधेड़ स्त्री ने बड़ी व्याकुलता से कहा।

मैंने पूछा – भाई! मैं तो यह सब कुछ नहीं जानता। वह लड़की कहाँ है?

पड़ाव पर, बाबूजी! आप चलकर देख लीजिए।

आगे वह कुछ न बोल किन्तु गुल ने कहा – बाबू! तुम जानते हो,वही – लैला!

आगे मैं न सुन सका। अपनी ही अन्तर्ध्वनि से में व्याकुल हो गया। यही तो होता है, किसी के उजड़ने से ही दूसरा बसता है। यदि यही विधि-विधान है, तो बसने का नाम उजड़ना ही है। यदि रामेश्वर, मालती और अपने बाल-बच्चों की चिन्ता छोड़ कर लैला को ही देखता, तभी... किन्तु वैसा हो कैसे सकता है। मैंने कल्पना की आँखों से देखा; लैला का विवर्ण सुन्दर मुख-निराशा की झुलस से दयनीय मुख!

उन ईरानियों से फिर बात न करके में भीतर चला गया और तकिए में अपना मुँह छिपा लिया। पीछे सुना, कलुआ डाँट बताता हुआ कह रहा है-जाओ-जाओ, यहाँ बाबाजी नहीं रहते।

मैं लड़कों को पढ़ाने लगा। कितना आश्चर्यजनक भयानक परिवर्तन मुझमें हो गया! उसे देखकर मैं ही विस्मित होता था। कलुआ इन्हीं कई महीनों में मेरा एकान्त साथी बन गया। मैंने उसे बार-बार समझाया, किन्तु वह बीच-बीच में मुझसे घर चलने के लिए कह बैठता ही था। में हताश हो गया। अब वह जब घर चलने की बात कहता, तो मैं सिर हिला कर कह देता- अच्छा, अभी चलूँगा।

दिन इसी तरह बीतने लगे। बसन्त के आगमन से प्रकृति सिहर उठी। वनस्पतियों की रोमावली पुलकित थी। मैं पीपल के नोचे उदास बैठा हुआ ईषत् शीतल पवन से अपने शरीर में फुरहरी का अनुभव कर रहा था। आकाश की आलोक-माला चन्दा की वीचियों में डुबकियाँ लगा रही थी। निस्तब्ध रात्रि का आगमन बड़ा गम्भीर था।

दूर से एक संगीत की – नन्हीं-नन्हीं करुण वेदना की तान सुनाई पड़ रही थी। उस भाषा को में नहीं समझता था। मैंने समझा, यह भी कोई छलना होगी। फिर सहसा मै विचारने लगा कि नियति भयानक वेग से चल रही है। आँधी की तरह उसमें असंख्य प्राणी तृण-तूलिका के समान इधर-उधर बिखर रहे हैं। कहीं से लाकर किसी को वह मिला ही देती है और ऊपर से कोई बोझे की वस्तु भी लाद देती है कि वे चिरकाल तक एक दूसरे से सम्बद्ध रहें। सचमुच! कल्पना प्रत्यक्ष हो चली। दक्षिण का आकाश धूसर हो चला-एक दानव ताराओं को निगलने लगा। पक्षियों का कोलाहल बढ़ा। अन्तरिक्ष व्याकुल हो उठा! कड़कड़ाहट में सभी आश्रय खोजने लगे; किन्तु मैं कैसे उठता! वह संगीत की ध्वनि समीप आ रही थी। वज्रनिर्घोष को भेद कर कोई कलेजे से गा रहा था। अन्धकार के साम्राज्य में तृण, लता, वृक्ष सचराचर कम्पित हो रहे थे।

कलुआ की चीत्कार सुन कर भीतर चला गया। उस भीषण कोलाहल में भी वही संगीत ध्वनि पवन के हिंडोले पर झूल रही थी, मानो पाठशाला के चारों ओर लिपट रही थी। सहसा एक भीषण अर्राहट हुई। अब में टार्च लिए बाहर आ गया।

आँधी रुक गई थी। मैंने देखा कि पीपल की बड़ी-सी डाल फटी पड़ी है और लैला नीचे दबी हुई अपनी भावनाओं की सीमा पार कर चुकी है।

मैं अब भी चन्दा-तट की बौद्ध पाठशाला का अवैतनिक अध्यक्ष हूँ। प्रज्ञासारथि के नाम को कोसता हुआ दिन बिताता हूँ। कोई उपाय नहीं। वहीं जैसे मेरे जीवन का केन्द्र है।

आज भी मेरे हृदय में आँधी चला करती है और उसमें लैला का मुख बिजली की तरह कौंधा करता है।

18

घीसू

सन्ध्या की कालिमा और निर्जनता में किसी कुएँ पर नगर के बाहर बड़ी प्यारी स्वर-लहरी गूंजने लगती। घीसू को गाने का चसका था, परन्तु जब कोई न सुने। वह अपनी बूटी अपने लिए घोंटता और आप ही पीता!

जब उसकी रसीली तान दो-चार को पास बुला लेती, वह चुप हो जाता। अपनी बटूई में सब सामान बटोरने लगता और चल देता कोई नया कुआँ खोजता, कुछ दिन वहाँ अड्डा जमता।

सब करने पर भी वह नौ बजे नन्दू बाबू के कमरे में पहुँच ही जाता। नन्दू बाबू का भी वही समय था, बीन लेकर बैठने का। घीसू को देखते ही वह कह देते –आ गए, घीसू!

हाँ बाबू, गहरेबाजों ने बड़ी धूल उड़ाई-साफे का लोच आते-आते बिगड़ गया! कहते-कहते वह प्रायः अपने जयपुरी गमछे को बड़ी मीठी आँखों से देखता और नन्दू बाबू उसके कन्धे तक बाल, छोटी-छोटी दाढ़ी, बड़ी-बड़ी गुलाबी आँखों को स्नेह से देखते। धीसू उनका नित्य दर्शन करने वाला, उनकी बीन सुनने वाला भक्त था। नन्दू बाबू उसे अपने डिब्बे से दो खिल्ली पान की देते हुए कहते – लो, इसे जमा लो! क्यों, तुम तो इसे जमा लेना ही कहते हो न?

वह विनम्र भाव से पान लेते हुए हँस देता- उसके स्वच्छ मोती से दाँत हँसने लगते।

घीसू की अवस्था पचीस की होगी। उसकी बूढ़ी माता को मरे भी तीन वर्ष हो गए थे।

नन्दू बाबू की बीन सुनकर वह बाजार से कचौड़ी और दूध लेता, घर जाता। अपनी कोठरी में गुनगुनाता हुआ सो रहता।

उसकी पूंजी थी एक सौ रुपए। वह रेजगी और पैसे की थैली लेकर दशाश्वमेघ पर बैठता, एक पैसा रुपया बट्टा लिया करता और उसे बारह चौदह आने की बचत हो जाती थी।

गोविन्दराम जब बूटी बनाकर उसे बुलाते, वह अस्वीकार करता। गोविन्दराम कबड़ा कंजूस है। सोचता है, पिलाना पड़ेगा, इसी डर से नहीं पीता।

घीसू कहता- नहीं भाई, मैं सन्ध्या को केवल एक ही बार पीता हूँ।

गोविन्दराम के घाट पर बिग्दो नहाने आती, दस बजे उसकी उजली धोती में गोराई फूटी पड़ती। कभी रेजगी पैसे लेने के लिए वह घीसू के सामने आकर ख़ड़ी हो जाती, उस दिन घीसू को असीम आनन्द होता। वह कहती - देखो, घिसे पैसे न देना।

वाह बिन्दो! घिसे पैसे तुम्हारे ही लिए है? क्यों?

तुम तो घीसू ही हो, फिर तुम्हारे पैसे क्यों न घिसे होंगे? - कहकर जब वह मुस्करा देती; तो घीसू कहता-बिन्दो! इस दुनिया में मुझसे अधिक कोई न घिसा; इसीलिए तो मेरे माता-पिता ने घीसू नाम रखा था।

बिन्दो की हँसी आँखों में लौट जाती। वह एक दबी हुई साँस लेकर दशाववमेघ के तरकारी-बाजार में चली जाती।

बिन्दो नित्य रुपया नहीं तुड़ाती; इसीलिए घीसू को उसकी बातों के सुनने का आनन्द भी किसी-किसी दिन न मिलता। तो भी वह एक नशा था, जिससे कई दिनों के लिए भरपूर तृप्ति हो जाती, वह मूक मानसिक विनोद था।

घीसू नगर के बाहर गोधूलि की हरी-भरी क्षितिज रेखा में उसके सौन्दर्य से रंग भरता, गाता, गुनगुनाता और आनन्द लेता। धीसू की जीवन-यात्रा का वही सम्बल था, वही पाथेय था।

सन्ध्या की शून्यता, बूटी की गमक, तानों की रसीली गुन्नाहट और नन्दू बाबू की बीन, सब बिन्दो की आराधना की सामग्री थी। धीसू कल्पना के सुख से सुखी होकर सोया रहता।

उसने कभी विचार भी न किया था कि बिन्दो कौन है? किसी तरह से उसे इतना तो विश्वास हो गया था कि वह एक विधवा है; परन्तु इससे अधिक जानने की उसे जैसे आवश्यकता नहीं।

रात के आठ बजे थे, घीसू बाहरी ओर से लौट रहा था। सावन के मेघ घिरे थे, फूही पड़ रही थी। घीसू गा रहा था- "निसि दिन बरसत नैन हमारे"।

सड़क पर कीचड़ की कमी न थी। वह धीरे-धीरे चल रहा था, गाता जाता था। सहसा वह रुका। एक जगह सड़क में पानी इकट्ठा था। छींटों से बचने के लिए वह ठिठक कर – किनार से चलें – सोचने लगा। पास के बगीचे के कमरे से उसे सुनाई पड़ा यही तुम्हारा दर्शन है- यहाँ इस मुँहजली को लेकर पड़े हो। मुझसे...

दूसरी ओर से कहा गया तो इसमें क्या हुआ। क्या तुम मेरी ब्याही हुई हो,जो मैं तुम्हें इसका जवाब देता फिरूं?– इस शब्द में भर्राहट थी, शराबी की बोली थी।

घीसू ने सुना, बिन्दो कह रही थी मैं कुछ नहीं हूँ लेकिन तुम्हारे साथ मैंने धरम बिगाड़ा है सो इसीलिए नहीं कि तुम मुझे फटकारते फिरो मैं इसका गला घोंट दूँगी और तुम्हारा भी... बदमाश...

ओहो! मैं बदमाश हूँ! मेरा ही खाती है और मुझसे ही....ठहर तो, देखूं किसके साथ तू यहाँ आई है, जिसके भरोसे इतना बढ़-चढ़कर बातें कर रही है! पाजी... लुच्ची... भाग, नहीं तो छुरा भोंक दूँगा!

खुरा भोंकेगा! मार डाल हत्यारे! मैं आज अपनी और तेरी जान दूँगी और लूंगी- तुझे भी फाँसी पर चढ़वाकर छोड़ूंगी!

एक चिल्लाहट और धक्कम-धक्का का शब्द हुआ। घीसू से अब न रहा गया,उसने बगल में दरवाजे पर धक्का दिया, वह खुला हुआ था, भीतर घूम-फिरकर पलक मारते-मारते घीसू कमरे में जा पहुँचा। बिन्दो गिरी हुई थी और एक अधेड़ मनुष्य उसका जुड़ा पकड़े था। घीसू की गुलाबी आँखों से खून बरस रहा था। उसने कहा – है! यह औरत है... इसे ...

मारने वाले ने कहा –तभी तो, इसी के साथ यहाँ तक आई हो! लो, यह तुम्हारा यार आ गया।

बिन्दो ने घूमकर देखा – घीसू! वह रो पड़ी।

अधेड़ ने कहा -ले, चली जा, मौज कर! आज से मुझे अपना मुँह मत दिखाना!

घीसू ने कहा – भाई, तुम विचित्र मनुष्य हो। लो, चला जाता हूँ। मैंने तो छुरा भोंकने इत्यादि और चिल्लाने का शब्द सुना, इधर चला आया मुझे तुम्हारे झगड़े से क्या सम्बन्ध!

मैं कहाँ ले जाऊँगा भाई! तुम जानो, तुम्हारा काम जाने। लो, मैं जाता हूँ –कहकर घीसू जाने लगा।

बिन्दो ने कहा – ठहरो!

घीसू रुक गया।

बिन्दो ने फिर कहा तो जाती हूँ, अब इसी के संग...।

हाँ-हाँ, वह भी क्या अब पूछने की बात है!

विन्दो चली, घीसू भी पीछे-पीछे बगीचे के बाहर निकल आया। सड़क सुनसान थी। दोनों चुपचाप चले। गोदौलिया चौमुहानी पर आकर घीसू ने पूछा- अब तो तुम अपने घर चली जाओगी!

कहाँ जाऊँगी! अब तुम्हारे घर चलूँगी।

घीसू बड़े असमंजस में पड़ा। उसने कहा – मेरे घर कहाँ? नन्दू बाबू की एक कोठरी है, वहीं पड़ा रहता हूँ, तुम्हारे वहाँ रहने की जगह कहाँ!

बिन्दो ने रो दिया। चादर के छोर से आँसू पोंछती हुई, उसने कहा तो फिर तुमको इस समय वहाँ पहुँचने की क्या पड़ी थी। मैं जैसा होता, भुगत लेती! तुमने वहाँ पहुँच कर मेरा सब चौपट कर दिया- मैं कहीं की न रही!

सड़क पर बिजली के उजाले में रोती हुई बिन्दो से बात करने में घीसू का दम घुटने लगा। उसने कहा – तो चलो।

दूसरे दिन, दोपहर को थैली गोविन्दराम के घाट पर रख कर घीसू चुपचाप बैठा रहा। गोविन्दराम की बूटी बन रही थी। उन्होंने कहा – घीसू, आज बूटी लोगे?

घीसू कुछ न बोला।

गोविन्दराम ने उसका उतरा हुआ मुँह देखकर कहा –क्या कहें घीसू! आज तुम उदास क्यों हो?

क्या कहूँ भाई! कहीं रहने की जगह खोज रहा हूँ – कोई छोटी-सी कोठरी मिल जाती, जिसमें सामान रखकर ताला लगा दिया करता।

गोविन्दराम ने पूछा – जहाँ रखते थे?–

वहाँ अब जगह नहीं है।

इसी मढ़ी में क्यों नहीं रहते! ताला लगा दिया करो, मैं तो चौबीस घण्टे रहता नहीं।

घीसू की आँखों में कृतज्ञता के आँसू भर आए।

गोविन्द ने कहा – तो उठो, आज तो बूटी छान लो।

घीसू पैसे की दुकान लगाकर अब भी बैठता है और बिन्दो नित्य गंगा नहाने जाती है वह धीसू की दुकान पर खड़ी होती है, उसे वह चार आने पैसे देता है। अब दोनों हँसते नहीं, मुस्कराते नहीं।

घीसू का बाहरी ओर जाना छूट गया है। गोविन्दराम की डोंगी पर उस पार हो जाता है, लोटते हुए बीच गंगा में से उसकी लहरीली तान सुनाई पड़ती है; किन्तु घाट पर आते-आते चुप।

बिन्दो नित्य पैसा लेने आती। न तो कुछ बोलती और न घीसू कुछ कहता। घीसू की बड़ी-बड़ी आँखों के चारों ओर हलके गढ़े पड़ गए थे, बिन्दो उसे स्थिर दृष्टि से देखती और चली जाती। दिन-पर-दिन वह यह भी देखती कि पैसों की ढेरी कम होती

जाती है। घीसू का शरीर भी गिरता जा रहा है। फिर भी एक शब्द नहीं, एक बार पूछने का काम नहीं।

गोविन्दराम ने एक दिन पूछा –घीसू, तुम्हारी तान इधर नहीं सुनाई पड़ी।

उसने कहा – तबीयत अच्छी नहीं है।

गोविन्द ने उसका हाथ पकड़ कर कहा –क्या तुम्हें ज्वर आता है?

नहीं तो, यों ही आजकल भोजन बनाने में आलस करता हूँ, अण्ड-बण्ड खा लेता हूं।

गोविन्दराम ने पूछा- बूटी छोड़ दिया, इसी से तुम्हारी यह दशा है।

उस समय घीसू सोच रहा था – नन्दू बाबू की बीन सुने बहुत दिन हुए, वे क्या सोचते होंगे!

गोविन्दराम के चले जाने पर घीसू अपनी कोठरी में लेटा रहा। उसे सचमुच ज्वर आ गया।

भीषण ज्वर था, रात भर वह छटपटाता रहा। बिन्दो समय पर आई, मढ़ीके चबूतरे पर उस दिन घीसू की दुकान न थी। वह खड़ी रही। फिर सहसा उसने दरवाजा ढकेल कर भीतर देखा-घीसू छटपटा रहा था! उसने जल पिलाया।

घीसू ने कहा – बिन्दो। क्षमा करना; मैंने तुम्हें बड़ा दुःख दिया। अब मैं चला लो, यह बचा हुआ पैसा! तुम जानो भगवान.... कहते-कहते उसकी आँखें टँग गई। बिन्दो की आँखों से आँसू बहने लगे। वह गोविंदराम को बुला लाई।

बिन्दो अब भी बची हुई पूँजी से पैसे की दूकान करती है। उसका योवन, रूप-रंग कुछ नहीं रहा। बच रहा-थोड़ा-सा पैसा और बड़ा-सा पेट और पहाड़-से आने वाले दिन।

19

व्रत - भंग

तो तुम न मानोगे?

नहीं, अब हम लोगों के बीच इतनी बड़ी खाई है, जो कदापि नहीं पट सकती!

इतने दिनों का स्नेह?

उँह! कुछ भी नहीं। उस दिन की बात आजीवन भुलाई नहीं जा सकती, हाँ-हाँ, मैं जानता हूँ, तुम मुझे दरिद्र युवक समझ कर मेरे ऊपर कृपा रखते थे,किन्तु उसमें कितना तीक्ष्ण अपमान था, उसका मुझे अब अनुभव हुआ।

उस ब्रह्म-बेला में जब उषा का अरुण आलोक भागीरथी की लहरों के साथ तरल होता रहता, हम लोग कितने अनुराग से स्नान करने जाते थे। सच कहना, क्या वैसी मधुरिमा हम लोगों के स्वच्छ हृदयों में न थी?

रही होगी – पर अब उस मर्मघाती अपमान के बाद! मैं खड़ा रह गया, तुम स्वर्ण रथ पर चढ़कर चले गए; एक बार भी नहीं पूछा। तुम कदाचित जानते होगे नन्दन कि कंगाल के मन में प्रलोभनों के प्रति कितना विद्वेष है? क्योंकि वह उससे सदैव छल करता है-ठुकराता है। मैं अपनी उस बात को दुहराता हूँ कि हम लोगों का अब उस रूप में कोई अस्तित्व नहीं।

वही सही कपिंजल! हम लोगों का पूर्व अस्तित्व कुछ नहीं, तो क्या हम लोग वैसे ही निर्मल होकर एक नवीन मैत्री के लिए हाथ नहीं बढ़ा सकते? मैं आज प्रार्थी हूँ।

मैं उस प्रार्थना की उपेक्षा करता हूँ। तुम्हारे पास ऐश्वर्य का दर्प है, तो अकिंचनता उससे कहीं अधिक गर्व रखती है!

तुम बहुत कटु हो गए हो इस समय। अच्छा, फिर कभी...

न अभी, न फिर कभी मैं दरिद्रता को भी दिखा दूँगा कि मैं क्या हूँ। इस पाखण्ड-संसार में भूखा रहूँगा, परन्तु किसी के सामने सिर न झुकाऊँगा। हो सकेगा तो संसार को बाध्य करूँगा झूकने के लिए।

कपिंजल चला गया नन्दन हतबुद्धि होकर लौट आया। उस रात को उसे नींद न आई।

उक्त घटना को बरसों बीत गए। पाटलीपुत्र के धनकुबेर कलश का कुमार नन्दन धीरे-धीरे उस घटना को भूल चला। ऐश्वर्य का मदिरा-विलास किसे स्थिर रहने देता है। उसने यौवन के संसार में बड़ी-बड़ी आशाएँ लेकर पदार्पण किया था। नन्दन तब भी मित्र से वंचित होकर जीवन को अधिक चतुर न बना सका।

राधा, तू भी कैसी पगली है? तूने कलश की पुत्र वधू बनने का निश्चय किया है, आश्चर्य!

हाँ महादेवी, जब गुरुजनों की आज्ञा है, तब उसे तो मानना ही पड़ेगा। मैं रोक सकती हूँ। मूर्ख नन्दन! कितना असंगत चुनाव है! राधा, मुझे दया आती है।

किसी अन्य प्रकार से गुरुजनों की इच्छा को टाल देना यह मेरी धारणा के प्रतिकूल है, महादेवी! नन्दन की मूर्खता सरलता का सत्यरूप है। मुझे वह अरुचिकर नहीं। मैं उस निर्मल हृदय की देख-रेख कर सकूँ,तो यह मेरे मनोरंजन का ही विषय होगा।

मगध की महादेवी ने हँसी से कुमारी के इस साहस का अभिनन्दन करते हुए कहा। तेरी जैसी इच्छा, तू स्वयं भोगेगी।

माधवी-कुंज से वह विरक्त होकर उठ गई। उन्हें राधा पर कन्या के समान ही स्नेह था।

दिन स्थिर हो चुका था। स्वयं मगध नरेश की उपस्थिति में महाश्रेष्ठि धनंजय की कन्या का ब्याह कलश के पुत्र से हो गया, अद्भुत वह समारोह था। रत्नों के आभूषण तथा स्वर्ण पात्रों के अतिरिक्त मगध सम्राट् ने राधा को प्रिय वस्तु अमूल्य- मणि-निर्मित दीपाधार भी दहेज में दे दिया। उस उत्सव की बड़ाई, पान-भोजन, आमोद-प्रमोद का वैभवशाली चारु चयन कुसुमपुर के नागरिकों को बहुत दिन तक गल्प करने का एक प्रधान उपकरण था।

राधा कलश की पुत्रवधू हुई।

राधा के नवीन उपवन के सौध-मन्दिर में अगरु, कस्तूरी और केसर की चहल-पहल, पुष्प मालाओं का दोनों सन्ध्या में नवीन आयोजन और दीपावली में वीणा, वंशी और मृदंग की स्निग्ध गम्भीर ध्वनि बिखरती रहती। नन्दन अपने सुकोमल आसन पर लेटा हुआ राधा का अनिन्द्य सौन्दर्य एकटक चुपचाप देखा करता। उस सुसज्जितकोष्ट में मणि-निर्मित दोपाधार की यन्त्र-मयी नर्तकी अपने नूपुरों की झंकार से नन्दन और राधा के लिए एक क्रीड़ा और कुतूहल का सृजन करती रहती। नन्दन कभी राधा के खिसकते हुए उत्तरीय को संभाल देता। राधा हँसकर कर कहती –

बड़ा कष्ट हुआ।

नन्दन कहता- देखो, तुम अपने प्रसाधन ही में पसीने-पसीने हो जाती हो, तुम्हें विश्राम की आवश्यकता है।

राधा गर्व से मुस्करा देती। कितना सुहाग या उसका अपने सरल पति पर और कितना अभिमान था अपने विश्वास पर। एक सुखमय स्वप्न चल रहा था।

कलश धन का उपासक सेठ अपनी विभूति के लिए सदैव सशंक रहता। उसे राजकीय संरक्षण तो था ही, देवी रक्षा से अपने को सम्पन्न रखना चाहता था। इस कारण उसे एक नंगे साधु पर अत्यन्त भक्ति थी, जो कुछ ही दिनों से उस नगर के उपकण्ठ में आकर रहने लगा था।

उसने एक दिन कहा – सब लोग दर्शन करने चलेंगे।

उपहार के थाल प्रस्तुत होने लगे। दिव्य रथों पर बैठ कर सब साधु दर्शन के लिए चले। वह भागीरथी तट का एक कानन था, जहाँ कलश का बनवाया हुआ कुटीर था।

सब लोग अनुचरों के साथ रथ छोड़कर भक्तिपूर्ण हृदय से साधु के समीप पहुँचे। परन्तु राधा ने जब दूर ही से देखा कि वह साधु नग्न है, तो वह रथ की ओर लौट पड़ी। कलश ने उसे बुलाया; पर राधा न आई। नन्दन कभी राधा को देखता और कभी अपने पिता को। साधु खीलों के समान फूट पड़ा। दाँत किटकिटा कर उसने कहा –यह तुम्हारी पुत्रवधू कुलक्षणा है। कलश! तुम इसे हटा दो, नहीं तो तुम्हारा नाश निश्चित है। नन्दन दाँतों तले जीभ दबा कर धीरे से बोला- अरे! यह कपिंजल...

अनागत भविष्य के लिए भयभीत कलश क्षुब्ध हो उठा। वह साधु की पूजा करके लौट आया। राधा अपने नवीन उपवन में उतरी।

कलश ने पूछा –तुमने महापुरुष से क्यों इतना दुर्विनीत व्यवहार किया?

नहीं पिताजी! वह स्वयं दुर्विनीत है। जो स्त्रियों को आते देख कर भी साधारण शिष्टाचार का पालन नहीं कर सकता, वह धार्मिक महात्मा तो कदापि नहीं!

क्या कह रही है! वे एक सिद्ध पुरुष हैं।

सिद्धि यदि इतनी अधम है, धर्म यदि इतना निर्लज्ज है, तो वह स्त्रियों के योग्य नहीं, पिताजी! धर्म के रूप में कहीं आप भय की उपासना तो नहीं कर रहे हैं?

तू सचमुच कुलक्षणा है!

इसे तो अन्तर्यामी भगवान ही जान सकते हैं। मनुष्य इसके लिए अत्यन्त क्षुद्र है। पिताजी, आप...

उसे रोक कर अत्यन्त क्रोध से कलश ने कहा – तुझे इस घर में रखना अलक्ष्मी को बुलाना है। जा, मेरे भवन से निकल जा।

नन्दन सुन रहा था। काठ के पुतले के समान! वह इस विचार का अन्त हो जाना तो चाहता था; पर क्या करे, यह उसकी समझ में न आया राधा ने देखा, उसका पति कुछ नहीं बोलता, तो उसने गर्व से सिर उठा कर कहा – मैं धनकुबेर की क्रीत दासी नहीं हूँ। मेरे गृहिणीत्व का अधिकार केवल मेरा पदस्खलन ही छीन सकता है। मुझे विश्वास है, मैं अपने आचरण से अब तक इस पद की स्वामिनी हूँ। कोई भी मुझे इससे वंचित नहीं कर सकता।

आश्चर्य से देखा नन्दन ने और हतबुद्धि होकर सुना कलश ने। दोनों उपवन के बाहर चले गए।

वह उपवन सबसे परित्यक्त और उपेक्षणीय बन गया भीतर बैठी हुई राधा ने यह सब देखा।

नन्दन ने पिता का अनुकरण किया। वह धीरे-धीरे राधा को भूल चला; परन्तु नए ब्याह का नाम लेते ही वह चौंक पड़ता। उसके मन में धन की ओर से वितृष्णा जगी। ऐश्वर्य का यान्त्रिक शासन जीवन को नीरस बनाने लगा। उसके मन की अतृप्ति, विद्रोह करने के लिए सुविधा खोजने लगी।

कलश ने उसके मनोविनोद के लिए नया उपवन बनवाया। जिसमें नन्दन अपनी स्मृतियों का लीला निकेतन छोड़ कर रहने लगा।

राधा के आभूषण बिकते थे और उस सेठ के द्वार की अतिथि सेवा वैसी हो होती रहती। मुक्त द्वार का अपरिमित व्यय और आभूषणों के विक्रय की आय –कब तक यह युद्ध चले? अब राधा के पास बच गया था वही मणि-निर्मित दीपाधार, जिसे महादेवी ने उसकी क्रीड़ा के लिए बनवाया था।

थोड़ा-सा अन्न अतिथियों के लिए बचा था। राधा दो दिन से उपवास कर रही थी। दासी ने कहा – स्वामिनी! यह कैसे हो सकता है कि आपके सेवक, बिना आपके भोजन किए अन्न ग्रहण करें?

राधा ने कहा – तो, आज यह मणि दीप बिकेगा। दासी उसे ले आई। वह यन्त्र से बनी हुई रत्न जटित नर्तकी नाच उठी। उसके नूपुर की झंकार उस दरिद्र भवन में गूंजने लगी। राधा हँसी। उसने कहा – मनुष्य जीवन में इतनी नियमानुकूलता यदि होती?

स्नेह से चूमकर उसे बेचने के लिए अनुचर को दे दिया। पण्य में पहुँचते ही दीपाधार बड़े-बड़े रत्न वणिकों की दृष्टि का एक कुतूहल बन गया। उस चूड़ामणि का दिव्य आलोक सभी की आँखों में चकाचौंध उत्पन्न कर देता था। मूल्य की बोली बढ़ने लगी। कलश भी पहुँचा। उसने पूछा- यह किसका है? अनुचर ने उत्तर दिया-मेरी स्वामिनी सौभाग्यवती श्रीमती राधा देवी का।

लोभी कलश ने डाँट कर कहा – मेरे घर की वस्तु इस तरह चुरा कर तुम लोग बेचने फिर जाओगे तो बन्दीगृह में पड़ोगे। भागो।

अमूल्य दीपाधार से वंचित सब लोग लौट गए। कलश उसे अपने घर उठवा ले गया।

राधा ने सब सुना-वह कुछ न बोली।

गंगा और शोण में एक साथ ही बाढ़ आई। गाँव के गाँव बहने लगे। भीषण हाहाकार मचा। कहाँ ग्रामीणों की असहाय दक्शा और कहाँ जल को उदण्ड बाढ़, कच्चे झोपड़े उस महाजल-व्याल की फूंक से तितर-बितर होने लगे। वृक्षों पर जिसे आश्रय मिला, वही बच सका। नन्दन के हृदय ने तीसरा धक्का खाया। नन्दन का सत्साहस उत्साहित हुआ। वह अपनी पूरी शक्ति से नावों की सेना बना कर जलप्लावन में डट गया और कलश अपने सात खण्ड के प्रासाद में बैठा यह दृश्य देखता रहा।

रात नावों पर बीतती है और बांसों के छोटे-छोटे बेड़े पर दिन। नन्दन के लिए धूप, वर्षा, शीत कुछ नहीं। अपनी धुन में वह लगा हुआ है। बाढ़-पीड़ितों का झण्ड सेठ के प्रासाद में हर नाव से उतरने लगा। कलश क्रोध के मारे बिलबिला उठा उसने आज्ञा दी कि बाढ़ पीड़ित यदि स्वयं नन्दन भी हो, तो वह प्रासाद में न आने पावे। घटा घिरी थी, जल बरसता था। कलश अपनी ऊँची अटारी पर बैठा मणि-निर्मित दीपाधार का नृत्य देख रहा था।

नन्दन भी उसी नाव पर था, जिस पर चार दुर्बल स्त्रियाँ, तीन शीत से ठिठुरे हुए बच्चे और पांच जीर्ण पंजर वाले वृद्ध थे। उस समय नाव द्वार पर जा लगी। सेठ का प्रासाद गंगा तट की एक ऊँची चट्टान पर था। वह एक छोटा-सा दुर्ग था। जल अभी द्वार तक ही पहुँच सका था। प्रहरियों ने नाव को देखते ही रोका पीड़ितों को इसमें स्थान नहीं।

नन्दन ने पूछा- क्यों?

महाश्रेष्ठि कलश की आज्ञा से।

नन्दन ने क्रोध से उस प्रासाद की ओर देखा और मांझी को नाव लौटाने की आज्ञा दी। मांझी ने पूछा- कहाँ ले चलें? नन्दन कुछ न बोला। नाव बाढ में चक्कर खाने लगी। सहसा दूर उसे जल मग्न वृक्षों की चोटियों और पेड़ों के बीच में एक गृह का ऊपरी अंश दिखाई पड़ा। नन्दन ने संकेत किया। मांझी उसी ओर नाव खेने लगा।

गृह के नीचे के अंश में जल भर गया था। थोड़ा-सा अन्न और ईंधन ऊपर के भाग में बचा था। राधा उस जल में घिरी हुई अचल थी। छत की मुंडेर पर बैठी वह जलमयी प्रकृति में डूबती हुई सूर्य की अन्तिम किरणों को ध्यान से देख रही थी। दासी

ने कहा – स्वामिनी! वह दीपाधार भी गया, अब तो हम लोगों के लिए बहुत थोड़ा अन्न घर में बचा है।

देखती नहीं यह प्रलय-सी बाढ़! कितने मर मिटे होंगे। तुम तो पक्की छतपर बैठी अभी यह दृश्य देख रही हो। आज से मैंने अपना अंश छोड़ दिया। तुम लोग जब तक जी सको, जीना।

सहसा नीचे झाँककर राधा ने देखा, एक नाव उसके वातायन से टकरा रही है, और एक युवक उसे वातायन के साथ दृढ़ता से बाँध रहा है।

राधा ने पूछा कौन है?

नीचे सिर किए नन्दन ने कहा – बाढ़ पीड़ित कुछ प्राणियों को क्या आश्रय मिलेगा? अब जल का क्रोध उतर चला है। केवल दो दिन के लिए इतने मरने वालों को आश्रय चाहिए।

ठहरिए, सीड़ी लटकाई जाती है।

राधा और दासी तथा अनुचर ने मिलकर सीढ़ी लगाई। नन्दन विवर्ण मुख एक-एक को पीठ पर लाद कर ऊपर पहुँचाने लगा। जब सब ऊपर आ गए, तो राधा ने आकर कहा – और तो कुछ नहीं है, केवल द्विदलों का जूस इन लोगों के लिए है,ले आऊँ।

नन्दन ने सिर उठा कर देखा, राधा। वह बोल उठा-राधा! तुम यहीं हो?

हाँ स्वामी, मैं अपने घर में हूँ। गृहणी का कर्तव्य पालन कर रही हूँ।

पर मैं गृहस्थ का कर्तव्य का पालन न कर सका, राधा, पहले मुझे क्षमा करो।

स्वामी, यह अपराध मुझसे न हो सकेगा। उठिए, आज आपकी कर्मण्यता से मेरा ललाट उज्ज्वल हो रहा है। इतना साहस कहीं छिपा था, नाथ!

दोनों प्रसन्न होकर कर्तव्य में लगे। यथा सम्भव उन दुखियों की सेवा होने लगी।

एक प्रहर के बाद नन्दन ने कहा – मुझे भ्रम हो रहा है कि कोई यहाँ पास ही विपन्न है। राधा! अभी रात अधिक नहीं हुई है, मैं एक बार नाव लेकर जाऊँ?

राधा ने कहा – मैं भी चलूँ?

नन्दन ने कहा –गृहणी का काम करो, राधा! कर्तव्य कठोर होता है, भाव-प्रधान नहीं।

नन्दन एक मांझी को लेकर चला गया और राधा दीपक जलाकर मुंडेर पर बैठी थी। दासी और दास पीड़ितों की सेवा में लगे थे। बादल खुल गए थे। असंख्य नक्षत्र झिलमिला कर निकल आए, मेघों को बन्दीगृह से जैसे छुट्टी मिली हो! चन्द्रमा भी धीरे-धीरे उस त्रस्त प्रदेश को भयभीत होकर देख रहा था।

एक घंटे में नन्दन का शब्द सुनाई पड़ा-सीढ़ी।

राधा दीपक दिखला रही थी और सीढ़ी के सहारे नन्दन ऊपर एक भारी बोझ लेकर चढ़ रहा था।

छत पर आकर उसने कहा – एक वस्त्र दो, राधा! राधा ने एक उत्तरीय दिया। वह मुमूर्षु व्यक्ति नग्न था। उसे ढक कर नन्दन ने थोड़ा सेंक दिया; गर्मी भीतर पहुँचते ही वह हिलने-डूलने लगा। नीचे से मांझी ने कहा – जल बड़े वेग से हट रहा है, नाव ढीली न करूँगा, तो लटक जाएगी।

नन्दन ने कहा –तुम्हारे लिए भोजन लटकाता हूँ, ले लो। काल रात्रि बीत गई। नन्दन ने प्रभात में आँखें खोलकर देखा कि सब सो रहे हैं और राधा उसके पास बैठी सिर सहला रही है।

इतने में पीछे से लाया हुआ मनुष्य उठा। अपने को अपरिचित स्थान में देख कर वह चिल्ला उठा- मुझे वस्त्र किसने पहनाया, मेरा व्रत किसने भंग किया? नन्दन ने हँसकर कहा –कपिंजल! यह राधा का गृह है, तुम्हें उसके आज्ञानुसार यहाँ रहना होगा छोड़ो पागलपन! चलो, बहुत से प्राणी हम लोगों की सहायता के अधिकारी हैं। कपिंजल ने कहा –सो कैसे हो सकता है? तुम्हारा-हमारा संग असम्भव है।

मुझे दण्ड देने के लिए ही तो तुमने यह स्वांग रचा था। राधा तो उसी दिन से निर्वासित थी और कल से मुझे भी अपने घर में प्रवेश करने की आज्ञा नहीं। कपिंजल! आज तो हम और तुम दोनों बराबर हैं और इतने अधमरों के प्राणों का दायित्व भी हमी लोगों पर है। यह व्रत- भंग नहीं, व्रत का आरम्भ है। चलो इस दरिद्र कुटुम्ब के लिए अन्न जुटाना होगा।

कपिल आज्ञाकारी बालक की भाँति सिर झुकाए उठ खड़ा हुआ।

20

अमिट स्मृति

फाल्गुनी पूर्णिमा का चन्द्र गंगा के शुभ्र वक्ष पर आलोक-धारा का सृजन कर रहा था। एक छोटा-सा बजरा वसन्त-पवन में आन्दोलित होता हुआ धीरे-धीरे बह रहा था। नगर का आनन्द-कोलाहल सैकड़ों गलियों को पार करके गंगा के मुक्त वातावरण में सुनाई पड़ रहा था। मनोहरदास हाथ-मुँह धोकर तकिए के सहारे बैठ चुके थे। गोपाल ने ब्यालू करके उठते हुए पूछा-

बाबूजी, सितार ले आऊँ?

आज और कल, दो दिन नहीं – मनोहरदास ने कहा।

वाह! बाबूजी, आज सितार न बजा तो फिर बात क्या रही!

नहीं गोपाल, मैं होली के इन दो दिनों में न तो सितार ही बजाता हूँ और न तो नगर में ही जाता हूँ।

तो क्या आप चलेंगे भी नहीं, त्योहार के दिन नाव पर ही बीतेंगे, यह तो बड़ी दुरी बात है।

यद्यपि गोपाल बरस-बरस का त्योहार मनाने के लिए साधारणतः युवकों की तरह उत्कंठित था; परन्तु सत्तर बरस के बूढ़े मनोहरदास को स्वयं बूढ़ा कहने का साहस नहीं रखता। मनोहरदास का भरा हुआ मुँह, दृढ़ अवयव और बलिष्ठ अंग- विन्यास गोपाल के यौवन से अधिक पूर्ण था।

मनोहरदास ने कहा – गोपाल! में गन्दी गालियों या रंग से भागता हूँ। इतनी ही बात नहीं, इसमें और भी कुछ है। होली इसी तरह बिताते मुझे पचास बरस हो गए।

गोपाल ने नगर में जाकर उत्सव देखने का कुतुहल दबाते हुए पूछा- ऐसा क्यों बाबूजी?

ऊँचे तकिए पर चित्त लेट कर लम्बी साँस लेते हुए मनोहरदास ने कहना आरम्भ किया –

हम और तुम्हारे बड़े भाई गिरधरदास साथ-ही-साथ जवाहरात का व्यवसाय करते थे। इस साझे का हाल तुम जानते ही हो। हाँ, तब बम्बई की दुकान न थी और न तो आज जैसी रेलगाड़ियों का जाल भारत में बिछा था; इसलिए रथों और इक्कों पर ही लोग लम्बी-लम्बी यात्राएँ करते। विशाल सफेद अजगर-सी पड़ी हुई उत्तरीय भारत की वह सड़क, जो बंगाल से काबुल तक पहुँचती है, सदैव पथिकों से भरी रहती थी। कहीं-कहीं बीच में दो बार कोस की निर्जनता मिलती, अन्यथा प्याऊ, बनियों की दूकानें, पड़ाव और सरायों से भरी हुई इस सड़क पर बड़ी चहल-पहल रहती। यात्रा के लिए प्रत्येक स्थान में घण्टे में दस कोस जाने वाले इक्के दो बहुतायत से मिलते। बनारस इसमें विख्यात था।

हम और गिरधरदास होलिकादाह का उत्सव देखकर दस बजे लौटे थे कि प्रयाग के एक व्यापारी का पत्र मिला। इसमें लाखों के माल बिक जाने की आशा थी और कल तक ही वह व्यापारी प्रयाग में ठहरेगा। उसी समय इक्केवान को बुलाकर सहेज दिया और हम लोग ग्यारह बजे सो गए। सूर्य की किरणें अभी न निकली थीं; दक्षिण पवन से पत्तियाँ अभी जैसे झूम रही थीं, परन्तु हम लोग इक्के पर बैठ कर नगर को कई कोस पीछे छोड़ चुके थे। इक्का बड़े वेग में जा रहा था। सड़क के दोनों ओर लगी हुई आम की मंजरियों की सुगन्ध तीव्रता से नाक में घुसकर मादकता उत्पन्न कर रही थी। इक्केवान की बगल में बैठे हुए रघुनाथ महाराज ने कहा – सरकार बढ़ी ठंड है।

कहना न होगा कि रघुनाथ महाराज बनारस के एक नामी लठैत थे। उन दिनों ऐसी यात्राओं में ऐसे मनुष्यों का रखना आवश्यक समझा जाता था।

सूर्य बहुत ऊपर आ चुका था, मुझे प्यास लगी थी। तुम तो जानते ही हो, मैं दोनों बेला बूटी छानता हूँ। आमों की छाया में एक छोटा-सा कुआँ दिखायी पड़ा, जिसके ऊपर मुरेरेदार पक्की छत थी और नीचे चारों ओर दालानें थीं। मैंने इक्का रोक देने को कहा। पूरब वाली दालान में एक बनिए की दुकान थी, जिस पर गुड़, चना, नमक, सत्तू आदि बिकते थे। मेरे झोले में सब आवश्यक सामान थे। सीढ़ियों से चढ़कर हम लोग ऊपर पहुँचे सराय यहाँ से दो कोस और गाँव कोस भर पर था इस रमणीय स्थान को देखकर विश्राम करने की इच्छा होती थी। अनेक पक्षियों की मधुर बोलियों से मिलकर पवन जैसे सुरीला हो उठा। ठंडई बनने लगी। पास ही एक नीबू का वृक्ष खूब फूला हुआ था। रघुनाथ ने बनिए से हाँड़ी लेकर कुछ फूलों को भिगो दिया। ठंडई तैयार होते-होते उसकी महक से मन मस्त हो गया। चांदी के गिलास झोली से बाहर निकाले गए; पर रघुनाथ ने कहा – सरकार, इसकी बहार तो पुरवे में है। बनिए को पुकारा वह तो था नहीं, एक धीमा स्वर सुनाई पड़ा- क्या चाहिए?

पुरवे दे जाओ!

थोड़ी ही देर में एक चौदह वर्ष की लड़की सीढ़ियों से ऊपर आती हुई नजर पढ़ी। सचमुच वह सालू की छींट पहने एक देहाती लड़की थी, कल उसकी भाभी ने उसके साथ खूब गुलाल खेला था, वह जगी भी मालूम पड़ती थी- मदिरा मन्दिर के द्वार-सी खुली हुई आँखों में गुलाल की गरद उड़ रही थी। पलकों के छज्जे और बरौनियों की चिकों पर भी गुलाल की बहार थी। सरके हुए घूंघट से जितनी अलकें दिखलाई पड़ती, वे सब रंगी थीं। भीतर से भी उस सरला को कोई रंगीन बनाने लगा था। न जाने क्यों, इस छोटी अवस्था में ही वह चेतना से ओत-प्रोत थी। ऐसा मालूम होता था कि स्पर्श का मनोविकारमय अनुभव उसे सचेष्ट बनाए रहता, तब भी उसकी आँखें धोखा खाने ही पर ऊपर उठतीं। पुरवा रखने ही भर में उसने अपने। कपड़ों को दो-तीन बार ठीक किया, फिर पूछा और कुछ चाहिए? मैं मुस्करा कर रह गया। उस वसन्त के प्रभाव में सब लोग वह सुस्वादु और सुगन्धित ठंडई धीरे-धीरे पी रहे थे और मैं साथ ही साथ अपनी आँखों से उस बालिका के यौवनोन्माद की माधुरी भी पी रहा था। चारों ओर से नीबू के फूल और आमों की मंजरियों की सुगन्ध आ रही थी। नगरों से दूर देहातों से अलग कुएँ की वह छत संसार में जैसे सबसे ऊँचा स्थान था। क्षण भर के लिए जैसे उस स्वप्न-लोक में एक अप्सरा आ गई हो। सड़क पर एक बैलगाड़ीवाला फूस के बंडलों से टिका हुआ बिरहा गाता था। बैलों को हाँकने की जरूरत नहीं थी। वह अपनी राह पहचानते थे उसके गाने में उपालम्भ था, आवेदन था। बालिका कमर पर हाथ रखे हुए बड़े ध्यान से उसे सुन रही थी। गिरधरदास और रघुनाथ महाराज हाथ-मुँह धो आए; पर में वैसे ही बैठा रहा। रघुनाथ महाराज उजड्ड तो थे ही; उन्होंने. हँसते हुए पूछा-

क्या दाम नहीं मिला?

गिरधरदास भी हँस पड़े। गुलाब से रंगी हुई उस बालिका की कनपटी और भी लाल हो गई। वह जैसे संचेत-सी होकर धीरे-धीरे सीढ़ी से उतरने लगी। मैं भी जैसे निन्द्रा से चौंक उठा और सावधान होकर पान की गिलौरी मुँह में रखता हुआ इक्के पर आ बैठा। घोड़ा अपनी चाल से चला। घण्टे डेढ़ घण्टे में हम लोग प्रयाग पहुँच गए। दूसरे दिन जब हम लोग लौटे, तो देखा कि उस कुएँ की दालान में बनिए की दूकान नहीं है। एक मनुष्य पानी पी रहा था, उससे पूछने पर मालूम हुआ कि गाँव में एक भारी दुर्घटना हो गई है। दोपहर को धूरहट्टा खेलने के समय नशे में रहने के कारण कुछ लोगों में दंगा हो गया। वह बनिया भी उन्हीं में था। रात को उसी के मकान पर डाका पड़ा। वह तो मार ही डाला गया, पर उसकी लड़की का भी पता नहीं।

रघुनाथ ने अक्खडपन से कहा – अरे, वह महालक्ष्मी ऐसी ही रहीं। उनके लिए जो कुछ न हो जाए, थोड़ा है।

रघुनाथ की यह बात मुझे बहुत बुरी लगी। मेरी आँखों के सामने चारों ओर जैसे होली जलने लगी। ठीक साल भर बाद वही व्यापारी प्रयाग आया और मुझे फिर उसी प्रकार जाना पड़ा। होली बीत चुकी थी, जब में प्रयाग से लौट रहा था, उसी कुएँ पर ठहरना पड़ा देखा तो एक विकलांग दरिद्र युवती उसी दालान में पड़ी थी। उसका चलना-फिरना असम्भव था। जब मैं कुएँ पर चढ़ने लगा, तो उसने दाँत निकाल कर हाथ फैला दिया। में पहचान गया – साल भर की घटना मेरे सामने आ गई। न जाने उस दिन में प्रतिज्ञा कर बैठा कि आज से होली न खेलूँगा।

वह पचास बरस की बीती हुई घटना आज भी प्रत्येक होली में नयी होकर सामने आती है। तुम्हारे बड़े भाई गिरधर ने मुझे कई बार होली मनाने का अनुरोध किया, पर मैं उनसे सहमत न हो सका और मैं अपने हृदय के इस निर्बल पक्ष पर अभी तक दृढ़ हूँ। समझा न, गोपाल! इसीलिए मैं ये दो दिन बनारस के कोलाहल से अलग नाव पर ही बिताता हूँ।

21

पुरस्कार

आर्द्रा नक्षत्र; आकाश में काले-काले बादलों की घुमड़, जिसमें देव-दुन्दुभी का गम्भीर घोष। प्राची के एक निरभ्र कोने से स्वर्ण-पुरुष झाँकने लगा था। देखने लगा महाराज की सवारी। दीलमाला के अंचल में समतल उर्वरा भूमि से सोंधी बास उठ रही थी। नगर-तोरण से जयघोष हुआ, भीड़ में गजराज का चामरधारी शूण्ड उन्नत दिखायी पड़ा। वह हर्ष और उत्साह का समुद्र हिलोर भरता हुआ आगे बढ़ने लगा।

प्रभात की हेम-किरणों से अनुरंजित नन्हीं-नन्हीं बूंदों का एक झोंका स्वर्ण-मल्लिका के समान बरस पड़ा। मंगल सूचना से जनता ने हर्ष ध्वनि की।

रथों, हाथियों और अश्वारोहियों की पंक्ति जम गई। दर्शकों की भीड़ भी कम न थी गजराज बैठ गया, सीढ़ियों से महाराज उतरे। सौभाग्यवती और कुमारी सुन्दरियों के दो दल, आम्रपल्लवों से सुशोभित मंगल कलश और फूल, कुंकुम तथा खीलो से भरे थाल लिए, मधुर गान करते हुए आगे बड़े।

महाराज के मुख पर मधुर मुस्कान थी। पुरोहित वर्ग ने स्वस्त्ययन किया। स्वर्ण-रंजित हल की मूठ पकड़ कर महाराज ने जुते हुए सुन्दर पुष्ट बैलों को चलने का संकेत किया। बाजे बजने लगे। किशोरी कुमारियों ने खीलों और फूलों की वर्षा की।

कौशल का यह उत्सव प्रसिद्ध था। एक दिन के लिए महाराज को कृषक बनना पड़ता उस दिन इन्द्र-पूजन की धूम-धाम होती। नगर निवासी उस पहाड़ी भूमि में आनन्द मनाते। प्रतिवर्ष कृषि का यह महोत्सव उत्साह से सम्पन्न होता, दूसरे राज्यों से भी युवक राजकुमार इस उत्सव में बड़े चाव से आकर सहयोग देते।

मगध का एक राजकुमार अरुण अपने रथ पर बैठा बड़े कुतूहल से यह दृश्य देख रहा था।

बीजों का एक थाल लिए कुमारी मधूलिका महाराज के साथ थी। बीज बोते हुए महाराज जब हाथ बढ़ाते तब मधूलिका उनके सामने थाल कर देती। यह खेत मधूलिका का था, जो इस साल महाराज की खेती के लिए चुना गया था; इसलिए बीज देने का सम्मान मधूलिका को मिला। वह कुमारी थी। सुन्दरी थी। कौशेयवसन उसके शरीर पर इधर-उधर लहराता हुआ स्वयं शोभित हो रहा था। वह कभी उसे सम्हालती और कभी अपने से अलकों को। कृषक बालिका के शुभ भाल पर श्रमकणों की भी कमी न थी, वे सब बरौनियों में गुँथे जा रहे थे। सम्मान और लज्जा उसके अधरों पर मन्द मुस्कराहट के साथ सिहर उठते; किन्तु महाराज को बीज देने में उसने शिथिलता नहीं की। सब लोग महाराज का हल चलाना देख रहे थे –विस्मय से, कुतूहल से। और अरुण देख रहा था कृषक कुमारी मधूलिका को। अहा कितना भोला सौन्दर्य! कितनी सरल चितवन!

उत्सव का प्रधान कृत्य समाप्त हो गया। महाराज ने मधूलिका के खेत का पुरस्कार दिया, थाल में कुछ स्वर्ण मुद्राएँ। वह राजकीय अनुग्रह था। मधुलिका ने थाली सिर से लगा ली; किन्तु साथ उसमें की स्वर्णमुद्राओं को महाराज पर न्योछावर करके बिखेर दिया। मधूलिका की उस समय की ऊर्जस्वित मूर्ति लोग आश्चर्य से देखने लगे! महाराज की भृकुटी भी जरा चढ़ी ही थी कि मधूलिका ने सविनय कहा –

देव! यह मेरे पितृ-पितामहों की भूमि है। इसे बेचना अपराध है; इसलिए मूल्य स्वीकार करना मेरी सामर्थ्य के बाहर है। महाराज के बोलने के पहले ही वृद्ध मन्त्री ने तीखे स्वर से कहा – अबोध! क्या बक रही है? राजकीय अनुग्रह का तिरस्कार! तेरी भूमि से चौगुगा मूल्य है; फिर कौशल का तो यह सुनिश्चित राष्ट्रीय नियम है। तू आज से राजकीय रक्षण पाने की अधिकारिणी हुई, इस धन से अपने को सुखी बना।

“राजकीय रक्षण की अधिकारिणी तो सारी प्रजा है, मंत्रिवर!...महाराज को भूमि-समर्पण करने में तो मेरा कोई विरोध न था और न है; किन्तु मूल्य स्वीकार करना असम्भव है। –मधूलिका उत्तेजित हो उठी थी।

महाराज के संकेत करने पर मन्त्री ने कहा – देव! वाराणसी-युद्ध के अन्यतम वीर सिंहमित्र की यह एक मात्र कन्या है। – महाराज चौक उठे –सिंहमित्र की कन्या! जिसने मगध के सामने कौशल की लाज रख ली थी, उसी वीर को मधूलिका कन्या है?

हाँ, देव! – सविनय मन्त्री ने कहा।

इस उत्सव के पराम्परागत नियम क्या है, मन्त्रिवर? – महाराज ने पूछा।

देव, नियम तो बहुत साधारण हैं। किसी भी अच्छी भूमि को इस उत्सव के लिए चुन कर नियमानुसार पुरस्कार स्वरूप उसका मूल्य दे दिया जाता है। वह भी अत्यन्त अनुग्रहपूर्वक अर्थात् भू-सम्पत्ति का चौगुना मूल्य उसे मिलता है। उस खेती को वही व्यक्ति वर्ष भर देखता है। वह राजा का खेत कहा जाता है।

महाराज को विचार-संघर्ष से विश्राम की अत्यन्त आवश्यकता थी। महाराज चुप रहे जयघोष के साथ सभा विसर्जित हुई। सब अपने-अपने शिविरों में चले गए। किन्तु मधूलिका को उत्सव में फिर किसी ने न देखा वह अपने पेट की सीमा पर विशाल मधूक-वृक्ष के चिकने हरे पत्तों की छाया में अनमनी चुपचाप बैठी रही।

रात्रि का उत्सव अब विश्राम ले रहा था। राजकुमार उसमें सम्मिलित नहीं हुए – अपने विश्राम भवन में जागरण कर रहे थे। आँखों में नींद न थी।

प्राची में जैसी गुलाली खिल रही थी, वह रंग उसकी आँखों में था। सामने देखा तो मुण्डेर पर कपोती एक पैर पर खड़ी पंख फैलाए अँगड़ाई ले रही थी। अरुण उठ खड़ा हुआ। द्वार पर सुसज्जित अश्व था, वह देखते-देखते नगर-तोरण पर जा पहुँचा। रक्षक गण ऊँघ रहे थे, अश्व के पैरों के शब्द से चौंक उठे।

युवक-कुमार तीर-सा निकल गया। सिन्धुदेश का तुरंग प्रभाव के पवन से पुलकित हो रहा था। घूमता-घूमता अरुण उसी मधूक-वृक्ष के नीचे पहुँचा, जहाँ मधूलिका अपने हाथ पर सिर घरे हुए खिन्न-निद्रा का सुख ले रही थी।

अरुण ने देखा, एक छिन्न माधवीलता वृक्ष की शाखा से च्युत होकर पड़ी है। सुमन मुकुलित, भ्रमर निस्पन्द थे। अरुण ने अपने अश्व को मौन रहने का संकेत किया, उस सुषमा को देखने लिए, परन्तु कोकिल बोल उठा। जैसे उसने अरुण से प्रश्न किया – छिः, कुमारी के सोए हुए सौंदर्य पर दृष्टिपात करने वाले दुष्ट, तुम कौन? मधूलिका की आँखें खुल पड़ीं। उसने देखा, एक अपरिचित युवक। वह संकोच से उठ बैठी। भद्रे! तुम्हीं न कल के उत्सव की संचालिका रही हो?

उत्सव! हाँ, उत्सव ही तो था।

कल उस सम्मान...

क्यों आपको कल का स्वप्न सता रहा है? भद्र! आप क्या मुझे इस अवस्था में सन्तुष्ट न रहने देंगे?

मेरा हृदय तुम्हारी उस छवि का भक्त बन गया है, देवि!

मेरे उस अभिनय का – मेरी विडम्बना का। आह! मनुष्य कितना निर्दय है, अपरिचित! क्षमा करो, जाओ अपने मार्ग।

सरलता की देवि मैं मगध का राजकुमार तुम्हारे अनुग्रह का प्रार्थी हूँ –मेरे हृदय की भावना अवगुण्ठन में रहना नहीं जानती। उसे अपनी...।

राजकुमार! मैं कृषक-बालिका हूँ। आप नन्दनबिहारी और में पृथ्वी पर परिश्रम करके जीनेवाली। आज मेरी स्नेह की भूमि पर से मेरा अधिकार छीन लिया गया है। मैं दुःख से विकल हूँ; मेरा उपहास न करो।

मैं कौशल- नरेश से तुम्हारी भूमि तुम्हें दिलवा दूँगा।

नहीं, वह कौशल का राष्ट्रीय नियम है। मैं उसे बदलना नहीं चाहती – चाहे उससे मुझे कितना ही दुःख हो।

तब तुम्हारा रहस्य क्या है?

यह रहस्य मानव हृदय का है, मेरा नहीं। राजकुमार, नियमों से यदि मानव- हृदय बाध्य होता, तो आज मगध के राजकुमार का हृदय किसी राजकुमारी की ओर न खिच कर एक कृषक-बालिका का अपमान करने न आता। मधुलिका उठ खड़ी हुई।

चोट खाकर राजकुमार लौट पड़ा। किशोर किरणों में उसका रत्नकिरीट चमक उठा। अश्व वेग से चला जा रहा था और मधूलिका निष्ठुर प्रहार करके क्या स्वयं आहत न हुई? उसके हृदय में टीस-सी होने लगी। वह सजल नेत्रों से उड़ती हुई धूल देखने लगी।

मधुलिका ने राजा का प्रतिपादन, अनुग्रह नहीं लिया। वह दूसरे खेतों में काम करती और चौथे पहर रुखी-सूखी खाकर पड़ी रहती मधूक-वृक्ष के नीचे छोटी-सी पर्णकुटीर थी। सूबे डंठलों से उसकी दीवार बनी थी। मधुलिका का वही आश्रया था। कठोर परिश्रम से जो रुखा अन्न मिलता, वही उसकी साँसों को बढ़ाने के लिए पर्याप्त था।

दुबली होने पर भी उसके अंग पर तपस्या की कान्ति थी। आस-पास के कृषक उसका आदर करते। वह एक आदर्श बालिका थी। दिन, सप्ताह, महीने और वर्ष बीतने लगे।

शीतकाल की रजनी, मेघों से भरा आकाश, जिसमें बिजली की दौड़-धूप। मधूलिका का छाजन टपक रहा था! ओढ़ने की कमी थी। वह ठिठुर कर एक कोने में बैठी थी। मधूलिका अपने अभाव को आज बढ़ा कर सोच रही थी। जीवन से सामंजस्य बनाए रखने वाले उपकरण तो अपनी सीमा निर्धारित रखते हैं; परन्तु उनकी आवश्यकता और कल्पना भावना के साथ बढ़ती घटती रहती है। आज बहुत दिनों पर उसे बीती हुई बात स्मरण हुई। दो, नहीं-नहीं, तीन वर्ष हुए होंगे, इसी मधूक के नीचे प्रभात में – तरुण राजकुमार ने क्या कहा था?

वह अपने हृदय से पूछने लगी- उन चाटुकारी के शब्दों को सुनने के लिए उत्सुक-सी वह पूछने लगी- क्या कहा था? दुःख-दग्ध हृदय उन स्वप्न-सी बातों को स्मरण रख सकता था? और स्मरण ही होता, तो भी कष्टों की इस काली निशा में वह कहने का साहस करता। हाय री बिडम्बना!

आज मधुलिका उस बीते हुए क्षण को लौटा लेने के लिए विकल थी। दारिद्र्य की ठोकरों ने उसे व्यथित और अधीर कर दिया है। मगध की प्रासाद-माला के वैभव का

काल्पनिक चित्र – उन सुखे डंठलों के रन्ध्रों से, नभ में-बिजली के आलोक में- नाचता हुआ दिखाई देने लगा। खिलवाड़ी शिशु जैसे श्रावण की सन्ध्या में जुगनू को पकड़ने के लिए हाथ लपकाता है, वैसे ही मधुलिका मन-ही-मन कह रही थी। 'अभी वह निकल गया।' वर्षा ने भीषण रूप धारण किया। गड़गड़ाहट बढ़ने लगी; ओले पडने की सम्भावना थी। मधूलिका अपनी जर्जर झोपड़ी के लिए काँप उठी सहसा बाहर कुछ शब्द हुआ –

कौन है यहाँ? पथिक को आश्रय चाहिए।

मधूलिका ने डंठलों का कपाट खोल दिया। बिजली चमक उठी। उसने देखा, एक पुरुष घोड़े की डोर पकड़े खड़ा है। सहसा वह चिल्ला उठी-राजकुमार!

मधूलिका? आश्चर्य से युवक ने कहा।

एक क्षण के लिए सन्नाटा छा गया। मधूलिका अपनी कल्पना को सहसा प्रत्यक्ष देखकर चकित हो गई – इतने दिनों के बाद आज फिर!

अरुण ने कहा – कितना समझाया मैंने परन्तु...

मधुलिका अपनी दयनीय अवस्था पर संकेत करने देना नहीं चाहती थी। उसने कहा – और आज आपकी यह क्या दशा है?

सिर झूकाकर अरुण ने कहा – मैं मगध का विद्रोही निर्वासित कौशल में जीविका खोजने आया हूँ।

मधुलिका उस अन्धकार में हँस पड़ी-मगध के विद्रोही राजकुमार का स्वागत करे एक अनाथिनी कृषक-बालिका, यह भी एक विडम्बना है, तो भी में स्वागत के लिए प्रस्तुत हूँ।

शीतकाल की निस्तब्ध रजनी, कुहरे से घुली हुई चाँदनी, हाड़ कंपा देने वाला समीर, तो भी अरुण और मधूलिका दोनों पहाड़ी के द्वार पर वट वृक्ष के नीचे बैठे हुए बातें कर रहे हैं। मधूलिका की वाणी में उत्साह था, किन्तु अरुण जैसे अत्यन्त सावधान होकर बोलता था।

मधूलिका ने पूछा – जब तुम इतनी विपन्न अवस्था में हो, तो फिर इतने सैनिकों को साथ रखने की क्या आवश्यकता है?

मधूलिका! बाहुबल हो तो वीरों की आजीविका है। ये मेरे जीवन-मरण के साथी हैं, भला मैं इन्हें कैसे छोड़ देता? और करता ही क्या?

क्यों? हम लोग परिश्रम से कमाते और खाते। अब तो तुम।

भूल न करो, मैं अपने बाहुबल पर भरोसा करता हूँ। नए राज्य की स्थापना कर सकता हूँ निराश क्यों हो जाऊँ?– अरुण के शब्दों में कम्पन था वह जैसे कुछ कहना चाहता था; पर कह न सकता था।

नवीन राज्य ओहो, तुम्हारा उत्साह तो कम नहीं। भला कैसे? कोई ढंग बताओ, तो मैं भी कल्पना का आनन्द ले लूँ।

कल्पना का आनन्द नहीं मधुलिका, मैं तुम्हें राजरानी के सम्मान में सिहासन पर बिठाऊँगा! तुम अपने छिने हुए खेत की चिन्ता करके भयभीत न हो।

एक क्षण में सरल मधूलिका के मन में प्रमाद का अन्धड़ बहने लगा- द्वंद मच गया। उसने सहसा कहा आह, मैं सचमुच आज तक तुम्हारी प्रतीक्षा करती थी, राजकुमार!

अरुण ढ़िठाई से उसके हाथों को दबा कर बोला- तो मेरा भ्रम था। तुम सचमुच मुझे प्यार करती हो?

युवती का वक्षस्थल फूल उठा, वह हाँ भी नहीं कह सकी, ना भी नहीं। अरुण ने उसकी अवस्था का अनुभव कर दिया। कुशल मनुष्य के समान उसने अवसर को हाथ से न जाने दिया तुरन्त बोल उठा तुम्हारी इच्छा हो, तो प्राणों से प्राण लगा कर मैं तुम्हें इस कौशल सिंहासन पर बिठा दूँ। मधुलिके! अरुण के संग का आतंक देखोगी? -मधूलिका एक बार काँप उठी। वह कहना चाहती थी.... नहीं; किन्तु उसके मुँह से निकला-क्या?

सत्य मलिका को नरेश तभी से तुम्हारे लिए चिन्तित है। यह मैं जानता हूँ, तुम्हारी साधारण-सी प्रार्थना वह अस्वीकार न करेंगे। और मुझे यह भी विदित है कि कौशल के सेनापति अधिकांय सैनिकों के साथ पहाड़ी दस्युओं का दमन करने के लिए बहुत दूर चले गए हैं।

मधूलिका की आँखों के आगे बिजलियाँ हँसने लगीं। अरुण भावना से उसका मस्तक विकृत हो उठा।

अरुण ने कहा – तुम बोलती नहीं हो?

जो कहोगे, वह करूँगी... मंत्रमुग्ध-सी मधूलिका ने कहा।

स्वर्णमंच पर कौशल- नरेश अर्द्धनिद्रित अवस्था में आँखें मुकुलित किए हैं। एक चामरधारिणी युवती पीछे खड़ी अपनी कलाई बड़ी कुशलता से घुमा रही है। चामर के शुभ आन्दोलन उस प्रकोष्ठ में धीरे-धीरे संचलित हो रहे है। ताम्बूल- वाहिनी प्रतिमा के समान दूर खड़ी है।

प्रतिहारी ने आकर कहा –जय हो देव! एक स्त्री कुछ प्रार्थना करने आई है।

आँख खोलते हुए महाराज ने कहा –स्त्री! प्रार्थना करने आई है? आने दो।

प्रतिहारी के साथ मधूलिका आई। उसने प्रणाम किया। महाराज ने स्थिरदृष्टि से उसकी ओर देखा और कहा – तुम्हें कहीं देखा है?

तीन बरस हुए देव! मेरी भूमि खेती के लिए ली गई थी।

ओह, तो तुमने इतने दिन कष्ट में बिताए, आज उसका मूल्य माँगने आई हो, क्यों? अच्छा अच्छा तुम्हें मिलेगा। प्रतिहारी!

नहीं महाराज, मुझे मूल्य नहीं चाहिए।

मूर्ख! फिर क्या चाहिए?

उतनी ही भूमि, दुर्ग के दक्षिणी नाले के समीप की जंगली भूमि, वहीं मैं अपनी खेती करूँगी। मुझे एक सहायक मिल गया है। वह मेरी सहायता करेगा,भूमि को समतल भी बनाना होगा।

महाराज ने कहा –कृषक बालिके! वह बड़ी ऊबड़-खाबड़ भूमि है। तिस पर यह दुर्ग के समीप एक सैनिक महत्व रखती है।

तो फिर निराश लौट जाऊँ?

सिंहमित्र की कन्या! मैं क्या करूँ, तुम्हारी यह प्रार्थना...

देव! जैसी आज्ञा हो!

जाओ, तुम श्रमजीवियों को उसमें लगाओ। मैं अमात्य को आज्ञापत्र देने का आदेश देत हूँ।

जय हो देव! कहकर प्रणाम करती हुई मधूलिका राजमंदिर के बाहर आई।

दुर्ग के दक्षिण, भयावने नाले के तट पर, घना जंगल है, आज मनुष्यों के पद-संचार से शून्यता भंग हो रही थी। अरुण के छिपे वे मनुष्य स्वतन्त्रता से इधर-उधर घूमते थे। झाड़ियों को काट कर पथ बन रहा था। नगर दूर था, फिर उधर यों ही कोई नहीं जाता था। फिर अब तो महाराज की आज्ञा से वहीं मधूलिका का अच्छा-सा खेत बन रहा था। तब इधर की किसको चिन्ता होती?

एक घने कुंज में अरुण बौर मधूलिका एक दूसरे को हर्षित नेत्रों से देख रहे थे सन्ध्या हो चली थी। उस निविड वन में उन नवागत मनुष्यों को देख कर पक्षीगण अपने नीड़ को लौटते हुए अधिक कोलाहल कर रहे थे।

प्रसन्नता से अरुण की आँखें चमक उठीं। सूर्य की अन्तिम किरण झुरमुट में घुस कर मधूलिका के कपोलों से खेलने लगी। अरुण ने कहा – चार प्रहर और विश्वास करो, प्रभाव में ही इस जीर्ण-कलेवर कौशल राष्ट्र की राजधानी श्रावस्ती में तुम्हारा अभिषेक होगा और मगध से निर्वासित में एक स्वतन्त्र राष्ट्र का अधिपति बनूंगा, मधूलिके!

भयानक! अरुण, तुम्हारा साहस देख मैं चकित हो रही हूँ। केवल सौ सैनिकों से तुम...

रात के तीसरे प्रहर मेरी विजय यात्रा होगी।

तो तुमको इस विजय पर विश्वास है?

अवश्य, तुम अपनी झोपड़ी में यह रात बिताओ; प्रभात से तो राज-मन्दिर हो तुम्हारा सीला निकेतन बनेगा।

मधूलिका प्रसन्न थी; किन्तु अरुण के लिए उसकी कल्याण-कामना सशंक थी। वह कभी-कमी उद्विग्न-सी होकर बालकों के समान प्रश्न कर बैठती। अरुण उसका समाधान कर देता। सहसा कोई संकेत पाकर उसने कहा – अच्छा, अन्धकार अधिक हो गया। अभी तुम्हें दूर जाना है और मुझे भी प्राण-पण से इस अभियान के प्रारम्भिक कार्यों को अर्द्धरात्रि तक पूरा कर लेना चाहिए; तब रात्रि भर के लिए विदा! मधूलिके!

मधूलिका उठ खड़ी हुई। कंटीली झाड़ियों से उलझती हुई क्रम से,बढ़ने वाले अन्धकार में वह झोपड़ी की ओर चली।

पथ अन्धकारमय था और मधूलिका का हृदय भी निविड़-तम से घिरा था। उसका मन सहसा विचलित हो उठा, मधुरता नष्ट हो गई। जितनी सुख-कल्पना थी, वह जैसे अन्धकार में विलीन होने लगी। वह भयभीत थी, पहला भय उसे अरुण के लिए उत्पन्न हुआ, यदि वह सफल न हुआ तो? फिर सहसा सोचने लगी- वह क्यों सफल हो ? श्रावस्ती दुर्ग एक विदेशी के अधिकार में क्यों चला जाए? मगध का चिर- शत्रु! ओह, उसकी विजय! कौशल-नरेश ने क्या कहा था- 'सिंहमित्र की कन्या।' सिहमित्र, कौशल का रक्षक वीर, उसी की कन्या आज क्या करने जा रही है? नहीं, नहीं, मधूलिका! मधूलिका' जैसे उसके पिता उस अन्धकार में पुकार रहे थे। वह! पगली की तरह चिल्ला उठी। रास्ता भूल गई।

रात एक पहर बीत चली, पर मधूलिका अपनी झोपड़ी तक न पहुँची। वह उधेड़बुन में विक्षिप्त-सी चली जा रही थी। उसकी आँखों के सामने कभी सिंहमित्र और कभी अरुण की मूर्ति अन्धकार में चित्रित होती जाती। उसे सामने आलोक दिखाई पड़ा।

वह बीच पथ में खड़ी हो गई। प्रायः एक सौ उल्काधारी अश्वारोही किले जा रहे थे और आगे-आगे एक वीर अधेड़ सैनिक था। उसके बाएँ हाथ में अश्व की लगाम और दाहिने हाथ में नग्न खड्ग। अत्यन्त धीरता से वह टुकड़ी अपने पथ पर चल रही थी। परन्तु मधूलिका बीच पथ से हिली नहीं। प्रमुख सैनिक पास आ गया; पर मधूलिका अब भी नहीं हटी। सैनिक ने अश्व रोक कर कहा – कौन? कोई उत्तर नहीं मिला। तब तक दूसरे अश्वारोही ने सड़क पर कहा – तू कौन है, स्त्री? कौशल के सेनापति को उत्तर शीघ्र दे।

रमणी जैसे विकारग्रस्त स्वर में चिल्ला उठी – बाँध लो, मुझे बाँध लो! मेरी हत्या करो। मैंने अपराध ही ऐसा किया है।

सेनापति हँस पड़ा, बोला-पगली है।

पगली नहीं, यदि वही होती, तो इतनी विचार-वेदना क्यों होती? सेनापति! मुझे बाँध लो। राजा के पास ले चलो।

क्या है, स्पष्ट कह!

श्रावस्ती का दुर्ग एक प्रहर में दस्युओं के हस्तगत हो जाएगा। दक्षिणी किले के पार उनका आक्रमण होगा।

सेनापति चौंक उठे। उन्होंने आश्चर्य से पूछा- तू क्या कह रही है?

मैं सत्य कह रही हूँ; शीघ्रता करो।

सेनापति ने अस्सी सैनिकों को नाले की ओर धीरे-धीरे बढ़ने की आज्ञा दी और स्वयं बीस अश्वारोहियों के साथ दुर्ग की ओर बढे मधूलिका एक अश्वारोही के साथ बांध दी गई।

श्रावस्ती का दुर्ग, कौशल राष्ट्र का केन्द्र, इस रात्रि में अपने विगत वैभव का स्वप्न देख रहा था भिन्न राजवंशों ने उसके प्रान्तों पर अधिकार जमा लिया है। अब वह केवल कई गाँवों का अधिपति है। फिर भी उसके साथ कौशल के अतीत की स्वर्ण-गाथाएँ लिपटी हैं। वहीं लोगों की ईर्ष्या का कारण है। जब थोड़े से अश्वारोही बड़े वेग से आते हुए दुर्ग-द्वार पर रुके, तब दुर्ग के प्रहरी चौंक उठे। उल्का के आलोक में उन्होंने सेनापति को पहचाना, द्वार खुला। सेनापति घोड़े की पीठ से उतरे। उन्होंने कहा – अगिनसेन दुर्ग में कितने सैनिक होंगे?

सेनापति की जय हो! दो सौ

उन्हें शीघ्र ही एकत्र करो; परन्तु बिना किसी शब्द के। सौ को लेकर तुमशीघ्र ही चुपचाप दुर्ग के दक्षिण की ओर चलो। आलोक और शब्द न हों।

सेनापति ने मधुलिका की ओर देखा। वह खोल दी गई। उसे अपने पीछे आने का संकेत कर सेनापति राजमन्दिर की ओर बढ़े। प्रतिहारी ने सेनापति को देखते ही महाराज को सावधान किया। वह अपनी सुख-निद्रा के लिए प्रस्तुत हो रहे थे; किन्तु सेनापति और साथ में मधुलिका को देखते ही सचेत हो उठे। सेनापति ने कहा –जय हो देव! इस स्त्री के कारण मुझे इस समय उपस्थित होना पड़ा है।

महाराज ने स्थिर नेत्रों से देखकर कहा – सिंहमित्र की कन्या! फिर यहाँ क्यों? क्या तुम्हारा क्षेत्र नहीं बन रहा है। कोई बाधा? सेनापति! मैंने दुर्ग के दक्षिणी नाले के समीप की भूमि इसे दी है। क्या उसी सम्बन्ध में तुम कहना चाहते हो?

देव! किसी गुप्त शत्रु ने उसी ओर से आज की रात में दुर्ग पर अधिकार कर लेने का प्रबन्ध किया है और इसी स्त्री ने मुझे पथ में यह सन्देश दिया है।

राजा ने मधूलिका की ओर देखा। वह काँप उठी। घृणा और लज्जा से वह गड़ी जा रही थी। राजा ने पूछा –मधूलिका, यह सत्य है!

हाँ, देव!

राजा ने सेनापति से कहा – सैनिकों को एकत्र करके तुम चलो। मैं अभी आता हूँ। सेनापति के चले जाने पर राजा ने कहा – सिंहमित्र की कन्या! तुमने एक बार फिर कौशल का उपकार किया। यह सूचना देकर तुमने पुरस्कार का काम किया है। अच्छा, तुम यहीं ठहरो। पहले उन आतताईयों का प्रबन्ध कर लूँ।

अपने साहसिक अभियान में अरुण बन्दी हुआ और दुर्ग उल्का के आलोक में अतिरंजित हो गया। भीड़ ने जयघोष किया। सबके मन में उल्लास था। श्रावस्ती- दुर्ग आज एक दस्यु के हाथ में जाने से बचा था। बाल-वृद्ध-नारी आनन्द से उन्मत्त हो उठे।

उषा के आलोक में सभा मण्डप दर्शकों से भर गया। बन्दी अरुण को देखते ही जनता ने रोष से हुकार करते हुए कहा – 'वध करो!' राजा ने सबसे सहमत होकर आज्ञा दी 'प्राणदण्ड' मधूलिका बुलाई गई। वह पगली-सी आकर खड़ी हो गई। कौशल- नरेश ने पूछा-मधूलिका, तुझे जो पुरस्कार लेना हो, मांग। वह चुप रही।

राजा ने कहा – मेरी निज की जितनी खेती है, मैं सब तुझे देता हूँ। मधूलिका ने एक बार बन्दी अरुण की ओर देखा। उसने कहा – मुझे कुछ न चाहिए। अरुण हँस पड़ा। राजा ने कहा नहीं, मैं तुझे अवश्य दूँगा। मांग ले।

तो मुझे भी प्राणदण्ड मिले। कहती हुई वह बन्दी अरुण के पास जा खड़ी हुई।

22

इन्द्रजाल

गांव के बाहर, एक छोटे-से बंजर में कंजरों का दल पड़ा था। उस परिवार में टट्टू, भैंसे और कुत्तों को मिलाकर इक्कीस प्राणी थे। उसका सरदार मैकू, लम्बी-चौड़ी हड्डियों वाला एक अधेड़ पुरुष था। दया माया उसके पास फटकने नहीं पाती थी। उसकी बनी दाढ़ी और मूंछों के भीतर प्रसन्नता की हँसी छिपी ही रह जाती। गाँव में भीख माँगने के लिए जब कंजरों की स्त्रियाँ जातीं, तो उनके लिए मैकू की आज्ञा थी कि कुछ न मिलने पर अपने बच्चों को निर्दयता से गृहस्थ के द्वार पर जो स्त्री न पटक देगी, उसको भयानक दण्ड मिलेगा।

उस निर्दय झुण्ड में गाने वाली एक लड़की थी और एक बाँसुरी बजाने वाला। ये दोनों भी गा-बजाकर जो पाते, वह मैकू के चरणों में लाकर रख देते। फिर युवक भी गोली और बेला की प्रसन्नता की सीमा न थी। उन दोनों का नित्य सम्पर्क हो उनके लिए वही स्वर्गीय सुख था। इन घुमक्कड़ों के दल में ये दोनों विभिन्न रुचि के प्राणी थे। बेला बेडिन थी। माँ के मर जाने पर अपने शराबी और अकर्मण्य पिता के साथ वह कंजरों के हाथ लगी। अपनी माता के गाने-बजाने का संस्कार उसकी नस-नस में भरा था। वह बचपन से ही अपनी माता का अनुकरण करती हुई अलापती रहती थी।

शासन की कठोरता के कारण कंजरों का डाका और लड़कियों के चुराने का व्यापार बन्द हो चला था। फिर भी मैकू अवसर से नहीं चूकता। अपने दल की उन्नति में बराबर लगा ही रहता। इस तरह गोली के बाप के मर जाने पर जो एक चतुर नट था – मैकू ने उसकी खेल की पिटारी के साथ गोली पर भी अधिकार जमाया। गोली महुअर तो बजाता ही था, पर बेला का साथ होने पर उसने बाँसुरी बजाने में भी अभ्यास किया। पहले तो उसकी नट-विद्या में बेला भी मनोयोग से लगी; किन्तु दोनों को भानुमती वाली पिटारी ढोकर दो-चार पैसे कमाना अच्छा न लगा। दोनों को मालूम हुआ कि दर्शक उस खेल से अधिक उसका गाना पसन्द करते हैं। दोनों का झुकाव उसी ओर हुआ। पैसा भी मिलने लगा। इन नवागन्तुक बाहरियों की कंजरों के दल में प्रतिष्ठा बढ़ी।

बेला सांवली थी। जैसे पावस की मेघमाला में छिपे हुए आलोक पिण्ड का प्रकाश निखरने की अदम्य चेष्टा कर रहा हो, वैसे ही उसका यौवन सुगठित शरीर के भीतर उद्वेलित हो रहा था। गोली के स्नेह की मदिरा से उसकी कजरारी आँखे लाली से भरी रहती। वह चलती तो थिरकती हुई बातें करती तो हँसती हुई एक मिठास उसके चारों ओर बिखरी रहती। फिर भी गोली से अभी उसका बयाह नहीं हुआ था।

गोली जब बाँसुरी बजाने लगता, तब बेला के साहित्यहीन गीत जैसे प्रेम के माधुर्य की व्याख्या करने लगते। गाँव के लोग उसके गीतों के लिए कंजरों को शीघ्र हटाने का उद्योग नहीं करते। जहाँ अपने अन्य सदस्यों के कारण कंजरों का वह दल घृणा और भय का पात्र था, वहाँ गोली और बेला का संगीत आकर्षण के लिए पर्याप्त था; किन्तु इसी में एक व्यक्ति का अवांछनीय सहयोग भी आवश्यक था। वह था, भूरे छोटी-सी ढोल लेकर उसे भी बेला का साथ देना पड़ता।

भूरे सचमुच भूरा भेड़िया था। गोली अधरों से बाँसुरी लगाए अर्द्धनिमीलित आँखों के अंतरात से, बेला के मुख को देखता हुआ जब हृदय की फूँक से बाँस के टुकडे को अनुप्राणित कर देता, तब विकट घृणा से ताहित होकर भूरे की भयानक थाप ढोल पर जाती। क्षण-भर के लिए जैसे दोनों चौंक उठते।

उस दिन ठाकुर के गढ़ में बेला का दल गाने के लिए गया था। पुरस्कार में कपड़े-रुपए तो मिले ही थे; बेला को एक अंगूठी भी मिली थी। मैकू उन सबको देखकर प्रसन्न हो रहा था। इतने में सिरकी के बाहर कुछ हल्ला सुनाई पड़ा। मैकू ने बाहर आकर देखा कि भूरे और गोली में लड़ाई हो रही थी। मैकू के कर्कश स्वर से दोनों भयभीत हो गए। गोली ने कहा – "मैं बैठा था, भूरे ने मुझको गालियाँ दीं। फिर भी मैं न बोला, इस पर उसने मुझे पैर से ठोकर लगा दी।"

"और यह समझता है कि मेरी बाँसुरी के बिना बेला गा हो नहीं सकती। मुझसे कहने लगा कि आज तुम ढोलक बेताल बजा रहे थे।" भूरे का कंठ कोष से भया हुआ था।

मैकू हँस पड़ा। वह जानता था कि गोली युवक होने पर भी सुकुमार और अपने प्रेम की माधुरी में विह्वल, लजीला और निरीह था। अपने को प्रमाणित करने की चेष्टा उसमें थी ही नहीं। वह आज जो कुछ उग्र हो गया, इसका कारण है केवल भूरे की प्रतिद्वन्द्विता।

बेला भी वहाँ आ गई थी। उसने घृणा से भूरे की ओर देखकर कहा –

"तो क्या तुम सचमुच बेताल नहीं बजा रहे थे?"

"में बेताल न बजाऊँगा, तो दूसरा कौन बजाएगा। अब तो तुमको नए यार न मिले हैं। बेला! तुझको मालूम नहीं कि तेरा बाप मुझसे तेरा ब्याह ठीक करके मरा

है। इसी बात पर मैंने उसे अपना नेपाली का दोगला टट्टू दे दिया था, जिस पर अब भी तू चढ़कर चलती है।" भूरे का मुँह क्रोध के झाग से भर गया था। वह और भी कुछ बकता; किन्तु मैकू की डांट पड़ी। सब चुप हो गए।

उस निर्जन प्रान्त में जब अंधकार खुले आकाश के नीचे तारों से खेल रहा था,तब बेला बैठी कुछ गुनगुना रही थी।

कंजरों की झोपड़ियों के पास ही पलाश का छोटा-सा जंगल था उनमें बेला के गीत गूंज रहे थे। जैसे कमल के पास मधुकर को जाने से कोई रोक नहीं सकता; उसी तरह गोली भी कब मानने वाला था। आज उसके निरीह हृदय में संघर्ष के कारण आत्मविश्वास का जन्म हो गया था। अपने प्रेम के लिए, अपने वास्तविक अधिकार के लिए झगड़ने की शक्ति उत्पन्न हो गई थी। उसका छुरा कमर में था। हाथ में बाँसुरी थी। बेला की गुनगुनाहट बन्द होते ही बाँसुरी में गोली उसी तान को दुहराने लगा। दोनों वन-विहँगम की तरह उस अंधेरे कानन में किलकारने लगे। आज प्रेम के आवेश ने आवरण हटा दिया था, वे नाचने लगे। आज तारों की क्षीण ज्योति में हृदय से हृदय मिले, पूर्ण आवेग में आज बेला के जीवन में यौवन का और गोली के हृदय में पौरुष का प्रथम उन्मेष था।

किन्तु भूरा भी वहाँ आने से नहीं रुका। उसके हाथ में भी भयानक छुरा था आलिंगन में आबद्ध बेला ने चीत्कार किया। गोली छटक कर दूर जा खड़ा हुआ, किन्तु घाव ओछा लगा।

बाघ की तरह झपट कर गोली ने दूसरा वार किया। भूरे सम्हाल न सका।फिर तीसरा बार चलाना ही चाहता था कि मैकू ने गोली का हाथ पकड़ लिया। वह नीचे सिर किए खड़ा रहा।

मैकू ने कड़क कर कहा – "बेला, भूरे से तुझे ब्याह करना ही होगा यह खेल अच्छा नहीं।"

उसी क्षण सारी बातें गोली के मस्तक में छाया चित्र-सी नाच उठीं। उसने छुरा धीरे से गिरा दिया। उसका हाथ छूट गया। जब बेला और मैकू भूरे का हाथ पकड़ कर ले चले, तब गोली कहाँ जा रहा है, इसका किसी को ध्यान न रहा।

कंजर-परिवार में बेला भूरे की स्त्री मानी जाने लगी। बेला ने भी सिर झुका कर इसे स्वीकार कर लिया। परन्तु उसे पलाश के जंगल में संध्या के समय जाने से कोई भी नहीं रोक सकता था। उसे जैसे सायंकाल में एक हलका-सा उन्माद हो जाता। भुरे या मैकू भी उसे वहाँ जाने से रोकने में असमर्थ थे। उसकी दृढ़ता-भरी आँखो से घोर विरोध नाचने लगता।

बरसात का आरम्भ था। गाँव की ओर से पुलिस के पास कोई विरोध की सूचना भी नहीं मिली थी। गांव वालों की छुरी- हँसिया और काठ-कबाड़ के कितने ही काम बनाकर वे लोग पैसे लेते थे। कुछ अन्न यों भी मिल जाता। चिड़ियाँ पकड़ कर पक्षियों का तेल बनाकर, जड़ी-बूटी की दवा तथा उत्तेजक औषधियों और मदिरा का व्यापार करके, कंजरों ने गांव तथा गढ़ के लोगों से सद्भाव भी बना लिया था। सबके ऊपर आकर्षक बांसुरी जब उसके साथ नहीं बजती थी, तब भी बेला के गले में एक ऐसी नयी टीस उत्पन्न हो गई थी, जिसमें बांसुरी का स्वर सुनाई पड़ता था।

अन्तर में भरे हुए निष्फल प्रेम से युवती का सौन्दर्य निखर आया था। उसके कटाक्ष अलस, गति मदिर और वाणी झंकार से भर गई थी। ठाकुर साहब के गढ़ में उसका गाना प्रायः हुआ करता था।

छींद का घाघरा और चोली, उस पर गोटे से टंकी हुई ओड़नी खिसकती रहती। कहना न होगा कि आधा गाँव उसके लिए पागल था। बालक पास से, युवक ठीक-ठिकाने से और बुढे अपनी मर्यादा, मादर्शवादिता की रक्षा करते हुए दूर से उसकी तान सुनने के लिए, एक झलक देखने के लिए घात लगाए रहते।

गढ़ के चौक में जब उसका गाना जमता, तो दूसरा काम करते हुए अन्य-मनस्कता की आड़ में मनोयोग से और कनखियों से ठाकुर उसे देख लिया करते।

मैकू घाघ था। उसने ताड़ लिया। उस दिन संगीत बन्द होने पर पुरस्कार मिल जाने पर और भूरे के साथ बेला के गढ़ के बाहर जाने पर भी मैकू वहीं थोड़ी देर तक खड़ा रहा। ठाकुर ने उसे देखकर पूछा – "क्या है?"

"सरकार! कुछ कहना है।"

"क्या?"

"यह छोकरी इस गाँव से जाना नहीं चाहती। उधर पुलिस तंग कर रही है।"

"जाना नहीं चाहती, क्यों?"

"वह तो घूम-धाम कर गढ़ में आ जाती है। खाने को मिल जाता है।..."

मैकू आगे की बात चुप होकर कुछ-कुछ संकेत भरी मुस्कराहट से कह देना चाहता था।

ठाकुर के मन में हलचल होने लगी। उसे दबाकर प्रतिष्ठा का ध्यान करके ठाकुर ने कहा –

"तो मैं क्या करू?"

"सरकार! वह तो साँझ होते ही पलाश के जंगल में अकेली चली जाती है। वहीं बैठी हुई बड़ी रात तक गाया करती है।"

"हुँ!"

"एक दिन सरकार धमका दें, तो हम लोग उसे ले-देकर आगे कहीं चले जाए।"

"अच्छा।"

मैकू जाल फैलाकर चला आया। एक हजार की बोहनी की कल्पना करते वह अपनी सिरकी में बैठकर हुक्का गुड़गुड़ाने लगा।

बेला के सुंदर अंग की मेघ-माला प्रेमराशि की रजत-रेखा से उद्भासित हो उठी थी। उसके हृदय में यह विश्वास जम गया था कि भूरे के साथ घर बसाना गोली के प्रेम के साथ विश्वासघात करना है उसका वास्तविक पति तो गोली ही है। बेला में यह उच्छृंखल भावना विकट ताण्डव करने लगी। उसके हृदय में वसन्त का विकास था। उमंग में मलयानिल की गति थी। कंठ में वनस्थली की काकली थी। आँखों में कुसुमोत्सव था और प्रत्येक आन्दोलन में परिमल का उदगार वा उसकी मादकता बरसाती नदी की तरह वेगवती थी।

आज उसने अपने जूड़े में जंगली करोंदे के फूलों की माला सपेट कर भरी मस्ती में जंगल की ओर चलने के लिए पैर बढ़ाया, तो भूरे ने डाँट कर कहा –"कहाँ चली?"

"यार के पास।" उसने छूटते ही कहा। बेला के सहवास में आने पर अपनी लघुता को जानते हुए मसोस कर भूरे ने कहा – "तू खून कराए बिना चैन न लेगी।"

बेला की आँखों में गोली का और उसके परिवर्धमान प्रेमांकुर का चित्र था, जो उसके हट जाने पर विरह-जल से हरा-भरा हो उठा था। बेला पलाश के जंगल में अपने बिछुड़े हुए प्रियतम के उद्देश्य से दो-चार विरह-वेदना की तानों की प्रतिध्वनि छोड आने का काल्पनिक सुख नहीं छोड़ सकती थी।

उस एकांत संध्या में बरसाती झिल्लियों की झंकार से वायुमंडल गूंज रहा था। बेला अपने परिचित पलाश के नीचे बैठकर गाने लगी-

चीन्हत नाहीं बदल गए नैना...

ऐसा मालूम होता था कि सचमुच गोली उस अन्धकार में अपरिचित की तरह मुँह फिराकर चला जा रहा है। बेला की मनोवेदना को पहचानने की क्षमता उसने खो दी है।

बेला का एकांत में विरह-निवेदन उसकी भाव-प्रवणता को और भी उत्तेजित करता था। पलाश का जंगल उसकी कातर कुहुक से गूंज रहा था। सहसा उस निस्तब्धता को भंग करते हुए घोड़े पर सवार ठाकुर साहब वहाँ आ पहुँचे।

"अरे बेला! तू यहाँ क्या कर रही है?"

बेला की स्वर लहरी रुक गई थी। उसने देखा ठाकुर साहब! महत्व का सम्पूर्ण चित्र, कई बार जिसे उसने अपने मन की असंयत कल्पना में दुर्गम शैल-श्रृंग समझकर अपने भ्रम पर अपनी हँसी उड़ा चुकी थी। वह सकुचाकर खड़ी ही रही। बोली नहीं, मन में सोच रही थी- "गोली को छोड़कर भूरे के साथ रहना क्या उचित है? और नहीं तो फिर..."

ठाकुर ने कहा – "तो तुम्हारे साथ कोई नहीं है। कोई जानवर निकल आवे, तो?"

बेला खिलखिला कर हँस पड़ी। ठाकुर का प्रमाद बढ़ चला था। घोड़े से झुककर उसका कंधा पकड़ते हुए कहा, "चलो, तुमको पहुँचा दें।"

"उसका शरीर कांप रहा था, और ठाकुर आवेश में भर रहे थे। उन्होंने कहा – "बेला मेरे यहाँ चलोगी?"

"भूरे मेरा पति है!" बेला के इस कथन में भयानक व्यंग था। वह भूरे से छुटकारा पाने के लिए तरस रही थी। उसने धीरे से अपना सिर ठाकुर की जाँघ से सटा दिया। एक क्षण के लिए दोनों चुप थे। फिर उसी समय अंधकार में दो मूर्तियों का प्रादुर्भाव हुआ। कठोर कंठ से भूरे ने पुकारा – "बेला!"

ठाकुर सावधान हो गए थे। उनका हाथ बगल की तलवार की मूठ पर जा पड़ा।

भूरे ने कहा – "जंगल में किस लिए तू जाती थी, यह मुझे आज मालूम हुआ। चल, तेरा खून पिए बिना न छोड़ूगा।"

ठाकुर के अपराध का आरम्भ तो उनके मन में हो ही चुका था। उन्होंने अपने को छिपाने का प्रयत्न छोड़ दिया। कड़ककर बोले – "खून करने के पहले अपनी बात भी सोच लो, तुम मुझ पर संदेह करते हो, तो यह तुम्हारा भ्रम है। मैं तो...."

अब मैकू आगे आया। उसने कहा – "सरकार! बेला अब कंजरों के दल में नहीं रह सकेगी।"

"तो तुम क्या कहना चाहते हो?" ठाकुर साहब अपने में जा रहे थे, फिर भी घटना चक्र से विवश थे।

"अब यह आपके पास रह सकती है। भूरे इसे लेकर हम लोगों के संग नहीं रह सकता।" मैकू पूरा खिलाड़ी था। उसके सामने उस अंधकार में रुपए चमक रहे थे।

ठाकुर को अपने अहँकार का आश्रय मिला। थोड़ा-सा विवेक, जो उस अंधकार में झिलमिला रहा था, बुझ गया। उन्होंने कहा –

"तब तुम क्या चाहते हो?"

"एक हजार।"

"चलो, मेरे साथ" कह कर बेला का हाथ पकड़कर ठाकुर ने घोड़े को आगे बढ़ाया। भूरे कुछ भुनभुना रहा था; पर मैकू ने उसे दूसरी ओर भेजकर ठाकुर का संग पकड़ लिया। बेला रिकाब पकटे चली जा रही थी।

दूसरे दिन कंजरों का दल उस गाँव से चला गया।

ऊपर की घटना को कई साल बीत गए। बेला ठाकुर साहब की एकमात्र प्रेमिका समझी जाती है। अब उसकी प्रतिष्ठा अन्य कुल-वधुओं की तरह होने लगी है। नए उपकरणों से उसका घर सजाया गया है। उस्तादों से गाना सीखा है। गढ़ के भीतर ही उसकी छोटी-सी साफ-सुथरी हवेली है। ठाकुर साहब की उमंग की रातें वहीं कटती है। फिर भी ठाकुर कभी-कभी प्रत्यक्ष देख पाते कि बेला उनकी नहीं है! वह न जाने कैसे एक भ्रम में पड़ गए। बात निबाहने की आ पड़ी।

एक दिन एक नट आया। उसने अनेक तरह के खेल दिखलाए। उसके साथ उसकी स्त्री थी, वह घूंघट ऊँचा नहीं करती थी। खेल दिखला कर जब अपनी पिटारी लेकर जाने लगा, तो कुछ मनचले लोगों ने पूछा –

"क्यों जी, तुम्हारी स्त्री कोई खेल नहीं करती क्या?"

"करती तो है सरकार! फिर किसी दिन दिखलाऊँगा।" कहकर वह चला गया;

किन्तु उसकी बाँसुरी की धुन बेला के कानों में उन्माद का आह्वान सुना रही थी। पिंजड़े की वन-विहँगनी को वसन्त की फूली हुई डाली का स्मरण हो आया था।

दूसरे दिन गढ़ में भारी जमघट लगा। गोली का खेल जम रहा था। सब लोग उसके हस्त कौशल में मुग्ध थे। सहसा उसने कहा –

"सरकार! एक बड़ा भारी दैत्य आकाश में आ गया है, मैं उससे लड़ने जाता हूँ, मेरी स्त्री की रक्षा आप लोग कीजिएगा।"

गोली ने एक डोरी निकाल कर उसको ऊपर आकाश की ओर फेंका। वह सोधी तन गई। सबके देखते-देखते गोली उसी के सहारे आकाश में चढ़कर अदृश्य हो गया सब लोग मुग्ध होकर भविष्य की प्रतीक्षा कर रहे थे। किसी को यह ध्यान नहीं रहा कि स्त्री अब कहाँ है।

गढ़ के फाटक की ओर सबकी दृष्टि फिर गई। गोली लहू से रंगा चला आ रहा था। उसने आकर ठाकुर को सलाम किया और कहा – "सरकार! मैंने उस दैत्य को हरा दिया। अब मुझे इनाम मिलना चाहिए।"

सब लोग उस पर प्रसन्न होकर पैसों रुपयों की बौछार करने लगे। उसने झोली भर कर इधर-उधर देखा, फिर कहा –

"सरकार, मेरी स्त्री भी अब मिलनी चाहिए, मैं भी...।" किन्तु यह क्या, वहाँ तो उसकी स्त्री का पता नहीं। गोली सिर पकड़ कर शोक मुद्रा में बैठ गया। जब खोजने पर उसकी स्त्री नहीं मिली, तो उसने चिल्लाकर कहा – "यह अन्याय इस राज्य में नहीं होना चाहिए। मेरी सुन्दरी स्त्री को ठाकुर साहब ने गढ़ के भीतर कही छिपा दिया। मेरी योगिनी कह रही है।" सब लोग हँसने लगे। लोगों ने समझा, यह कोई दूसरा खेल दिखलाने जा रहा है। ठाकुर ने कहा – "तो तू अपनी सुन्दर स्त्री मेरे गढ़ में से खोज ला!" अंधकार होने लगा था। उसने जैसे घबड़ाकर चारों और देखने का अभिनय किया। फिर आँख मूंद कर सोचने लगा।

लोगों ने कहा – "खोजता क्यों नहीं? कहाँ है तेरी सुन्दरी स्त्री?"

"तो जाऊँ न सरकार?"

"हाँ, हाँ, जाता क्यों नहीं" ठाकुर ने भी हँस कर कहा।

गोली नई हवेली की ओर चला। वह निःशंक भीतर चला गया। बेला बैठी हुई तन्मय भाव से बाहर की भीड़ भरोसे से देख रही थी। जब उसने गोली को समीप जाते देखा, तो वह कांप उठी। कोई दासी वहाँ न थी। सब खेल देखने में लगी थीं। गोली ने पोटली फेंक कर कहा – "बेला! जल्दी चलो।"

बेला के हृदय में तीव्र अनुभूति जाग उठी थी। एक क्षण में उस दीन भिखारी की तरह – जो एक मुट्ठी भीख के बदले अपना समस्त संचित आशीर्वाद दे देना चाहता है – वह वरदान देने के लिए प्रस्तुत हो गई। मन्त्र-मुग्ध की तरह बेला ने उस ओढ़नी का घूंघट बनाया। वह उसके पीछे भीड़ में आ गई।तालियाँ पिटी। हँसी का ठहाका लगा। यही घूंघट न खुलने वाला घूंघट सायंकालीन समीर ये हिल कर रह जाता था। ठाकुर साहब हँस रहे थे। गोली दोनों हाथों से सलाम कर रहा था।

रात हो चली थी। भीड़ के बीच में गोली बेला को लिए जब फाटक के बाहर पहुँचा, तब एक लड़के ने आकर कहा – "इक्का ठीक है।"

तीनों सीधे उस पर जाकर बैठ गए। इक्का वेग से चल पड़ा।

अभी ठाकुर साहब का दरबार जम रहा था और नट के खेलों की प्रशंसा हो रही थी।

23

सलीम

पश्चिमोत्तर सीमा प्रान्त में एक छोटी-सी नदी के किनारे, पहाड़ियों से घिरे हुए उस छोटे से गाँव पर, सन्ध्या अपनी घुघली चादर डाल चुकी थी। प्रेमकुमारी वासुदेव के निमित्त पीपल के नीचे दीपदान करने पहुँची। आर्य संस्कृति में अश्वत्थ की वह मर्यादा अनार्य-धर्म के प्रचार के बाद भी उस प्रान्त में बची थी, जिसमें अश्वत्थ चैत्य-वृक्ष या वासुदेव का आवास समझ कर पूजित होता था। मंदिरों के अभाव में तो बोधि वृक्ष ही देवता की उपासना का स्थान था। उसी के पास लेखराम की बहुत पुरानी परचून की दुकान और उसी से सटा हुआ छोटा-सा घर था। बुढा लेखराम एक दिन जब 'रामा राम जै जै रामा' कहता हुआ इस संसार से चला गया, तब से वह दुकान बंद थी। उसका पुत्र नन्दराम सरदार सन्तसिंह के साथ घोड़ों के व्यापार के लिए यारकन्द गया था। अभी उसके आने में विलम्ब था। गाँव में दस घरों की बस्ती थी, जिसमें दो-चार खत्रियों के और एक घर पंडित लेखराम मिसर का था। वहाँ के पठान भी शान्तिपूर्ण व्यवसायी थे। इसीलिए वजीरियों के आक्रमण से वह गाँव सदा सशंक रहता था। गुलमुहम्मद खां-सत्तर वर्ष का बूढ़ा – उस गाँव का मुखिया- प्रायः अपनी चारपाई पर अपनी चौपाल में पड़ा हुआ काले-नीले पत्थरों की चिकनी मणियों की माला अपनी लम्बी-लम्बी उंगलियों में फिराता हुआ दिखाई देता। कुछ लोग अपने-अपने ऊँट लेकर बनिज-व्यापार के लिए पास की मंडियों में गए थे। लड़के बन्दुके लिए पहाड़ियों के भीतर शिकार के लिए चले गए थे।

प्रेमकुमारी दीप-दान और खीर की थाली वासुदेव को चढ़ाकर अभी नमस्कार कर रही थी कि नदी के उतार में अपनी पतली-दुबली काया में लड़खड़ाता हुआ, एक थका हुआ मनुष्य उसी पीपल के पास आकर बैठ गया। उसने आश्चर्य से प्रेमकुमारी को देखा। मुँह से निकल पड़ा – "काफिर...!"

बन्दूक कन्धे पर रखे और हाथ में एक मरा हुआ पक्षी लटकाए वह दौड़ता चला आ रहा था। पत्थरों की नुकीली चट्टानें उसके पैर को छूती ही न थीं। मुँह से सीटी

बज रही थी। वह था गुलमुहम्मद का सोलह बरस का लड़का अमीर खाँ! उसने आते ही कहा – "प्रेमकुमारी, तू थाली उठाकर भागी क्यों जा रही है? मुझे तो आज खीर खिलाने के लिए तूने कह रखा था।"

"हाँ भाई! मैं अभी और ठहरती; पर क्या करूँ, यह देख न, कौन आ गया है! इसीलिए में घर जा रही थी।"

अमीर ने आगन्तुक को देखा। उसे न जाने क्रोध आ गया। उसने कई स्वर से पूछा, "तू कौन है?"

"एक मुसलमान" – उत्तर मिला।

अमीर ने उसकी ओर से मुँह फिराकर कहा – "मालूम होता है कि तू भी भूखा है चल, तुझे बाबा से कहकर कुछ खाने को दिलवा दूँगा। हाँ, इस खीर में से तो तुझे नहीं मिल सकता। जल न वहीं, जहाँ आग जलती दिखाई दे रही है।" फिर उसने प्रेमकुमारी से कहा – "तू मुझे क्यों नहीं देती? वह सब आ जाएँगे, तब तेरी खीर मुझे थोड़ी ही सी मिलेगी।"

सीटियों के शब्द से वायु-मंडल गूंजने लगा था। नटखट अमीर का ह्रदय चंचल हो उठा। उसने ठुनककर कहा – "तु मेरे हाथ पर ही देती जा और मैं खाता जाऊँ।"

प्रेमकुमारी हँस पड़ी। उसने खीर दी। अमीर ने उसे मुँह से लगाया हो था कि नवागन्तुक मुसलमान चिल्ला उठा। अमीर ने उसकी ओर अब की बार बडे क्रोध से देखा। शिकारी लड़के पास आ गए थे। वे सब-के-सब अमीर की तरह लम्बी-चौड़ी हड्डियों वाले स्वस्थ, गोरे और स्फूर्ति से भरे हुए थे। अमीर खीर मुँह में डालते हुए न जाने क्या कह उठा और लड़के आगन्तुक को घेर कर खड़े हो गए। उससे कुछ पूछने लगे। उधर अमीर ने अपना हाथ बढ़ाकर खीर मांगने का संकेत किया। प्रेमकुमारी हँसती जाती थी और उसे देती जाती थी। तब भी अमीर उसे तरेरते हुए अपनी आँखों में और भी देने को कह रहा था। उसकी आँखों में से अनुनय, विनय, हठ, स्नेह सभी तो मांग रहे थे, फिर प्रेमकुमारी सबके लिए एक-एक ग्रास क्यों न देती?नटखट अमीर एक आँख से लड़कों को, दूसरी आँख से प्रेमकुमारी को उलझाए हुए खीर गटकता जाता था। उधर वह नवागन्तुक मुसलमान अपनी टूटी-फूटी पश्तो में लड़के से 'काफिर' का प्रसाद खाने को अमीर की घृष्टता का विरोध कर रहा था। वे आश्चर्य से उसकी बातें सुन रहे थे। एक ने चिल्लाकर कहा – "अरे देखो, अमीर तो सब खीर खा गया।"

सब लड़के घूमकर अब प्रेमकुमारी को घेर कर खड़े हो गए। वह सबके उजले-उजने हाथों पर खीर देने लगी आगन्तुक ने फिर चिल्लाकर कहा – "क्या तुम सब मुसलमान हो?"

लड़कों ने एक स्वर से कहा – "हाँ, पठान।"

"और उस काफिर की दी हुई?"

"यह मेरी पड़ोसिन है!" – एक ने कहा।

"यह मेरी बहन है।" दूसरे ने कहा।

"नन्दराम बन्दूक बहुत अच्छी चलाता है।" - तीसरे ने कहा।

"ये लोग कभी झूठ नहीं बोलते" - चौथे ने कहा।

"हमारे गाँव के लिए इन लोगों ने कई लड़ाइयाँ की हैं।" - पाँचवें ने कहा।

"हम लोगों को घोड़े पर चढ़ाना नन्दराम ने सिखलाया है। वह बहुत अच्छा सवार है।" – छठे ने कहा।

"और नन्दराम ही तो हम लोगों को गुड़ खिलाता है।" – सातवें ने कहा।

"तुम चोर हो।" यह कहकर लड़कों ने अपने-अपने हाथ की खीर खा डाली और प्रेमकुमारी हँस पड़ी। सन्ध्या उस पीपल की धनी छाया में पुंजित हो रही थी। पक्षियों का कोलाहल शान्त होने लगा था। प्रेमकुमारी ने सब लड़कों से घर चलने के लिए कहा, अमीर ने भी नवागन्तुक से कहा – "तुझे भूख लगी हो, तो हम लोगों के साथ चल। किन्तु वह तो अपने हृदय के विष से छटपटा रहा था। जिसके लिए वह हिजरत करके भारत से चला आया था, उस धर्म का मुसलमान-देश में भी यह अपमान! वह उदास मुँह से उसी अन्धकार में कट्टर दुर्दान्त वजीरियों के गाँवों की और चल पड़ा।

नन्दराम पूरा साढ़े छः फुट का बलिष्ठ युवक था। उसके मस्तक में केसर का टीका न लगा रहे तो कुलाह और सलवार में वह सोलहों आने पठान ही जंचता। छोटी-छोटी भूरी मूंछें खड़ी रहती थी। उसके हाथ में कोड़ा रहना आवश्यक था। उसके मुख पर संसार की प्रसन्न आकांक्षा हँसी बनकर खेला करती। प्रेमकुमारी उसके हृदय की प्रशान्त नीलिमा में उज्ज्वल बृहस्पति ग्रह की तरह झलमलाया करती थी। आज वह बड़ी प्रसन्नता में अपने घर की ओर लोट रहा था। सन्तसिंह के घोड़े अच्छे दामों में बिके थे। उसे पुरस्कार भी अच्छा मिला था। वह स्वयं अच्छा घुड़सवार था। उसने अपना घोड़ा भी अधिक मूल्य पाकर बेच दिया था। रुपए पास में थे। वह एक ऊँचे ऊँट पर बैठा हुआ चला आ रहा था। उसके साथी लोग बीच कि मंडी में रुक गए थे; किन्तु काम हो जाने पर, उसे तो प्रेमकुमारी को देखने की धुन सवार थी। ऊपर सूर्य की किरणें झलमला रही थीं। बीहड़ पहाड़ी पथ था। कोसों तक कोई गाँव नहीं था। उस निर्जनता में वह प्रसन्न होकर गाता आ रहा था।

"वह पथिक कैसे रुकेगा, जिसके घर के किवाड़ खुले हैं और जिसकी प्रेममयी युवती स्त्री अपनी काली आँखों से पति की प्रतीक्षा कर रही है।"

"बादल बरसते हैं, बरसने दो। आँधी उसके पथ में बाधा डालती है। वह उड़ जाएगी। धूप पसीना बहाकर उसे शीतल कर देगा, वह तो घर की ओर आ रहा है। उन कोमल भुज-लताओं का स्निग्ध आलिंगन और निर्मल दुलार प्यासे को निर्झर और बर्फीली रातों की गर्मी है।"

"पथिक! तू चल-चल, देख, तेरी प्रियतमा की सहज नशीली आँखें तेरी प्रतीक्षा में जागती हुई अधिक लाल हो गई हैं। उनमें आँसू की बूंद न आने पावे।"

पहाड़ी प्रान्त को कम्पित करता हुआ बन्दूक का शब्द प्रतिध्वनित हुआ। नन्दराम का सिर घूम पड़ा। गोली सिर से कान के पास से निकल गई। एक बार उसके मुँह से निकल पड़ा –"वजीरी!" वह झुक गया। गोलियाँ चल चुकी थी। सब खाली गयी। नन्दराम ने सिर उठाकर देखा, पश्चिम की पहाड़ी में झाड़ों के भीतर दो-तीन सिर दिखायी पड़े। बन्दूक साध कर उसने गोली चला दी।

दोनों तरफ से गोलियाँ चलीं। नन्दराम की जाँघ को खोलती हुई एक गोली निकल गई और सब बेकार रहीं। उधर दो वजीरियों को मृत्यु हुई। तीसरा कुछ भयभीत होकर भाग चला। तब नन्दराम ने कहा - "नन्दराम को नहीं पहचानता या? ले, तू भी कुछ लेता जा।" उस वजीरी के भी पैर में गोली लगी। वह बैठ गया। और नन्दराम अपने ऊँट पर घर की ओर चला।

सलीम नन्दराम के गाँव से धर्मोन्माद के नशे में चूर इन्हीं सहधर्मियो में आकर मिल गया था। उसके भाग्य से नन्दराम की गोली उसे नहीं लगी। वह झाड़ियों में छिप गया था। घायल वजीरी ने उससे कहा – "तू परदेसी भूखा बनकर इसके साथ जाकर घर देख आ। इसी नाले से उतर जा। वह तुझे आगे मिल जाएगा।" सलीम उधर ही चला।

नन्दराम अब निश्चित होकर धीरे-धीरे घर की ओर बढ़ रहा था। सहसा उसे कराहने का शब्द सुन पड़ा। उसने ऊँट रोककर सलीम से पूछा "क्या है भाई? तू कौन है?"

सलीम ने कहा – "भूखा परदेसी हूँ। चल भी नहीं सकता। एक रोटी और दो घूंट पानी!"

नन्दराम ने ऊँट बैठाकर उसे अच्छी तरह देखते हुए फिर पूछा - "तुम यहाँ कैसे आ गए?"

"मैं हिन्दुस्तान से हिजरत करके चला आया हूँ।"

"अहो! भले आदमी ऐसी बातों से भी कोई अपना घर छोड़ देता है? अच्छा, आओ, मेरे ऊँट पर बैठ जाओ।"

सलीम बैठ गया। दिन ढलने लगा था। नन्दराम के ऊँट के गले के बड़े-बड़े घुंघरू उस निस्तब्ध शांति में सजीवता उत्पन्न करते हुए बज रहे थे। उल्लास से भरा हुआ नन्दराम उसी की ताल पर कुछ गुनगुनाता जा रहा था। उधर सलीम कुड़कर मन-ही-मन

भुनभुनाता जा रहा था; परन्तु ऊँट चुपचाप अपना पथ अतिक्रमण कर रहा था। धीरे-धीरे बढ़ने वाले अन्धकार में वह अपनी गति से चल रहा था।

सलीम सोचता था - 'न हुआ पास में एक छुरा, नहीं तो यहीं अपने साथियों का बदला चुका लेता!' फिर वह अपनी मूर्खता पर झुंझलाकर विचारने लगा- 'पागल सलीम! तू उसके घर का पता लगाने आया है न।' इसी उधेड़बुन में कभी वह अपने को पक्का धार्मिक, कभी सत्य में विश्वास करने वाला, कभी शरण देने वाले सहधर्मियों का पक्षपाती बन रहा था। सहसा ऊँट रुका और घर का किवाड़ खुल पड़ा।

भीतर से जलते हुए दीपक के प्रकाश के साथ एक सुन्दर मुख दिखायी पड़ा। नन्दराम ऊँट बैठाकर उतर पड़ा। उसने उल्लास से कहा – "प्रेमो!" प्रेमकुमारी का गला भर आया था। बिना बोले ही उसने लपककर नन्दराम के दोनों हाथ पकड़ लिए।

सलीम ने आश्चर्य से प्रेमा को देखकर चीत्कार करना चाहा, पर वह सहसा रुक गया। उधर प्यार से प्रेमा के कन्धों को हिलाते हुए नन्दराम ने उसका चौंकना देख लिया।

नन्दराम ने कहा – "प्रेमा! हम दोनों के लिए रोटियाँ चाहिए! यह एक भूखा परदेशी है। हाँ, पहले थोड़ा-सा पानी और एक कपड़ा तो देना।"

प्रेमा ने चकित होकर पूछा – "क्यों?"

"यों ही कुछ चमड़ा छिल गया है। उसे बाँध लूँ?"

"अरे, तो क्या कहीं लड़ाई भी हुई है?"

"हाँ, तीन-चार वजीरी मिल गए थे।"

"और यह?" – कहकर प्रेमा ने सलीम को देखा। सलीम भय और क्रोध से सूख रहा था! घृणा से उसका मुख विवर्ण हो रहा था।

"एक हिन्दू है।" नन्दराम ने कहा। "नहीं, मुसलमान हूँ।"

'ओहो, हिन्दुस्तानी भाई हम लोग हिन्दुस्तान के रहने वालों को हिन्दू ही सा! देखते हैं। तुम बुरा न मानना।' कहते हुए नन्दराम ने उसका हाथ पकड़ लिया। वह झुंझला उठा और प्रेमाकुमारी हँस पड़ी। आज की हँसी कुछ दूसरी थी। उसकी हँसी में हृदय की प्रसन्नता साकार थी। एक दिन और प्रेमा का मुसकाना सलीम ने देखा था, तब जैसे उसमें स्नेह था। आज थी उसमें मादकता, नन्दराम के ऊपर अनुराग की वर्षा! वह और भी जल उठा। उसने कहा – "काफिर, क्या यहाँ कोई मुसलमान नहीं है?"

"है तो, पर आज तो तुमको मेरे ही यहाँ रहना होगा।" दृढ़ता से नन्दराम ने कहा।

सलीम सोच रहा था, घर देखकर लौट आने की बात! परन्तु यह प्रेमा! ओह, कितनी सुन्दर! कितना प्यार भरा हृदय! इतना सुख! काफिर के पास यह विभूति! तो वह क्यों न यहीं रहे? अपने भाग्य की परीक्षा कर देखे!

सलीम वहीं खा-पीकर एक कोठरी में सो रहा था और सपने देखने लगा उसके हाथ में रक्त से भरा हुआ छुरा है। नन्दराम मरा पड़ा है। वजीरियों का सरदार उसके ऊपर प्रसन्न है। लूट में पकड़ी हुई प्रेमा उसे मिल रही है। वजीरियों का बदला लेने में उसने पूरी सहायता की है। सलीम ने प्रेमा का हाथ पकड़ना चाहा। साथ ही प्रेमा का भरपूर थप्पड़ उसके गाल पर पड़ा। उसने तिलमिला कर आँखें खोल दी। सूर्य की किरणें उसकी आँखों में घुसने लगी।

बाहर अमीर चिलम भर रहा था। उसने कहा – "नन्द भाई, तूने मेरे लिए पोस्तीन लाने के लिए कहा था। वह कहाँ है?" वह उछल रहा था। उसका ऊषमी शरीर प्रसन्नता से नाच रहा था।

नन्दराम मुलायम बालों वाली चमड़े की सदरी-जिस पर रेशमी सुनहरा काम था- लिए हुए बाहर निकला। अमीर को पहना कर उसके गालों पर चपत जड़ते हुए कहा – "ले, तु अभी छोटा ही रहा। मैंने तो समझा था कि तीन महीनों में तू बहुत बढ़ गया होगा।"

यह पोस्तीन पहनकर उछलता हुआ प्रेमा के पास चला गया। उसका नाचना देखकर वह खिलखिला पड़ी। गुलमुहम्मद भी आ गया था। उसने पूछा – "नन्दराम, तू अच्छी तरह रहा?"

"हाँ जी! यहीं आते हुए कुछ वजीरियों से सामना हो गया। दो को तो ठिकाने लगा दिया। थोड़ी-सी चोट मेरे पैर में भी आ गई।"

"वजीरी!" कहकर बूढ़ा एक बार चिन्ता में पड़ गया। तब तक नन्दराम ने उसके सामने रुपए की थैली उलट दी। बूढ़ा अपने घोड़े का दाम सहेज ने लगा।

प्रेमा ने कहा – "बाबा! तुमने कुछ और भी कहा था। वह तो नहीं आया!"

बूढ़ा त्योरी बदलकर नन्दराम को देखने लगा।

नन्दराम ने कहा – "मुझे घर में अस्तबल के लिए एक दालान बनाना है। इसलिए बालियाँ नहीं ला सका।"

"नहीं नन्दराम! तुझको पेशावर फिर से जाना होगा। प्रेमा के लिए बालियाँ बनवा ला! तू अपनी बात रखता है।"

"अच्छा चाचा! अब की बार जाऊँगा, तो... ले ही आऊँगा।"

हिजरत सलीम आश्चर्य से बातें सुन रहा था। सलीम जैसे पागल होने लगा था। मनुष्यता का एक पक्ष यह भी है, जहाँ वर्ण, धर्म और देश को भूलकर मनुष्य मनुष्य के लिए प्यार करता है। उसके भीतर की कोमल भावना, शायरों की प्रेम कल्पना, चुटकी लेने लगी! वह प्रेम को 'काफिर' कहता था। आज उसने चपाती खाते हुए मन-ही-मन कहा – "बुते काफिर!"

सलीम घुमक्कड़ी जीवन की लालसाओं से सन्तप्त, व्यक्तिगत आवश्यकताओं से असन्तुष्ट युक्तप्रांत का मुसलमान था। कुछ-न-कुछ करते रहने का उसका स्वभाव था। जब वह चारों ओर से असफल हो रहा था, तभी तुर्की की सहानुभूति में हजरत का आन्दोलन खड़ा हुआ था। सलीम भी उसी में जुट पड़ा। मुसलमानी देशों का आतिथ्य कड़वा होने का अनुभव उसे अफगानिस्तान में हुआ। वह भटकता हुआ नन्दराम के घर पहुँचा था।

मुसलिम उत्कर्ष का उबाल जब ठण्डा हो चला, तब उसके मन में एक स्वार्थपूर्ण कोमल कल्पना का उदय हुआ। वह सूफी कवियों-सा सौन्दर्योपासक बन गया।

नन्दराम के घर का काम करता हुआ वह जीवन बिताने लगा। उसमें भी 'बुते काफिर' को उसने अपनी संसार-यात्रा का चरम लक्ष्य बना लिया।

प्रेमा उससे साधारणतः हँसती-बोलती और काम के लिए कहती। सलीम उसके लिए खिलौना था। दो मन दो विरुद्ध दिशाओं में चलकर भी नियति से बाध्य थे, एकत्र रहने के लिए।

अमीर ने एक दिन नन्दराम से कहा – "उस पाजी सलीम को अपने यहाँ से भगा दो क्योंकि उसके ऊपर सन्देह करने का पूरा कारण है।"

नन्दराम ने हँसकर कहा – "भाई अमीर! वह परदेश में बिना सहारे आया है। उसके ऊपर सबको दया करनी चाहिए।"

अमीर के निष्कपट हृदय में यह बात न जँची। वह रूठ गया। तब भी नन्दराम ने सलीम को अपने यहाँ रहने दिया।

सलीम अब कभी-कभी दूर-दूर घूमने के लिए भी चला जाता। उसके हृदय में सौन्दर्य के कारण जो स्निग्ताध आ गई थी, वह लालसा में परिणत होने लगी। प्रतिक्रिया आरम्भ हुई। एक दिन उसे लंगड़ा वजीरी मिला। सलीम की उससे कुछ बातें हुईं। वह फिर से कट्टर मुसलमान हो उठा। धर्म की प्रेरणा से नहीं, लालसा की ज्वाला से!

वह रात बड़ी भयानक थी। कुछ बूँदें पड़ रही थीं। सलीम अभी सशंक होकर जाग रहा था। उसकी आँखें भविष्य का दृश्य देख रही थीं। घोड़ों के पद-शब्द धीरे- धीरे उस निर्जनता को भेदकर समीप जा रहे थे। सलीम ने किवाड़ खोलकर बाहर झाँक अंधेरी उसके कलुष-सी फैल रही थी। वह उठाकर हँस पड़ा।

भीतर नन्दराम और प्रेमा का स्नेहालाप बन्द हो चुका था। दोनों तन्द्रालस हो रहे थे। सहसा गोलियों की कड़कड़ाहट सुन पड़ी। सारे गाँव में आतंक फैल गया।

"वजीरी! वजीरी!"

उन दस घरों में जो भी कोई अस्त्र चला सकता था, बाहर निकल पड़ा। अस्सी वजीरियों का दल चारों ओर से गांव को घेरे में करके भीषण गोलियों की बौछार कर रहा था।

अमीर और नन्दराम बगल में खड़े होकर गोली चला रहे थे। कारतूसों की परतल्ली उनके कन्धों पर थी। नन्दराम और अमीर दोनों के निशाने अचूक थे। अमीर ने देखा कि सलीम पागलों-सा घर में घुसा जा रहा है। वह भी भरी गोली चलाकर उसके पीछे नन्दराम के घर में घुसा। बीसों वजीरी मारे जा चुके थे। गाँव वाले भी घायन और मृतक हो रहे थे। उधर नन्दराम की मार से वजीरियों ने मोरचा छोड़ दिया था। सब भागने की धुन में थे। सहसा घर में से चिल्लाहट सुनाई पड़ी।

नन्दराम भीतर चला गया। उसने देखा; प्रेमा के बाल खुले हैं। उसके हाथ में रक्त से रंजित एक छुरा है। एक वजीरी वही घायल पड़ा है और अमीर सलीम की छाती पर चढ़ा हुआ कमर से छुरा निकाल रहा है। नन्दराम ने कहा – "यह है, अमीर?"

"चुप रहो भाई! इस पाजी को पहले...।"

"ठहरो अमीर! यह हम लोगों का शरणागत है।" कहते हुए नन्दराम ने उसका खुरा छीन लिया; किन्तु दुर्दान्त युवक पठान कटकटा कर बोला-

"इस सूअर के हाथ! नहीं नन्दराम! तुम हट जाओ, नहीं तो मैं तुमको ही गोली मार दूँगा। मेरी बहन, पड़ोसिन का हाथ पकड़ कर खींच रहा था। इसके हाथ..."

नन्दराम आश्चर्य से देख रहा था। अमीर ने सलीम की कलाई ककड़ी की तरह तोड़ ही दी। सलीम चिल्लाकर मूच्छित हो गया। प्रेमा ने अमीर को पकड़कर खींच लिया। उसका रणचण्डी-वेश शिथिल हो गया था। सहज नारी सुलभ दया का आविर्भाव हो रहा था। नन्दराम और अमीर बाहर आए।

वजीरी चले गए।

एक दिन टूटे हाथ को सिर से लगाकर जब प्रेमा को सलाम करते हुए सलीम उस गाँव से बिदा हो रहा था, तब प्रेमा को न जाने क्यों उस अभागे पर ममता आ आयी। उसने कहा – "सलीम, तुम्हारे घर पर कोई और नहीं है, तो वहाँ जाकर क्या करोगे? यहीं पड़े रहो।'

सलीम रो रहा था। वह अब भी हिन्दुस्तान जाने के लिए इच्छुक नहीं था। परन्तु अमीर ने कड़ककर कहा – "प्रेमा! इसे जाने दे! इस गाँव में ऐसे पाजियों का काम नहीं।"

सलीम पेशावर में बहुत दिनों तक भीख मांगकर खाता और जीता रहा। उसके 'बुते काफिर' वाले गीत को लोग बड़े चाव से सुनते थे।

24

छोटा जादूगर

कार्निवल के मैदान में बिजली जगमगा रही थी। हँसी और विनोद का कलनाद गूंज रहा था। मैं खड़ा था। उस छोटे फुहारे के पास, जहाँ एक लड़का चुपचाप शराब पीने वालों को देख रहा था। उसके गले में फटे कुर्ते के ऊपर से एक मोटी-सी सूत की रस्सी पड़ी थी और जेब में कुछ ताश के पत्ते थे। उसके मुँह पर गंभीर विवाद के साथ धैर्य की रेखा थी। मैं उसकी ओर न जाने क्यों आकर्षित हुआ। उसके अभाव में भी सम्पूर्णता थी। मैंने पूछा "क्यों जी, तुमने इसमें क्या देखा?"

"मैंने सब देखा है। यहाँ चूडी फेंकते हैं। खिलौनों पर निशाना लगाते हैं। तीर से नम्बर छेदते हैं। मुझे तो खिलौनों पर निशाना लगाना अच्छा मालूम हुआ। जादूगर तो बिलकुल निकम्मा है। उससे अच्छा तो ताश का खेल मै भी दिखा सकता हूँ।" उसने बड़ी प्रगल्भता से कहा। उसकी वाणी में कहीं रुकावट न थी?

मैंने पूछा – "और उस परदे में क्या है? जहाँ तुम गए थे।"

"नहीं, वहाँ में नहीं जा सका। टिकट लगता है।"

मैंने कहा – "तो चल, मैं वहाँ पर तुमको लिवा चलूँ।"

मैंने मन ही मन कहा – "भाई! आज के तुम्हीं मित्र रहे।"

उसने कहा – "वहाँ जाकर क्या कीजिएगा? चलिए, निशाना लगाया जाए।"

मैंने उससे सहमत होकर कहा – "तो फिर चलो, पहिले शरबत पी लिया जाए।" उसने स्वीकार सूचक सिर हिला दिया।

मनुष्यों की भीड़ से जाड़े की संध्या भी वहाँ गर्म हो रही थी। हम दोनों शरबत पीकर निशाना लगाने चले। राह में ही उससे पूछा – "तुम्हारे यहाँ और कौन हैं?" "माँ और बाबूजी।"

"उन्होंने तुमको यहाँ आने के लिए मना नहीं किया?"

"बाबूजी जेल में हैं।"

"क्यों?"

"देश के लिए।" वह गर्व से बोला।

"और तुम्हारी माँ?"

"वह बीमार हैं।"

"और तुम तमाशा देख रहे हो?"

उसके मुँह पर तिरस्कार की हँसी फूट पड़ी। उसने कहा – "तमाशा देखने नहीं, दिखाने निकला हूँ। कुछ पैसे ले जाऊँगा, तो माँ को पथ्य दूँगा। मुझे शरबत न पिलाकर आपने मेरा खेल देखकर मुझे कुछ दे दिया होता, तो मुझे अधिक प्रसन्नता होती!"

मैं आश्चर्य से उस तेरह चौदह वर्ष के लड़के को देखने लगा।

"हाँ, मैं सच कहता हूँ बाबूजी! माँ जी बीमार है; इसलिए मैं नहीं गया।"

"कहाँ?"

जेल में! जब कुछ लोग खेल-तमाशा देखते ही हैं, तो मैं क्यों न दिखाकर माँ की दवा करूँ और अपना पेट भी भरू।"

मैंने दीर्घ निश्वास लिया। चारों ओर बिजली के लट्टू नाच रहे थे। मन व्यग्र हो उठा। मैंने उससे कहा – "अच्छा चलो, निशाना लगाया जाए।"

हम दोनों उस जगह पर पहुँचे, जहाँ खिलौने को गेंद से गिराया जाता था। मैंने बारह टिकट खरीदकर उस लड़के को दिए।

वह निकला पक्का निशानेबाज उसका कोई गेंद खाली नहीं गया। देखने वाले दंग रह गए उसने बारह खिलौनों को बटोर लिया; लेकिन उठाता कैसे? कुछ मेरी रुमाल में बंधे, कुछ जेब में रख लिए गए।

लड़के ने कहा – "बाबूजी, आपको तमाशा दिखाऊँगा। बाहर आइए, में चलता हूँ।" वह नौ-दो ग्यारह हो गया। मैंने मन-ही-मन कहा – "इतनी जल्दी आँख बदल गई।"

मैं घूमकर पान की दुकान पर आ गया। पान खाकर बड़ी देर तक इधर-उधर टहलता देखता रहा। झूले के पास लोगों का ऊपर-नीचे आना देखने लगा अकस्मात् किसी ने ऊपर के हिंडोले से पुकारा- "बाबूजी!"

मैंने पूछा- "कौन?"

"मैं हूँ छोटा जादूगर।"

कलकत्ते के सुरम्य बोटानिकल उद्यान में लाल कमलिनी से भरी हुई एक छोटी-सी झील के किनारे घने वृक्षों की छाया में अपनी मंडली के साथ बैठा हुआ मैं जलपान कर रहा था। बातें चल रही थीं। इतने में वही छोटा जादूगर दिखाई पड़ा। हाथ में चारखाने

की खादी का झोला। साफ जांघिया और आधी बाँहों का कुरता सिर पर मेरी रूमाल सूत की रस्सी से बंधी हुई थी। मस्तानी चाल से झूमता हुआ आकर कहने लगा-

"बाबूजी, नमस्ते! आज कहिए, तो खेल दिखाऊँ।"

"नहीं जी, अभी हम लोग जलपान कर रहे हैं।"

"फिर इसके बाद क्या गाना-बजाना होगा, बाबूजी?"

"नहीं जी – तुमको...", क्रोध से मैं कुछ और कहने जा रहा था। श्रीमती ने कहा – "दिखलाओ जी, तुम तो अच्छे आए भला, कुछ मन तो बहले।"

मैं चुप हो गया; क्योंकि श्रीमती की वाणी में वह मां की-सी मिठास थी, जिसके सामने किसी भी लड़के को रोका जा नहीं सकता। उसने खेल आरम्भ किया।

उस दिन कार्निवल के सब खिलौने उसके खेल में अपना अभिनय करने लगे भालू मनाने लगा। बिल्ली रूठने लगी। बन्दर घुड़कने लगा।

गुड़िया का ब्याह हुआ। गुड्डा वर काना निकला। लड़के की वाचालता से ही अभिनय हो रहा था। सब हँसते-हँसते लोट-पोट हो गए।

मैं सोच रहा था। बालक को आवश्यकता ने कितना शीघ्र चतुर बना दिया। यही तो संसार है।

ताश के सब पत्ते लाल हो गए फिर सब काले हो गए। गले की सूत की डोरी टुकड़े-टुकड़े होकर जुट गई। लट्टू अपने से नाच रहे थे।

मैंने कहा –"अब हो चुका। अपना खेल बटोर लो, हम लोग भी अब जाएँगे।"

श्रीमती जी ने धीरे से उसे एक रुपया दे दिया। वह उछल उठा।

मैंने कहा – "लड़के!"

"छोटा जादूगर कहिए। यही मेरा नाम है। इसी से मेरी जीविका है।"

मैं कुछ बोलना ही चाहता था कि श्रीमती ने कहा – "अच्छा, तुम इस रुपए से क्या करोगे?"

"पहले भर पेट पकौड़ी खाऊँगा। फिर एक सूती कम्बल लूँगा।"

मेरा क्रोध अब लौट आया। मैं अपने पर बहुत क्रुद्ध होकर सोचने लगा-

'ओह! कितना स्वार्थी हूँ मैं। उसके एक रुपए पाने पर मैं ईर्ष्या करने लगा था न!'

वह नमस्कार करके चला गया। हम लोग लता-कुंज देखने के लिए चले।

उस छोटे से बनावटी जंगल में संध्या सांय-सांय करने लगी थी। अस्ताचलगामी सूर्य की अंतिम किरण वृक्षों की पत्तियों से बिदाई ले रही थी। एक शांत वातावरण था। हम लोग धीरे-धीरे मोटर से हबड़ा की ओर आ रहे थे।

रह-रहकर छोटा जादूगर स्मरण होता था। सचमुच वह एक झोपड़ी के पास कम्बल कन्धे पर डाले खड़ा था। मैंने मोटर रोककर उससे पूछा- "तुम यहाँ कहाँ?"

"मेरी मां यहीं है न। अब उसे अस्पताल वालों ने निकाल दिया है।" मैं उतर गया। उस झोपड़ी में देखा, तो एक स्त्री चिथड़ों से लदी हुई काँप रही थी।

छोटे जादूगर ने कम्बल ऊपर से डालकर उसके शरीर से चिमटते हुए कहा – "माँ"

मेरी आँखों से आँसू निकल पड़े।

बड़े दिन की छुट्टी बीत चली थी। मुझे अपने आफिस में समय से पहुँचना था। कलकत्ते से मन ऊब गया था। फिर भी चलते-चलते एक बार उस उद्यान को देखने की इच्छा हुई। साथ-ही-साथ जादूगर भी दिखाई पड़ जाता, तो और भी... मैं उस दिन अकेले ही चल पड़ा। जल्द लौट आना था।

दस बज चुके थे। मैंने देखा कि उस निर्मल धूप में सड़क के किनारे एक कपड़े पर छोटे जादूगर का रंगमंच सजा था। मोटर रोककर उतर पड़ा। वहाँ बिल्ली रूठ रही थी। भालू मनाने चला था। ब्याह की तैयारी थी; यह सब होते हुए भी जादूगर की वाणी में वह प्रसन्नता की तरी नहीं थी। जब वह ओरों को हँसाने की चेष्टा कर रहा था, तब जैसे स्वयं कंप जाता था। मानो उसके रोएँ रो रहे थे। मैं आश्चर्य से देख रहा था। खेल हो जाने पर पैसा बटोरकर उसने भीड़ में मुझे देखा। वह जैसे क्षण-भर के लिए स्कूर्तिमान हो गया। मैंने उसकी पीठ थपथपाते हुए पूछा- "आज तुम्हारा खेल जमा क्यों नहीं?"

"माँ ने कहा है कि आज तुरन्त चले आना मेरी घड़ी समीप है।" - अविचल भाव से उसने कहा।

"तब भी तुम खेल दिखलाने चले आए!" मैंने कुछ क्रोध से कहा। मनुष्य के सुख-दुःख का माप अपना ही साधन तो है। उसी के अनुपात से वह तुलना करता है।

उसके मुँह पर वही परिचित तिरस्कार की रेखा फूट पड़ी।

उसने कहा – "न क्यों आता!"

और कुछ अधिक कहने में जैसे वह अपमान का अनुभव कर रहा था।

क्षण भर में मुझे अपनी मूल मालूम हो गई। उसके झोले को गाड़ी में फेंककर उसे भी बैठाते हुए मैंने कहा – "जल्दी चलो।" मोटरवाला मेरे बताए हुए पथ पर चल पड़ा।

कुछ ही मिनटों में मैं झोपड़े के पास पहुँचा। जादूगर दौड़कर झोपड़े में माँ-माँ पुकारते हुए घुसा। मैं भी पीछे था; किन्तु स्त्री के मुँह से, 'बे...' निकलकर रह गया। उसके दुर्बल हाथ उठकर गिर गए। जादूगर उससे लिपटा रो रहा था, मैं स्तब्ध था। उस उज्ज्वल धूप में समग्र संसार जैसे जादू सा मेरे चारों ओर नृत्य करने लगा।

25

नूरी

"ऐ; तुम कौन?"

".........."

"बोलते नहीं?"

".........."

"तो मैं बुलाऊँ किसी को..." कहते हुए उसने छोटा-सा मुँह खोला ही था कि युवक ने एक हाथ उसके मुँह पर रखकर उसे दूसरे हाथ से दबा लिया। वह विवश होकर चुप हो गई। और भी, आज पहला ही अवसर था, जब उसने केसर, कस्तूरी और अम्बर से बसा हुआ यौवनपूर्ण उद्वेलित आलिंगन पाया था। उधर किरणें भी पवन के एक झोंके के साथ किसलयों को हटा कर घुस पड़ीं। दूसरे ही क्षण उस कुंज के भीतर छनकर आती हुई चांदनी में जौहर से भरी कटार चमचमा उठी। भयभीत मृगशाव की काली आँखें अपनी निरीहता से दया की-प्राणों की भीख मांग रही थीं। युवक का हाथ रुक गया। उसने मुँह पर उँगली रखकर चुप रहने का संकेत किया। नूरी काश्मीर की कली थी सिकरी के महलों में उसके कोमल चरणों की नृत्य-कला प्रसिद्ध थी। उस कलिका का आमोद-मकरन्द अपनी सीमा में मचल रहा था। उसने समझा, कोई मेरा साहसी प्रेमी है, जो महाबली अकबर की आँख-मिचौनी- क्रीड़ा के समय पतंग सा प्राण देने आ गया है। नूरी ने इस कल्पना के सुख में अपने को धन्य समझा और चुप रहने का संकेत पाकर युवक के मधुर अधरों पर अपने अधर रख दिए। युवक भी आत्म-विस्मृत-सा उस सुख में पल-भर के लिए तल्लीन हो गया। नूरी ने धीरे से कहा – "यहाँ से जल्द चले जाओ। कल बाँध पर पहले पहर की नौबत बजने के समय मौलसिरी के नीचे मिलूँगी।"

युवक धीरे-धीरे वहाँ से खिसक गया। नूरी शिथिल चरण से लड़खड़ाती हुई दूसरे कुंज की ओर चली जैसे कई प्याले अंगूरी चढ़ा ली हो! उसकी जैसी कितनी ही सुन्दरियाँ अकबर को खोज रही थीं। आकाश का सम्पूर्ण चन्द्र इस खेल को देखकर हँस

रहा था। नूरी अब किसी कुंज में घुसने का साहस नहीं रखती थी। नरगिस दूसरे कुंज से निकलकर आ रही थी। उसने नूरी से पूछा-

"क्यों, उधर देख आयी?"

"नहीं, मुझे तो नहीं मिले।"

"तो फिर चल, इधर कामिनी के झाड़ों में देखूँ।"

"तू ही जा, मैं थक गई हूँ।"

नरगिस चली गई। मालती को झुकी हुई डाल की अंधेरी छाया में पड़कते हुए हृदय को हाथों से दबाए नूरी ख़ड़ी थी। पीछे से किसी ने उसकी आँखों को बन्द कर लिया। नूरी की धड़कन और बढ़ गई। उसने साहस से कहा –

"मैं पहचान गई!"

"………"

'जहाँपनाह' उसके मुँह से निकला ही था कि अकबर ने उसका मुँह बन्द कर लिया और धीरे से उसके कानों में कहा –

"मरियम को बता देना, सुलताना को नहीं; समभी न! मैं उस कुंज में जाता हूँ।"

अकबर के जाने के बाद ही सुलताना वहाँ आयी। नूरी उसी की छत्र-छाया में रहती थी; पर अकबर की आज्ञा! उसने दूसरी ओर सुलताना को बहका दिया। मरियम धीरे-धीरे वहाँ आयी। वह ईसाई बेगम इस आमोद-प्रमोद से परिचित न थी। तो भी यह मनोरंजन उसे अच्छा लगा। नूरी ने अकबर वाला कुंज उसे बता दिया।

घंटों के बाद जब सब सुन्दरियाँ थक गई थीं, तब मरियम का हाथ पकड़े अकबर बाहर आए। उस समय नौबतखाने से मीठी-मीठी सोहनी बज रही थी। अकबर ने एक बार नूरी को अच्छी तरह देखा। उसके कपोलों को थपथपाकर उसको पुरस्कार दिया। आँख-मिचौली हो गई!

सिकरी की झील जैसे लहरा रही है, वैसा ही आन्दोलन नूरी के हृदय में हो रहा है। वसन्त की चांदनी में भ्रम हुआ कि उसका प्रेमी युवक आया है। उसने चौंककर देखा; किन्तु कोई नहीं था। मौलसिरी के नीचे बैठे हुए उसे एक घड़ी से अधिक हो गया। जीवन में आज पहले ही वह अभिसार का साहस कर सकी है। भय से उसका मन काँप रहा है; पर लौट जाने का मन नहीं चाहता। उत्कंठा और प्रतीक्षा कितनी पागल सहेलियाँ है! दोनों उसे उछालने लगी।

किसी ने पीछे से आकर कहा "मैं आ गया।"

नूरी ने घूमकर देखा, लम्बा-सा, गौर वर्ण का युवक उसकी बगल में खड़ा है। वह चाँदनी रात में उसे पहचान गयी। उसने कहा – "शाहजादा याकूब खाँ?"

"हाँ, मैं ही हूँ! कहो, तुमने क्यों बुलाया है?"

नूरी सन्नाटे में आ गई। इस प्रश्न में प्रेम की गंध भी नहीं थी। वह भी महलों में रह चुकी थी। उसने भी पैंतरा बदल दिया।

"आप वहाँ क्यों गए थे?"

"मैं इसका जवाब न दूँ, तो?"

नूरी चुप रही। याकूब खां ने कहा – "तुम जानना चाहती हो?"

"हाँ बताइए।"

"बताऊँ तो मुझे..."

"आप डरते हैं, तो न बताइए।"

"अच्छा तो तुम सच बताओ कि कहाँ की रहने वाली हो?"

"मैं काश्मीर में पैदा हुई हूँ।"

याकूब खाँ अब उसके समीप ही बैठ गया। उसने पूछा – "कहाँ?"

"श्रीनगर के पास ही मेरा घर है।"

"यहाँ क्या करती हो?"

"नाचती हूँ। मेरा नाम नूरी है।"

"काश्मीर जाने को मन नहीं करता?"

"नहीं।"

"क्यों?"

"वहाँ जाकर क्या करूँगी? सुलतान यूसुफ खाँ ने मेरा घर-बार छीन लिया है। मेरी माँ बेड़ियों में जकड़ी हुई दम तोड़ती होगी या मर गई होगी।"

"मैं कहकर छुड़वा दूँगा, तुम यहाँ से चलो।"

"नहीं, मैं यहाँ से नहीं जा सकती; पर शाहजादा साहब, आप वहाँ क्यों गए थे, मैं जान गई।"

"नूरी, तुम जान गई हो, तो अच्छी बात है। मैं भी बेड़ियों में पड़ा हूँ। यहाँ अकबर के चंगुल में छटपटा रहा हूँ। मैं कल रात को उसी के कलेजे में कटार भोंक देने के लिए गया था।"

"शाहँशाह को मारने के लिए?" भय से चौंककर नूरी ने कहा।

"हाँ नूरी, वहाँ तुम न आती, तो मेरा काम न बिगड़ता। काश्मीर को हड़पने की उसकी..." याकूब रुककर पीछे देखने लगा। दूर कोई चला जा रहा था। नूरी भी उठ खड़ी हुई। दोनों और नीचे झील की ओर उतर गए। जल के किनारे बैठकर नूरी ने कहा – "अब ऐसा न करना।"

"क्यों न करूँ? मुझे काश्मीर से बढ़कर और कौन प्यारा है? मैं उसके लिए क्या नहीं कर सकता?" यह कहकर याकूब ने लम्बी साँस ली। उसका सुन्दर मुख वेदना से विवर्ण हो गया। नूरी ने देखा, वह प्यार की प्रतिमा है। उसके हृदय में प्रेम-लीला करने की वासना बलवती हो चली थी। फिर यह एकान्त और वसन्त की नशीली रात! उसने कहा – "आप चाहे काश्मीर को प्यार करते हों। पर कुछ लोग ऐसे भी हो सकते है, जो आपको प्यार करते हों!"

"पागल! मेरे सामने एक ही तसवीर है। फूलों से भरी, फलों से लदी हुई, सिंध और झेलम की घाटियों की हरियाली! मैं इस प्यार को छोड़कर दूसरी ओर...?"

"चुप रहिए, शाहजादा साहब! आप धीरे से नहीं बोल सकते, तो चुप रहिए।"

यह कहकर नूरी ने एक बार फिर पीछे की ओर देखा वह चंचल हो रही थी, मानो आज ही उसके वसन्त-पूर्ण यौवन की सार्थकता है। और वह विद्रोही युवक सम्राट अकबर के प्राण लेने और अपने प्राण देने पर तुला है। कहते हैं कि तपस्वी को डिगाने के लिए स्वर्ग की अप्सराएँ आती हैं। आज नूरी अप्सरा बन रही थी। उसने कहा – "तो मुझे काश्मीर से चलिएगा?" याकूब के समीप और सटकर भयभीत-सी होकर वह बोली, "बोलिए, मुझे ले चलिएगा। मैं भी इन सुनहरी बेड़ियों को तोड़ना चाहती हूँ।"

"तुम मुझको प्यार करती हो, नूरी?"

"दोनों लोकों से बढ़कर?" नूरी उन्मादिनी हो रही थी।

"पर मुझे तो अभी एक बार फिर वही करना है, जिसके लिए तुम मना करती हो बच जाऊँगा, तो देखा जाएगा!"- यह कहकर याकूब ने उसका हाथ पकड़ लिया नूरी नीचे से ऊपर तक थरथराने लगी। उसने अपना सुन्दर मुख याकूब के कन्धे पर रखकर कहा – "नहीं, अब ऐसा न करो, तुमको मेरी कसम!"

सहसा चौंककर युवक फुर्ती से उठ खड़ा हुआ और नूरी जब तक संभली, तब तक याकूब वहाँ न था। अभी नूरी दो पग भी बढ़ने न पाई थी कि मादम तातारी का कठोर हाथ उसके कन्धों पर आ पहुँचा। तातारी ने कहा – "सुलताना तुमको कब से खोज रही है?"

सुलताना बेगम और बादशाह चौसरी खेल रहे थे। उधर पचीसी के मैदान में सुन्दरियाँ गोटें बनकर चाल चल रही थीं। नौबतखाने से पहले पहर की सुरीली शहनाई बज रही थी। नगाड़े पर अकबर की बाँधी हुई गति में लड़की थिरक रही थी, जिसकी धुन में अकबर चाल भूल गए। उनकी गोट पिट गई।

पिटी हुई गोट दूसरी न थी, वह थी नूरी। उस दिन की थपकियों ने उसको साहसी बना दिया था। वह मचलती हुई बिसात के बाहर तिबारी में चली आयी। पाँसे हाथ में लिए हुए अकबर उसकी ओर देखने लगे। नूरी ने अल्हड़पन से कहा – "तो मैं मर गई?"

"तू जीती रह, मरेगी क्यों?" फिर दक्षिण नायक की तरह उसका मनोरंजन करने में चतुर अकबर ने सुलताना की ओर देखकर कहा – "इसका नाम क्या है?" मन में सोच रहे थे, उस रात की आँख मिचौनी वाली घटना!

"यह काश्मीर की रहने वाली है। इसका नाम नूरी है। बहुत अच्छा नाचती है।" सुलताना ने कहा।

"मैंने तो कभी नहीं देखा।"

"तो देखिए न।"

"नूरी? तू इसी शहनाई की गत पर नाच सकेगी?"

"क्यों नहीं, जहाँपनाह!"

गोटें अपने-अपने घर में जहाँ-की-तहाँ बैठी रहीं। नूरी का वासना और उन्माद से भरा हुआ नृत्य आरंभ हुआ। उसके नूपुर खुले हुए बोल रहे थे। वह नाचने लगी, जैसे जलतरंग वागीश्वरी के विलम्बित स्वरों में अंगों के अनेक मरोड़ों के बाद जब कभी वह चुन-चुनकर एक-दो घुंघरू बजा देती, तब अकबर "वाह! वाह!" कह उठता। घड़ी-भर नाचने के बाद जब शहनाई बन्द हुई, तब अकबर ने उसे बुलाकर कहा – "नूरी! तू कुछ चाहती है?"

"नहीं, जहाँपनाह!"

"कुछ भी?"

"मैं अपनी माँ को देखना चाहती है। छुट्टी मिले, तो!" सिर नीचे किए हुए नूरी ने कहा।

"धत-और कुछ नहीं?"

"और कुछ नहीं।"

"अच्छा, तो जब मैं काबुल चलने लगूँगा, तब तू भी वहाँ चल सकेगी।"

फिर गोटें चलने लगीं। खेल होने लगा। सुलताना और शाहँशाह दोनों ही इस चिन्ता में थे कि दूसरा हारे। यही तो बात है, संसार चाहता है कि तुम मेरे साथ खेलो;

पर सदा तुम्ही हारते रहो। नूरी फिर गोट बन गई थी। अब भी वही फिर पिटी। उसने कहा – "मैं मर गई।"

अकबर ने कहा – "तू अलग जा बैठ।" छुट्टी पाते ही थकी हुई नूरी पचीसी के समीप अमराई में जा घुसी। अभी वह नाचने की थकावट से अंगड़ाई ले रही थी। सहसा याक़ूब ने आकर उसे पकड़ लिया। उसके शिथिल सुकुमार अंगों को दबाकर उसने कहा – "नूरी, मैं तुम्हारे प्यार को लौटा देने के लिए आया हूँ।"

व्याकुल होकर नूरी ने कहा – "नहीं, नहीं, ऐसा न करो।"

"मैं आज मरने-मारने पर तुला हूँ।"

"तो क्या फिर तुम आज उसी काम के लिए..."

"हाँ नूरी!"

"नहीं, शाहजादा याक़ूब! ऐसा न करो। मुझे आज शाहँशाह ने काश्मीर जाने की छुट्टी दे दी है। मैं तुम्हारे साथ भी चल सकती है।"

"पर मैं वहाँ न जाऊँगा। नूरी! मुझे भूल जाओ।"

नूरी उसे अपने हाथों में जकड़े थी; किन्तु याक़ूब का देश-प्रेम उसकी प्रतिज्ञा की पूर्ति मांग रहा था। याक़ूब ने कहा – "नूरी! अकबर सिर झुकाने से मान जाए सो नहीं। वह तो झुके हुए सिर पर भी चढ़ बैठना चाहता है। मुझे छुट्टी दो। मैं यही सोचकर सुख से मर सकूंगा कि कोई मुझे प्यार करता है।"

नूरी सिसककर रोने लगी। याक़ूब का कन्धा उसके आँसुओं की धारा से भीगने लगा। अपनी कठोर भावनाओं से उन्मत्त और विद्रोही युवक शाहजादा ने बलपूर्वक अभी अपने को रमणी के बाहुपाश से छुड़ाया ही था कि चार तातारी दासियों ने अमराई के अन्धकार से निकलकर दोनों को पकड़ लिया।

अकबर की विसात अभी बिछी थीं। पासे अकबर के हाथ में थे। दोनों अपराधी सामने लाए गए। अकबर ने आश्चर्य से पूछा, "याक़ूब खाँ?"

याक़ूब के मतमस्तक की रेखाएँ ऐंठी जा रही थीं। वह चुप था। फिर नूरी को ओर देखकर शाहँशाह ने कहा – "तो इसीलिए तू काश्मीर जाने की छुट्टी माँग रही थी?"

वह भी चुप।

"याक़ूब! तुम्हारा यह लड़कपन यूसुफ खाँ भी न सहते; लेकिन में तुम्हें छोड देता हूँ। जाने की तैयारी करो। मैं काबुल से लौटकर काश्मीर आऊँगा।"

संकेत पाते ही तातारियाँ याक़ूब को ले चली। नूरी ख़ड़ी रही। अकबर ने उसकी ओर देखकर कहा – "इसे बुर्ज में ले जाओ।"

नूरी बुर्ज के तहखाने में बन्दिनी हुई।

अट्ठारह बरस बाद!

जब अकबर की नवरत्न-सभा उजड़ चुकी थी, उसके प्रताप को ज्योति आने-वाले अन्तिम दिन की उदास और धुंधली छाया में विलीन हो रही थी, हिन्दू और मुस्लिम एकता का उत्साह शीतल हो रहा था, तब अकबर को अपने पुत्र सलीम से भी भय उत्पन्न हुआ। सलीम ने अपनी स्वतन्त्रता की घोषणा की थी, इसीलिए पिता-पुत्र में मेल होने पर भी आगरा में रहने के लिए सलीम को जगह नहीं थी। उसने दुखी होकर अपनी जन्म भूमि में रहने की आज्ञा मांगी।

सलीम फतहपुर सीकरी आया। मुगल साम्राज्य का वह अलौकिक इंद्रजाल! अकबर की यौवन-निशा का सुनहरा स्वप्न-सीकरी का महल-पथरीली चट्टानों पर बिखरा पड़ा था। इतना आकस्मिक उत्थान और पतन! जहाँ एक विश्वजनीन धर्म की उत्पत्ति की सूचना हुई, जहाँ उस धर्मान्यता के युग में एक छत के नीचे ईसाई, पारसी, जैन, इस्लाम और हिन्दू आदि धर्मों पर वाद-विवाद हो रहा था, जहाँ सन्त सलीम की समाधि थी, जहाँ शाह सलीम का जन्म हुआ था, वहीं अपनी अपूर्णता और खंडहरों में अस्त-व्यस्त सीकरी का महल अकबर के जीवन काल में ही, निर्वासिता सुन्दरी की तरह दया का पात्र, श्रृंगार विहीन और उजड़ा पड़ा था। अभी तक अकबर के शून्य शयन मन्दिर में विक्रमादित्य के नवरत्नों का छाया-पूर्ण अभिनय चल रहा था। अभी तक सराय में कोई यात्री सन्त की समाधि का दर्शन करने को आता ही रहता! अभी तक बुर्जों के तहखानों में कैदियों का अभाव न था!

सीकरी की दशा देखकर सलीम का हृदय व्यथित हो उठा। अपूर्ण शिल्प बिलख रहे थे। गिरे हुए कंगूरे चरणों में लोट रहे थे। अपनी माता के महल में जाकर सलीम भरपेट रोया वहाँ जो इने-गिने दास और दासियों और उनके दारोगे बच रहे थे, भिखमंगों की-सी दशा में फटे-चीथड़ों में उसके सामने आए। सब समाधि के लंगर - खाने से भोजन पाते थे। सलीम ने समाधि का दर्शन करके पहली आज्ञा दी कि तहखानों में जितने बन्दी हैं, सब छोड़ दिए जाएँ। सलीम को मालूम था कि यहाँ कोई राजनैतिक बन्दी नहीं है। दुर्गन्ध से सने हुए कितने ही नर कंकाल संत सलीम की समाधि पर आकर प्रसन्नता से हिचकी लेने लगे और युवराज सलीम के चरणों को चूमने लगे।

उनमें से एक नूरी भी थी। उसका यौवन कारागार की कठिनाइयों से कुचल गया था। सौन्दर्य अपने दो-चार रेखा-चिन्ह छोड़कर समय के पंखों पर बैठकर उड़ गया था।

सब लोगों को जीविका बंटने लगी। लंगरखाने का नया प्रबन्ध हुआ उसमें से नूरी को सराय में आए हुए यात्रियों को भोजन देने का कार्य मिला।

वैशाख की चाँदनी थी। झील के किनारे मौलसिरी के नीचे कौवालों का जमघट था। लोग मस्ती में झूम-झूमकर गा रहे थे।

"मैंने अपने प्रियतम को देखा था।"

"वह सौन्दर्य, मदिरा की तरह नशीला, चांदनी-सा उज्ज्वल, तरंगों-सा यौवन-पूर्ण और अपनी हँसी-सा निर्मल था।"

"किन्तु हलाहल भरी उसकी अपांगधारा! आह निर्दय!"

"मरण और जीवन का रहस्य उन संकेतों में छिपा था।"

"आज भी न जाने क्यों भूलने में असमर्थ हूँ।"

"कुंजों में फूलों के झुरमुट में तुम सकोगे। तुम्हारा यह चिर विकासमय सौन्दर्य! वह दिगन्तव्यापी सौरभ! तुमको छिपने देगा?"

"मेरी विकलता को देखकर प्रसन्न होने वाले! मैं बलिहारी!"

नूरी वहीं खड़ी होकर सुन रही थी। वह कौवालों के लिए भोजन ले कर आयी थी। गाढ़े का पायजामा और कुर्ता, उस पर गाढ़े की ओढ़नी। उदास और दयनीय मुख पर निरीहता की शान्ति! नूरी में विचित्र परिवर्तन था। उसका हृदय अपनी विवश पराधीनता भोगते-भोगते शीतल और भगवान की करुणा का अवलम्बी बन गया था। जब सन्त सलीम की समाधि पर वह बैठकर भगवान की प्रार्थना करती थी, तब उसके हृदय में किसी प्रकार की सांसारिक वासना या अभाव-अभियोग का योग न रहता।

आज न जाने क्यों, इस संगीत ने उसकी सोयी हुई मनोवृत्ति को जगा दिया। वही मौलसिरी का वृक्ष था। संगीत का वह अर्थ चाहे किसी अज्ञात लोक की परम सीमा तक पहुँचता हो; किन्तु आज तो नूरी अपने संकेत स्थल की वही घटना स्मरण कर रही थी, जिसमें एक सुन्दर युवक से अपने हृदय की बातों के खोल देने का रहस्य था।

वह काश्मीर का शाहजादा आज कहाँ होगा? नूरी ने चंचल होकर वहीं थालों को रखवा दिया और स्वयं धीरे-धीरे अपने उत्तेजित हृदय को दबाए हुए सन्त की समाधि की ओर चल पड़ी।

संगमरमर को जालियों से टिककर वह बैठ गई। सामने चन्द्रमा की किरणों का समारोह था। वह ध्यान में निमग्न थी। उसकी निश्चल तन्मयता के सुख को नष्ट करते हुए किसी ने कहा – "नूरी! क्या अभी सराय में खाना न जाएगा?"

वह सावधान होकर उठ खड़ी हुई। लंगरखाने से रोटियों का थाल लेकर सराय की ओर चल पड़ी। सराय के फाटक पर पहुँचकर वह निराश्रित भूखों को खोज-खोजकर रोटियाँ देने लगी।

एक कोठरी के समीप पहुँचकर उसने देखा कि एक युवक टूटी हुई खाट पर पड़ा कराह रहा है। उसने पूछा – "क्या है? भाई, तुम बीमार हो क्या? मैं तुम्हारे लिए कुछ कर सकती हूँ तो बताओ।"

"बहुत कुछ" – टूटे स्वर से युवक ने कहा।

नूरी भीतर चली गई।

उसने पूछा – "क्या है, कहिए?"

"पास में पैसा न होने से ये लोग मेरी खोज नहीं लेते। आज सबेरे से मैंने जल नहीं पिया। पैर इतने दुख रहे हैं कि मैं उठ नहीं सकता।"

"कुछ खाया भी न होगा।"

"कल रात को यहाँ पहुँचने पर थोड़ा-सा खा लिया था। पैदल चलने से पैर सूज आए हैं। तब से यों ही पड़ा हूँ।"

नूरी थाल रख कर बाहर चली गई। पानी लेकर आई। उसने कहा – "लो, अब उठकर कुछ रोटियाँ खाकर पानी पी लो।"

युवक उठ बैठा। कुछ अन्न-जल पेट में जाने के बाद जैसे उसे चेतना जा गई। उसने पूछा – "तुम कौन हो?"

"मैं लंगर खाने से रोटियाँ बाँटती हूँ। मेरा नाम नूरी है। जब तक तुम्हारी पीड़ा अच्छी न होगी, मैं तुम्हारी सेवा करूँगी। रोटियाँ पहुँचाऊँगी। जल रख जाऊँगी। घबराओ नहीं। यह मालिक सबको देखता है।"

युवक की विवर्ण आँखें प्रार्थना में ऊपर की ओर उठ गईं। फिर दीर्घ निःश्वास लेकर उसने पूछा – "क्या नाम बतलाया? नूरी न?"

"हाँ, यही तो!"

"अच्छा, तुम यहाँ महलों में जाती होंगी।"

"महल! हाँ, महलों की दीवारें तो खड़ी हैं।"

"तब तुम नहीं जानती होगी। उसका भी नाम नूरी था! वह कश्मीर की रहने वाली थी।"

"उससे आपको क्या काम है?" मन-ही-मन काँप कर नूरी ने पूछा।

"मिले तो कह देना कि एक अभागे ने तुम्हारे प्यार को ठुकरा दिया था। वह काश्मीर का शाहजादा था। पर अब तो भिखमंगे से भी..." कहते-कहते उसकी आँखों से आँसू बहने लगे।

नूरी ने उसके आँसू पोंछकर पूछा – "क्या अब भी उससे मिलने का मन करता है?"

वह सिसककर कहने लगा - "मेरा नाम याकूब खां है। मैंने अकबर के सामने तलवार उठायी और लड़ा भी। जो कुछ मुझसे हो सकता था, वह काश्मीर के लिए मैंने किया। इसके बाद बिहार के भयानक तहखाने में बेड़ियों से जकड़ा हुआ कितने दिनों तक पड़ा रहा। सुना है कि सुल्तान सलीम ने वहाँ के अभागों को फिर से धूप देखने के लिए छोड़ दिया है। मैं वहीं से ठोकरें खाता हुआ चला आ रहा हूँ। हथ-कड़ियों से छूटने पर किसी अपने प्यार करने वाले को देखना चाहता था। इसी से सीकरी चला आया। देखता हूँ कि मुझे वह भी न मिलेगा।"

याकूब अपनी उखड़ी हुई साँसों को संभालने लगा था और नूरी के मन में विगत काल की घटना, अपने प्रेम समर्पण का उत्साह, फिर उस मनस्वी युवक की अवहेलना सजीव हो उठी।

आज जीवन का क्या रूप होता? आशा से भरी संसार यात्रा किस सुन्दर विश्राम भवन में पहुँचाती? अब तक संसार के कितने सुन्दर रहस्य फूलों की तरह अपनी पंखुड़ियाँ खोल चुके होते? अब प्रेम करने का दिन तो नहीं रहा। हृदय में इतना प्यार कहाँ रहा, जो दूँगी, जिससे यह ठूंठ हरा हो जाएगा। नहीं, नूरी ने मोह का जाल छिन्न कर दिया है। वह अब उसमें न पड़ेगी तो भी इस दयनीय मनुष्य की सेवा; किन्तु यह क्या! याकूब हिचकियाँ ले रहा था। उसकी पुकार का सन्तोष जनक उत्तर नहीं मिला। निर्मम हृदय नूरी ने विलम्ब कर दिया। वह विचार करने लगी थी और याकूब को इतना अवसर नहीं था!

नूरी उसका सिर हाथों पर लेकर उसे लिटाने लगी। साथ ही अभाने याकूब के खुले हुए प्यासे मुँह में, नूरी की आँखों के आँसू टपाटप गिरने लगे!

26

गुण्डा

वह पचास वर्ष से ऊपर था। तब भी युवकों से अधिक बलिष्ठ और दृढ़ था। चमड़े पर झुर्रियाँ नहीं पड़ी थीं। वर्षा की झड़ी में, पूस की रातों की छाया में, कड़कती हुई जेठ की धूप में, नंगे शरीर घूमने में वह सुख मानता था। उसकी चढ़ी मूंछें बिच्छू के डंक की तरह, देखने वालों की आँखों में चुभती थीं। उसका साँवला रंग, साँप की तरह चिकना और चमकीला था। उसकी नागपुरी धोती का लाल रेशमी किनारा दूर से ही ध्यान आकर्षित करता। कमर में बनारसी सेल्हे का फेंटा, जिसमें सीप की मूठ का बिछुआ खुँसा रहता था। उसके घुंघराले बालों पर सुनहले पल्ले के साफे का छोर उसकी चौड़ी पीठ पर फैला रहता। ऊँचे कन्धे पर टिका हुआ चौड़ी धार का गँड़ासा, यह थी उसकी धन पंजों के बल जब वह चलता, तो उसकी नसे चटाचट बोलती थीं। वह गुण्डा था।

ईसा की बारहवीं शताब्दी के अंतिम भाग में वही काशी नहीं रह गई थी, जिसमें उपनिषद् के अजातशत्रु की परिषद् में ब्रह्मविद्या सीखने के लिए विद्वान् ब्रह्मचारी आते थे। गौतम बुद्ध और शंकराचार्य के धर्म-दर्शन के वाद-विवाद, कई शताब्दियों से लगातार मन्दिरों और मठों के ध्वंस और तपस्वियों के वध के कारण, प्रायः बन्द से हो गए थे यहाँ तक कि पवित्रता और छुआ-छूत में कट्टर वैष्णव धर्म भी उस विश्रृंखलता में, नवागन्तुक धर्मोन्माद में अपनी असफलता देखकर काशी में अघोर रूप धारण कर रहा था। उसी समय समस्त न्याय और बुद्धिवाद को शस्त्र बल के सामने झुकते देखकर काशी के विच्छिन्न और निराश नागरिक जीवन ने एक नवीन सम्प्रदाय की सृष्टि की। वीरता जिसका धर्म था। अपनी बात पर मिटना, सिंह-वृत्ति से जीविका ग्रहण करना, प्राण-भिक्षा मांगने वाले कायरों तथा चोट खाकर गिरे हुए प्रतिद्वन्द्वी पर शस्त्र न उठाना, सताए निर्बलों को सहायता देना और प्रत्येक क्षण प्राणों को हथेली पर लिए घूमना, उसका बाना था। उन्हें लोग काशी में गुंडा कहते थे।

जीवन की किसी अलभ्य अभिलाषा से वंचित होकर जैसे प्रायः लोग विरक्त हो जाते हैं, ठीक उसी तरह किसी मानसिक चोट से घायल होकर, एक प्रतिष्ठित जमींदार का पुत्र होने पर भी नन्हकूसिंह गुंडा हो गया था। दोनों हाथों से उसने अपनी संपत्ति

लुटायी। नन्हकूसिंह ने बहुत-सा रुपया खर्च करके जैसा स्वाँग खेला था, उसे काशी वाले बहुत दिनों तक नहीं भूल सके। बसन्त ऋतु में यह महत्त्वपूर्ण अभिनय खेलने के लिए उन दिनों प्रचुर घन, बल, निर्भीकता और उच्छृंखलता की आवश्यकता होती थी एक बार नन्हकूसिंह ने भी एक पैर में नूपुर, एक हाथ में तोड़ा, एक आँख में काजल, एक कान में हजारों के मोती तथा दूसरे कान में फटे हुए जूते का तल्ला लटका कर, एक में जड़ाऊ मूठ की तलवार, दूसरा हाथ आभूषणों से लदी हुई अभिनय करने वाली प्रेमिका के कन्धे पर रखकर गाया था-

"कहीं बैगनवाली मिले तो बुला देना।"

प्रायः बनारस के बाहर की हरियालियों में, अच्छे पानी वाले कुओं पर, गंगा की धारा में मचलती हुई डोंगी पर वह दिखलाई पड़ता था। कभी-कभी जुआखाने से निकल कर जब वह चौक में आ जाता, तो काशी की रंगीली वेश्याएँ मुस्कराकर उसका स्वागत करतीं और उसके दृढ़ शरीर को सस्पृह देखतीं। वह तमोली की ही दुकान पर बैठकर उनके गीत सुनता, ऊपर कभी नहीं जाता था। जूए की जीत का रुपया मुट्ठियों में भर-भरकर, उनकी खिड़की में वह इस तरह उछालता कि कभी-कभी समाजी लोग अपना सिर सहलाने लगते, तब वह ठठाकर हँस देता। जब कभी लोग कोठे के ऊपर चलने के लिए कहते, तो वह उदासी की सांस खींचकर चुप हो जाता।

वह अभी वंशी के जुआखाने से निकला था। आज उसकी कोड़ी ने साथ न दिया। सोलह परियों के नृत्य में उसका मन न लगा। मन्नू तमोली को दूकान पर बैठते हुए उसने कहा - "आज सायत अच्छी नहीं रही, मन्नू!"

"क्यों मालिक! चिन्ता किस बात की है। हम लोग किस दिन के लिए हैं। सब आप ही का तो है।"

"अरे, बुद्धू ही रहे तुम! नन्हकूसिंह जिस दिन किसी से लेकर जुआ खेलने लगे उसी दिन समझना वह मर गए। तुम जानते नहीं कि मैं जुआ खेलने कब जाता हूँ। जब मेरे पास एक पैसा नहीं रहता; उसी दिन नाल पर पहुँचते ही जिधर बड़ी ढेरी रहती है, उसी को बदता हूँ और फिर वही दाँव आता भी है। बाबा कीनाराम कायह वरदान है!"

"तब आज क्यों मालिक?"

"पहला दांव तो आया ही, फिर दो-चार हाथ बदने पर सब निकल गया। तब भी लो, यह पाँच रुपए बचे हैं। एक रुपया तो पान के लिए रख लो और चार दे दो मलूकी कथक को, कह दो कि दुलारी से गाने के लिए कह दे। हाँ", वही एक गीत-

"विलमि विदेश रहे।"

नन्हकूसिंह की बात सुनते ही मलूकी, जो अभी गांजे की चिलम पर रखने के लिए अंगारा चूर कर रहा था, घबराकर उठ खड़ा हुआ। वह सीढ़ियों पर दौड़ता हुआ

चढ़ गया। चिलम को देखता ही ऊपर चढ़ा, इसलिए उसे चोट भी लगी; पर नन्हकूसिंह की भृकुटी देखने की शक्ति उसमें कहाँ। उसे नन्हकूसिंह की वह मूर्ति न भूली थी, जब इसी पान की दुकान पर जूएखाने से जीता हुआ, रुपए से भरा तोड़ा लिए वह बैठा था। दूर से बोधीसिंह की बारात का बाजा बजता हुआ आ रहा था। नन्हकू पूछा – “यह किसकी बारात है?”

“ठाकुर बोधीसिंह के लड़के की।” मन्नू के इतना कहते ही नन्हकू के ओठ फड़कने लगे उसने कहा –“मन्नू! यह नहीं हो सकता। आज इधर से बारात न जाएगी बोधीसिंह हमसे निपट कर तब बारात इधर से ले जा सकेंगे।”

मन्नू ने कहा – “तब मालिक, मैं क्या करूँ?”

नन्हकू गँडासा कन्धे पर से और ऊँचा करके मलूकी से बोला- “मलुकिया देखता है, अभी जा ठाकुर से कह दे, कि बाबू नन्हकू सिंह आज यहीं लगाने के लिए खड़े हैं। समझकर आवें, लड़के की बारात है।” मलुकिया काँपता हुआ ठाकुर बोधिसिंह के पास गया। बोधीसिंह और नन्हकू से पाँच वर्ष से सामना नहीं हुआ है। किसी दिन नाल पर कुछ बातों में ही कहा –सुनी होकर, बीच-बचाव हो गया था। फिर सामना नहीं हो सका। आज नन्हकू जान पर खेलकर अकेले खड़ा है। बोधीसिंह भी उस आन को समझते थे। उन्होंने मलूकी से कहा – “जा बे, कह दे कि हमको क्या मालूम कि बाबू साहब वहीं खड़े हैं। जब वह हैं ही, तो दो समधी जाने का क्या काम है।” बोधीसिंह लौट गए और मलूकी के कन्धे पर तोड़ा लादकर बाजे के आगे नन्हकू – सिंह बारात लेकर गए। ब्याह में जो कुछ लगा, खर्च किया। ब्याह कराकर तब, दूसरे दिन इसी दूकान तक आकर रुक गए। लड़के को और उसकी बारात को उसके घर भेज दिया।

मलूकी को भी दस रुपया मिला था। उस दिन फिर नन्हकूसिंह की बात सुनकर बैठे रहना और यम को न्योता देना एक ही बात थी। उसने जाकर दुलारी से कहा – “हम ठेका लगा रहे हैं, तुम गाओ, तब तक बल्लू सारंगीवाला पानी पीकर आता है।”

“बाप रे, कोई आफत आई है क्या बाबू साहब? सलाम।” कहकर दुलारी ने खिड़की से मुस्कराकर झांका था कि नन्हकूसिंह उसके सलाम का जवाब देकर, दूसरे एक आने वाले को देखने लगे।

हाथ में हरौती की पतली-सी छड़ी, आँखों में सुरमा, मुँह में पान, मेंहदी लगी हुई, लाल दाढ़ी, जिसकी सफेद जड़ दिखलाई पड़ रही थी, कुव्वेदार टोपी; छकलिया अंगरखा और साथ में लेसदार परतवाले दो सिपाही! कोई मौलवी साहब हैं। नन्हकू हँस पड़ा। नन्हकू की ओर बिना देखे ही मौलवी ने एक सिपाही से कहा – “जाओ, दुलारी से कह दो कि आज रेजिडेण्ट साहब की कोठी पर मुजरा करना होगा, अभी चले, देखो तब तक हम जानअली से कुछ इत्र ले रहे हैं।” सिपाही ऊपर चढ़ रहा था और मौलवी

दूसरी ओर चले थे कि नन्हकू ने ललकारकर कहा – "दुलारी! हम कब तक यहाँ बैठे रहें! क्या अभी सरंगिया नहीं लाया?"

दुलारी ने कहा "वाह बाबू साहब! आप ही के लिए तो मैं यहाँ आ बैठी हूँ, सुनिए न आप तो कभी ऊपर..." मौलवी जल उठा। उसने कड़ककर कहा – "चोबदार! अभी वह सूअर की बच्ची उतरी नहीं। जाओ, कोतवाल के पास मेरा नाम लेकर कहो कि मौलवी अलाउद्दीन कुबरा ने बुलाया है। आकर उसकी मरम्मत करें देखता हूँ तो जब से नवाबी गई, इन काफिरों की मस्ती बढ़ गई है।"

कुबरा मौलवी! बाप रे - तमोली अपनी दुकान सँभालने लगा। पास ही एक दूकान पर बैठकर ऊँघता हुआ बजाज चौंककर सिर में चोट खा गया! इसी मौलवी ने तो महाराज चेतसिंह से साढ़े तीन सेर चींटी के सिर का तेल माँगा था। मौलवी अलाउद्दीन कुबरा! बाजार में हलचल मच गई। नन्हकूसिंह ने मन्नू से कहा – "क्यों, चुपचाप बैठोगे नहीं!" दुलारी से कहा – "वहीं से बाईजी! इधर-उधर हिलने का काम नहीं। तुम गाओ। हमने ऐसे घसियारे बहुत-से देखे हैं। अभी कल रमल के पासे फेंककर अधेला-अधेला मांगता था, आज चला है रोब गाँठने।"

अब कुबरा ने घूमकर उसकी ओर देखकर कहा – "कौन है यह पाजी!"

"तुम्हारे चाचा बाबू नन्हकूसिंह!" के साथ ही पूरा बनारसी झापड़ पड़ा। कुबरा का सिर घूम गया। लैस के परतले वाले सिपाही दूसरी ओर भाग चले और मौलवी साहब चौंधिया कर जानअली की दुकान पर लड़खड़ाते, गिरते-पड़ते किसी तरह पहुँच गए।

जानअली ने मौलवी से कहा – "मौलवी साहब! भला आप भी उस गुंडे के मुँह लगने गए। वह तो कहिए कि उसने गँडासा नहीं तोल दिया।" कुबरा के मुँह से बोली नहीं निकल रही थी। उधर दुलारी गा रही थी "...विलमि विदेस रहे..." गाना पूरा हुआ, कोई आया गया नहीं, तब नन्हकूसिंह धीरे-धीरे टहलता हुआ, दूसरी ओर चला गया। थोड़ी देर में एक डोली रेशमी परदे से ढकी हुई आई। साथ में एक चोबदार था। उसने दुलारी को राजमाता पन्ना की आज्ञा सुनाई।

दुलारी चुपचाप डोली पर जा बैठी। डोली धूल और सन्ध्याकाल के धुएँ से भरी हुई बनारस की तंग गलियों से होकर शिवालय घाट की ओर चली।

श्रावण का अंतिम सोमवार था। राजमाता पन्ना शिवालय में बैठकर पूजन कर रही थीं। दुलारी बाहर बैठी कुछ अन्य गानेवालियों के साथ भजन गा रही थीं। आरती हो जाने पर फूलों की अंजलि बिखेरकर पन्ना ने भक्तिभाव से देवता के चरणों में प्रणाम किया। फिर प्रसाद लेकर बाहर आते ही उन्होंने दुलारी को देखा। उसने खड़ी होकर हाथ

जोड़ते हुए कहा – "मैं पहले ही पहुँच जाती। क्या करूँ, वह कुबरा मौलवी निगोड़ा आकर रेजिडेण्ट की कोठी पर ले जाने लगा। घण्टों इसी मंझट में बीत गया, सरकार!"

"कुबरा मौलवी! जहाँ सुनती हूँ, उसी का नाम। सुना है कि उसने यहाँ भी आकर कुछ..." फिर न जाने क्या सोचकर बात बदलते हुए पन्ना ने कहा – "हाँ, तब फिर क्या हुआ? तुम कैसे यहाँ आ सकी?"

"बाबू नन्हकूसिंह उधर से आ गए।" मैंने कहा – "सरकार की पूजा पर मुझे भजन गाने को जाना है और यह जाने नहीं दे रहा है। उन्होंने मौलवी को ऐसा झापड़ लगाया कि उसकी हेकड़ी भूल गई और तब जाकर मुझे किसी तरह यहाँ आने की छुट्टी मिली।"

"कौन बाबू नन्हकूसिंह!"

दुलारी ने सिर नीचा करके कहा – "अरे, क्या सरकार को नहीं मालूम ? बाबू निरंजनसिंह के लड़के उस दिन, जब मैं बहुत छोटी थी, आपकी बारी में झूला झूल रही थी, जब नवाब का हाथी बिगड़कर आ गया था, बाबू निरंजनसिंह के कुँवर ने ही तो उस दिन हम लोगों की रक्षा की थी।"

राजमाता का मुख उस प्राचीन घटना को स्मरण करके न जाने क्यों विवर्ण हो गया। फिर अपने को सँभालकर उन्होंने पूछा – "तो बाबू नन्हकूसिंह उधर कैसे आ गए?"

दुलारी ने मुस्कराकर सिर नीचा कर लिया! दुलारी राजमाता पन्ना के पिता की जमींदारी में रहने वाली वेश्या की लड़की थी। उसके साथ ही कितनी बार झूले- हिंडोले अपने बचपन में पन्ना झूल चुकी थी। वह बचपन से ही गाने में सुरीली थी। सुन्दरी होने पर चंचल भी थी। पन्ना जब काशीराज की माता थी, तब दुलारी काशी की प्रसिद्ध गानेवाली थी। राजमहल में उसका गाना-बजाना हुआ ही करता। महाराज बलवन्त सिंह के समय से ही संगीत पन्ना के जीवन का आवश्यक अंश था। हाँ, अब प्रेम-दुःख और दर्द भरी विरह कल्पना के गीत की ओर अधिक रुचि न थी। अब सात्विक भावपूर्ण भजन होता था राजमाता पन्ना का वैधव्य से दीप्त शान्त मुख-मण्डल कुछ मलिन हो गया।

बड़ी रानी की सापत्न्य ज्वाला बलवन्तसिंह के मर जाने पर भी नहीं बुझी। अन्तःपुर कलह का रंगमंच बना रहता, इसी से प्रायः पन्ना काशी के राजमन्दिर में आकर पूजा-पाठ में अपना मन लगाती। रामनगर में उसको चैन नहीं मिलता। नई रानी होने के कारण बलवन्तसिंह की प्रेयसी होने का गौरव तो उसे था ही, साथ में पुत्र उत्पन्न करने का सौभाग्य भी मिला, फिर भी असवर्णता का सामाजिक दोष उसके हृदय को व्यक्ति किया करता। उसे अपने ब्याह की आरम्भिक चर्चा का स्मरण हो आया।

छोटे-से मंच पर बैठी, गंगा की उमड़ती हुई धारा को पन्ना अन्य-मनस्क होकर देखने लगी। उस बात को, जो अतीत में एक बार, हाथ से अनजाने में खिसक जाने

वाली वस्तु की तरह गुप्त हो गई हो; सोचने का कोई कारण नहीं। उससे कुछ बनता बिगड़ता भी नहीं; परन्तु मानव स्वभाव हिसाब रखने की प्रथानुसार कभी-कभी कही बैठता है, "कि यदि वह बात हो गई होती तो?" ठीक उसी तरह पन्ना भी राजा बलवन्तसिंह द्वारा बलपूर्वक रानी बनाई जाने के पहले की एक संभावना को सोचने लगी थी। सो भी बाबू नन्हकूसिंह का नाम सुन लेने पर गेंदा मुँहलगी दासी थी। वह पन्ना के साथ उसी दिन से है, जिस दिन से पन्ना बलवन्त सिंह की प्रेयसी हुई। राज्य भर का अनुसन्धान उसी के द्वारा मिला करता। और उसे न जाने कितनी जानकाररियाँ भी थी। उसने दुलारी का रंग उखाड़ने के लिए कुछ कहना आवश्यक समझा।

"महारानी! नन्हकूसिंह अपनी सब जमींदारी स्वाँग, भैसों की लड़ाई, दौड़ और गाने-बजाने में उड़ाकर अब डाकू हो गया है। जितने खून होते हैं, सब में उसी का हाथ रहता है। जितनी..." उसे रोककर दुलारी ने कहा – "यह झूठ है। बाबू साहब के जैसा धर्मात्मा तो कोई है ही नहीं। कितनी विधवाएँ उनकी दी हुई धोती से अपना तन ढ़ँकती है। कितनी लड़कियों की ब्याह-शादी होती है। कितने सताए हुए लोगों की उनके द्वारा रक्षा होती है।"

रानी पन्ना के हृदय में एक तरलता उद्वेलित हुई। उन्होंने हँसकर कहा – "दुलारी, वे तेरे यहाँ आते हैं न? इसी से तू उनकी बड़ाई...।" "नहीं सरकार! शपथ खाकर कह सकती हूँ कि बाबू नन्हकूसिंह ने आज तक कभी मेरे कोठे पर पैर भी नहीं रखा।"

राजमाता न जाने क्यों इस अद्भुत व्यक्ति को समझने के लिए चंचल हो उठी थीं। तब भी उन्होंने दुलारी को आगे कुछ न कहने के लिए तीखी दृष्टि से देखा। वह चुप हो गई। पहले पहर की शहनाई बजने लगी। दुलारी छुट्टी मांगकर टोली पर बैठ गई। तब गेंदा ने कहा – "सरकार! आजकल नगर की दशा बडी बुरी है। दिन दहाड़े लोग लूट लिए जाते हैं। सैकड़ों जगह नाले पर जुए में लोग अपना सर्वस्व गंवाते हैं। बच्चे फुसलाए जाते हैं। गलियों में लाठियाँ और छुरा चलने के लिए टेढ़ी भौहें कारण बन जाती है। उधर रेजीडेण्ट साहब से महाराजा की अनबन चल रही है।" राजमाता चुप रहीं।

दूसरे दिन राजा चेतसिंह के पास रेजिडेण्ट मार्कहेम की चिट्ठी आयी, जिसमें नगर की दुर्व्यवस्था की कड़ी आलोचना थी। डाकुओं और गुण्डों को पकड़ने के लिए, उन पर कड़ा नियंत्रण रखने की सम्मति भी थी। कुबरा मौलवी वाली घटना का भी उल्लेख था। उधर हेस्टिंग्स के आने की भी सूचना थी। शिवालयघाट और राम- नगर में हलचल मच गई! कोतवाल हिम्मतसिंह, पागल की तरह, जिसके हाथ में लाठी, लोहाँगी, गड़ाँसा, बिछुआ और करौली देखते, उसी को पकड़ने लगे।

एक दिन नन्हकूसिंह सुम्भा के नाले के संगम पर ऊँचे-से टोने की घनी हरियाली में अपने चुने हुए साथियों के साथ दूधिया छान रहे थे। गंगा में, उनकी पतली डोंगी

बड़ की जटा से बंधी थी। कथकों का गाना हो रहा था। चार उलाँकी इक्के कसे-कसाए खड़े थे।

नन्हकूसिंह ने अकस्मात कहा – "मलूकी! गाना जमता नहीं है। उलाँकी पर बैठकर जाओ, दुलारी को बुला लागो।" मलूकी वहीं मजीरा बजा रहा था। दौड़कर इक्के पर जा बैठा। आज नन्हकूसिंह का मन उखड़ा था। बूटी कई बार छानने पर भी नशा नहीं। एक घंटे में दुलारी सामने आ गई। उसने मुस्कराकर कहा – "क्या हुक्म है बाबू साहब?"

"दुलारी! आज गाना सुनने का मन कर रहा है।"

"इस जंगल में क्यों?" उसने सशंक हँसकर कुछ अभिप्राय से पूछा।

"तुम किसी तरह का खटका न करो।" – नन्हकूसिंह ने हँसकर कहा।

"यह तो मैं उस दिन महारानी से भी कह आयी हूँ।"

"क्या, किससे?"

"राजमाता पन्नादेवी से" फिर उस दिन गाना नहीं जमा। दुलारी ने आश्चर्य से देखा कि तानों में नन्हकू की आँखें तर हो जाती हैं। गाना-बजाना समाप्त हो गया था। वर्षा की रात में झिल्लियों का स्वर उस झुरमुट में गूंज रहा था। मन्दिर के समीप ही छोटे से कमरे में नन्हकूसिंह चिन्ता में निमग्न बैठा था। आँखों में नींद नहीं। और सब लोग तो सोने लगे थे, दुलारी जाग रही थी। वह भी कुछ सोच रही थी। आज उसे, अपने को रोकने के लिए कठिन प्रयत्न करना पड़ रहा था किन्तु असफल होकर वह उठी और नन्हकू के समीप धीरे-धीरे चली आयी। कुछ आहट पाते ही चौंककर नन्हकूसिंह ने पास ही पड़ी हुई तलवार उठा ली। तब तक हँसकर दुलारी ने कहा – "बाबू साहब, यह क्या? स्त्रियों पर भी तलवार चलायी जाती है!"

छोटे-से दीपक के प्रकाश में वासना भरी रमणी का मुख देखकर नन्हकू हँस पड़ा। उसने कहा – "क्यों बाईजी! क्या इसी समय जाने की पड़ी है। मौलवी ने फिर बुलाया है क्या?" दुलारी नन्हकू के पास बैठ गई। नन्हकू ने कहा – "क्या तुमको डर लग रहा है?"

"नहीं, मैं कुछ पूछने आयी हूँ।"

"क्या?"

"क्या, ... यही कि... कभी तुम्हारे हृदय में..."

"उसे न पूछो दुलारी! हृदय को बेकार ही समझ कर तो उसे हाथ में लिए फिर रहा हूँ। कोई कुछ कर देता – कुचलता-चीरता-उछालता! मर जाने के लिए सब कुछ तो करता हूँ, पर मरने नहीं पाता।"

"मरने के लिए भी कहीं खोजने जाना पड़ता है। आपको काशी का हाल क्या मालूम! न जाने घड़ी भर में क्या हो जाए। उलट-पलट होने वाला है क्या, बनारस की गलियाँ जैसे काटने दौड़ती है।"

"कोई नयी बात इधर हुई है क्या?" "कोई हेस्टिंग्ज आया है सुना है उसने शिवालयघाट पर तिलंगों की कंपनी का पहरा बैठा दिया है। राजा चेतसिंह और राजमाता पन्ना वहीं हैं। कोई-कोई कहता है कि उनको पकड़कर कलकत्ता भेजने..."

"क्या पन्ना भी... रनिवास भी वहीं है" नन्हकू अधीर हो उठा था।

"क्यों बाबू साहब, आज रानी पन्ना का नाम सुनकर आपकी आँखों में आँसू क्यों आ गए?"

सहसा नन्हकू का मुख भयानक हो उठा! उसने कहा – "चुप रहो, तुम उसको जानकर क्या करोगी?" वह उठ खड़ा हुआ। उद्विग्न की तरह न जाने क्या खोजने लगा। फिर स्थिर होकर उसने कहा – "दुलारी! जीवन में आज यह पहला ही दिन है कि एकान्त रात में एक स्त्री मेरे पलंग पर जाकर बैठ गई है, मैं चिरकुमार! अपनी एक प्रतिज्ञा का निर्वाह करने के लिए सैकड़ों असत्य, अपराध करता फिर रहा हूँ। क्यों? तुम जानती हो? मैं स्त्रियों का घोर विद्रोही हूँ और पन्ना! ...किन्तु उसका क्या अपराध! अत्याचारी बलवन्तसिंह के कलेजे में बिछुआ मैं न उतार सका। किन्तु पन्ना! उसे पकड़ कर गोरे कलकत्ते भेज देंगे! वही...।"

नन्हकूसिंह उन्मत्त हो उठा था। दुलारी ने देखा, नन्हकू अंधकार में ही वट- वृक्ष के नीचे पहुँचा और गंगा की उमड़ती हुई धारा में डोंगी खोल दी उसी धने अन्धकार में। दुलारी का हृदय कांप उठा।

16 अगस्त सन् 1781 को काशी डाँवाडोल हो रही थी। शिवालयघाट में राजा चेतसिंह लेफ्टिनेण्ट इस्टाकर के पहरे में थे। नगर में आतंक था। दुकानें बन्द थीं घरों में बच्चे अपनी माँ से पूछते थे - 'मां, आज हलुए वाला नहीं आया।' वह कहती- 'चुप बेटे!-' सड़कें सूनी पड़ी थीं। तिलंगों की कम्पनी के आगे-आगे कुबरा मौलवी कभी-कभी, आता-जाता दिखाई पड़ता था। उस समय खुली हुई खिड़कियाँ बन्द हो जाती थीं। भय और सन्नाटे का राज्य था। चौक में चिथरुसिंह की हवेली अपने भीतर काशी की वीरता को बन्द किए कोतवाल का अभिनय कर रही थी। इसी समय किसी ने पुकारा - "हिम्मतसिंह!"

खिड़की में से सिर निकाल कर हिम्मतसिंह ने पूछा – "कौन?"

"बाबू नन्हकूसिंह!"

"अच्छा, तुम अब तक बाहर ही हो?"

"पागल! राजा कैद हो गए हैं। छोड़ दो इन सब बहादुरों को! हम एक बार इनको लेकर शिवालयघाट पर जाएँ।"

"ठहरो" – कह कर हिम्मतसिंह ने कुछ आज्ञा दी, सिपाही बाहर निकले। नन्हकू की तलवार चमक उठी। सिपाही भीतर भागे। नन्हकू ने कहा – "नमकहरामो! चुड़ियाँ पहन लो।" लोगों के देखते-देखते नन्हकूसिंह चला गया। कोतवाली के सामने फिर सन्नाटा हो गया।

नन्हकू उन्मत्त था। उसके थोड़े-से साथी उसकी आज्ञा पर जान देने के लिए तुले थे। वह नहीं जानता था कि राजा चेतसिंह का क्या राजनैतिक अपराध है? उसने कुछ सोचकर अपने थोड़े-से साथियों को फाटक पर गड़बड़ मचाने के लिए भेज दिया। इधर अपनी डोंगी लेकर शिवालय की खिड़की के नीचे धारा काटता हुआ पहुँचा। किसी तरह निकले हुए पत्थर में रस्सी अटका कर, उस चंचल डोंगी को उसने स्थिर किया और बन्दर की तरह उछल कर खिड़की के भीतर हो गया। उस समय वहाँ राजमाता पन्ना और राजा चेतसिंह से बाबू मनिहार सिंह कह रहे थे – "आपके यहाँ रहने से, हम लोग क्या करें, यह समझ में नहीं आता। पूजा-पाठ समाप्त करके आप रामनगर चली गई होती, तो यह...."

तेजस्विनी पन्ना ने कहा – "अब में रामनगर कैसे चली जाऊँ?"

मनिहार सिंह दुखी होकर बोले – "कैसे बताऊँ? मेरे सिपाही तो बन्दी हैं।"

इतने में फाटक पर कोलाहल मचा। राज-परिवार अपनी मन्त्रणा में डूबा था कि नन्हकूसिंह का आना उन्हें मालूम हुआ। सामने का द्वार बन्द था। नन्हकूसिंह ने एक बार गंगा की धारा को देखा उसमें एक नाव घाट पर लगने के लिए लहरों से लड़ रही थी। वह प्रसन्न हो उठा। इसी की प्रतीक्षा में वह रुका था। उसने जैसे सबको सचेत करते हुए कहा – "महारानी कहाँ हैं?"

सबने घूम कर देखा – एक अपरिचित वीर-मूर्ति! शस्त्रों से लदा हुआ पूरादेव!

चेतसिंह मे पूछा तुम कौन हो?"

"राज परिवार का एक बिना दाम का सेवक!"

पन्ना के मुँह से हलकी-सी एक साँस निकल कर रह गई। उसने पहचान लिया। इतने वर्षों के बाद! वहीं नन्हकूसिंह।

मनियारसिंह ने पूछा – "तुम क्या कर सकते हो?"

"मैं मर सकता हूँ! पहले महारानी को डोंगी पर बिठाइए नीचे दूसरी डोंगी पर अच्छे मल्लाह हैं। फिर बात कीजिए।" – मनियारसिंह ने देखा, जनानी ड्योढ़ी का

दरोगा राज की एक डोंगी पर चार मल्लाहों के साथ खिड़की से नाव सटाकर प्रतीक्षा में है। उन्होंने पन्ना से कहा – "चलिए, मैं साथ चलता हूँ।"

"और..." – चेतसिंह को देखकर, पुत्रवत्सला ने संकेत से एक प्रश्न किया,

उसका उत्तर किसी के पास न था। मनियारसिंह ने कहा – "तब मैं यहीं?" नन्हकू ने हँसकर कहा – "मेरे मालिक, आप नाव पर बैठें। जब तक राजा भी नाव पर न बैठ जाएँगे, तब तक सत्रह गोली खाकर भी नन्हकूसिंह जीवित रहने की प्रतिज्ञा करता है।"

पन्ना ने नन्हकू को देखा। एक क्षण के लिए चारों आँखें मिलीं, जिनमें जन्म-जन्म का विश्वास ज्योति की तरह जल रहा था। फाटक बलपूर्वक खोला जा रहा था। नन्हकू ने उन्मत्त होकर कहा – "मालिक! जल्दी कीजिए।"

दूसरे क्षण पन्ना डोंगी पर थी और नन्हकूसिंह फाटक पर इस्टाकर के साथ। चेतराम ने आकर एक चिट्ठी मनियारसिंह को हाथ में दी। लेफ्टिनेण्ट ने कहा – "आप के आदमी गड़बड़ मचा रहे हैं। अब मैं अपने सिपाहियों को गोली चलाने से नहीं रोक सकता।"

"मेरे सिपाही यहाँ कहाँ है साहब?" मनियारसिंह ने हसँकर कहा। बाहर कोलाहल बढ़ने लगा।

चेतराम ने कहा – "पहले चेतसिंह को कैद कीजिए।"

"कौन ऐसी हिम्मत करता है?" कड़ककर कहते हुए बाबू मनियारसिंह ने तलवार खींच ली। अभी बात पूरी न हो सकी थी कि कुबरा मौलवी वहाँ पहुँचा! यहाँ मौलवी साहब की कलम नहीं चल सकती थी, और न ये बाहर ही जा सकते थे। उन्होंने कहा – "देखते क्या हो चेतराम!"

चेतराम ने राजा के ऊपर हाथ रखा ही था कि नन्हकू के सधे हुए हाथ ने उसकी भुजा उड़ा दी। इस्टाकर आगे बढ़े, मौलवी साहब चिल्लाने लगे। नन्हकूसिंह ने देखते-देखते इस्टाकर और उसके कई साथियों को धराशायी किया। फिर मौलवी साहब कैसे बचते!

नन्हकूसिंह ने कहा – "क्यों, उस दिन के झापड़ ने तुमको समझाया नहीं? पाजी!" कहकर ऐसा साफ जनेवा मारा कि कुबरा ढेर हो गया। कुछ ही क्षणों में यह भीषण घटना हो गई, जिसके लिए अभी कोई प्रस्तुत न था।

नन्हकूसिंह ने ललकार कर चेतसिंह से कहा – "आप क्या देखते हैं? उतरिए डोंगी पर!" उसके घावों से रक्त के फुहारे छूट रहे थे। उधर फाटक से तिलंगे भीतर आने लगे थे। चेतसिंह ने खिड़की से उतरते हुए देखा कि बीसों तिलंगों की संगीनों में वह अविचल खड़ा होकर तलवार चला रहा है। नन्हकू के चट्टान सदृश शरीर से गैरिक की तरह रक्त की धारा बह रही है। गुंडे का एक-एक अंग कटकर वहीं गिरने लगा। वह काशी का गुंडा था!

27

अनबोला

उसके जाल में सीपियाँ उलझ गई थीं। जग्गैया से उसने कहा - "इसे फैलाती हूँ, तु सुलझा दें।"

जग्गैया ने कहा – "मैं क्या तेरा नौकर हूँ?"

कामैया ने तिनककर अपने खेलने का छोटा-सा जाल और भी बटोर लिया। समुद्र-तट के छोटे-से होटल के पास की गली से अपनी झोपड़ी की ओर चली गई।

जग्गैया उस अनखाने का सुख लेता-सा गुनगुनाकर गाता हुआ, अपनी खजूर की टोपी और भी तिरछी करके, संध्या की शीतल बालुका को पैरों से उछालने लगा।

दूसरे दिन, जब समुद्र में स्नान करने के लिए यात्री लोग आ गए थे; सिन्दूर- पिण्ड-सा सूर्य समुद्र के नील जल में स्नान कर प्राची के आकाश में ऊपर उठ रहा था; तब कामैया अपने पिता के साथ घीवरों के झुण्ड में खड़ी थी, उसके पिता की नावें समुद्र की लहरों पर उछल रही थीं। महाजाल पड़ा था, उसे बहुत-से धीवर मिलकर खीच रहे थे। जग्गैया ने आकर कामैया की पीठ में उँगली गोद दी। कामैया कुछ खिसककर दूर जा खड़ी हुई। उसने जग्गैया की ओर देखा भी नहीं।

जग्गैया की केवल माँ थी, वह कामैया के पिता के यहाँ लगी-लिपटी रहती, अपना पेट पालती थी। वह बेंत की दौरी लिए वहीं खड़ी थी। कामैया की मछलियाँ ले जाकर बाजार में बेचना उसी का काम था।

जग्गैया नटखट था। वह अपनी मां को वहीं देखकर और हट गया; किन्तु कामैया की ओर देखकर उसने मन-ही-मन कहा – अच्छा।

महाजाल खींचकर आया। कुछ तो मछलियाँ थी ही; पर उसमें एक भीषण समुद्री बाघ भी था। दर्शकों के झुण्ड जुट पड़े। कामैया के पिता से कहा गया उसे जान में से निकालने के लिए, जिसमें प्रकृति की उस भीषण कारीगरी को लोग भली- भांति देख सकें।

लोभ संवरण न करके उसने समुद्री बाघ को जाल से निकाला। एक खूँटे से उसकी पूँछ बाँध दी गई। जग्गैया की माँ अपना काम करने की धुन में जाल में मछलियाँ पकड़कर दौरी में रख रही थी। समुद्री बाघ बालू की विस्तृत बेला में एक बार उछला। जग्गैया की माता का हाथ उसके मुँह में चला गया। कोलाहल मचा; पर बेकार! बेचारी का एक हाथ वह चबा गया।

दर्शक लोग चले गए। जग्गैया अपनी मुर्छित माता को उठाकर झोपड़ी में जब ले चला, तब उसके मन में कामैया के पिता के लिए असीम क्रोध और दर्शकों के लिए घोर प्रतिहिंसा उद्वेलित हो रही थी। कामैया की आँखों से आँसू बह रहे थे। तब भी वह बोली नहीं।

कई सप्ताह से महाजाल में मछलियाँ नहीं के बराबर फँस रही थीं। चावलों की बोझाई तो बन्द थी ही, नावें बेकार पड़ी रहती थीं। मछलियों का व्यवसाय चल रहा था; वह भी डामाडोल हो रहा था। किसी देवता की अकृपा है क्या?

कामैया के पिता ने रात को पूजा की। बालू की वेदियों के पास खजूर की डालियाँ गड़ी थीं। समुद्री बाघ के दाँत भी बिखरे थे। बोतलों में मदिरा भी पुजारियों के समीप प्रस्तुत थी। रात में समुद्र देवता की पूजा आरम्भ हुई।

जग्गैया दूर – जहाँ तक समुद्र की लहरें आकर लौट जाती हैं, वहीं बैठा हुआ चुपचाप उस अनन्त जलराशि की ओर देख रहा था, और मन में सोच रहा था- क्यों मेरे पास एक नाव न रही?में कितनी मछलियाँ पकड़ता; आह! फिर मेरी माता को इतना कष्ट क्यों होता। अरे वह तो मर रही है; मेरे लिए इसी अन्धकार- सा दारिद्र्य छोड़कर! तब भी देखें, भाग्य देवता क्या करते हैं। इसी रग्गैया की मजूरी करने से तो वह मर रही है।

उसके क्रोध का उद्वेग समुद्र-सा गर्जन करने लगा।

पूजा समाप्त करके मदिरारुण नेत्रों से घूरते हुए पुजारी ने कहा – "रग्गैया! तुम अपना भला चाहते हो, तो जग्गैया के कुटुम्ब से कोई सम्बन्ध न रखना। समझा न?"

उधर जग्गैया का क्रोध अपनी सीमा पार कर रहा था। उसकी इच्छा होती थी कि रग्गैया का गला घोंट दे किन्तु वह था निर्बल बालक। उसके सामने से जैसे लहरें लौट जाती थी, उसी तरह उसका क्रोध मुर्छित होकर गिरता-सा प्रत्यावर्तन करने लगा। वह दूर-ही-दूर अन्धकार में झोपड़ी की ओर लौट रहा था।

सहसा किसी का कठोर हाथ उसके कंधे पर पड़ा। उसने चौक कर कहा – "कौन?"

मदिरा-विह्वल कंठ से रग्गैया ने कहा – "तुम मेरे घर कल से न आना।"

जग्गैया वहीं बैठ गया। वह फूट-फूटकर रोना चाहता था परन्तु अन्धकार उसका गला घोंट रहा था। दारुण क्षोभ और निराशा उसके क्रोध को उत्तेजित करती रही। उसे अपनी माता के तत्काल न मर जाने पर झुंझलाहट सी हो रही थी। समीर अधिक शीतल हो चला। प्राची का आकाशा स्पष्ट होने लगा; पर जग्गैया का अदृष्ट तमसाच्छन्न था।

कामैया ने धीरे-धीरे आकर जग्गैया की पीठ पर हाथ रख दिया। उसने घूम- कर देखा। कामैया की आँखों में आँसू भरे थे। दोनों चुप थे।

कामैया की माता ने पुकारकर कहा – "जग्गैया! तेरी माँ मर गई। इसको अब ले जा।"

जग्गैया धीरे-धीरे उठा और अपनी माता के शव के पास खड़ा हो गया। अब उसके मुख पर हर्ष-विषाद, सुख-दुःख कुछ भी नहीं था। उससे कोई बोलता न था और वह भी किसी से बोलना नहीं चाहता था; किन्तु कामैया भीतर-ही-भीतर फूट- फूटकर रो रही थी; पर वह बोले कैसे? उससे तो अनबोला था न!

28

विराम-चिन्ह

देव-मंदिर के सिंहद्वार से कुछ दूर हट कर वह छोटी-सी दुकान थी। सुपारी के घने कुंज के नीचे एक मैले कपड़े के टुकड़े पर सूखी हुई धार में तीन-चार केले, चार कच्चे पपीते, दो हरे नारियल और छः अंडे थे। मंदिर से दर्शन करके लौटते हुए भक्त लोग दोनों पट्टी में सजी हुई हरी-भरी दुकानों को देखकर उसकी ओर ध्यान देने की आवश्यकता ही नहीं समझते थे।

अर्द्ध-नग्न वृद्धा दुकानवाली भी किसी को अपनी वस्तु लेने के लिए नहीं बुलाती थी। वह चुपचाप अपने केलों और पपीतों को देख लेती। मध्याह्न बीत चला। उसकी कोई वस्तु न बिकी। मुँह की ही नहीं, उसके शरीर की भी झूर्रियाँ रूखी होकर ऐंठीजा रही थीं। मूल्य देकर भात-दल की हाँड़ियाँ लिए लोग चले जा रहे थे। मंदिर में भगवान के विश्राम का समय हो गया था। उन हाँडियों को देखकर उसकी भूखी आँखों में लालच की चमक बढ़ी, किन्तु पैसे कहाँ थे? आज तीसरा दिन था, उसे दो-एक केले खाकर बिताते हुए। उसने एक बार भूख से भगवान की भेंट कराकर क्षण-भर के लिए विश्राम पाया; किन्तु भूख की वह पतली लहर अभी दबाने में पूरी तरह समर्थ न हो सकी थी, कि राधे आकर उसे गुरेरने लगा। उसने भरपेट ताड़ी पी ली थी। अखें लाल, मुँह से बात करने में झाग निकल रहा था। हाथ नचाकर वह कहने लगा-

"सब लोग जाकर खा-पीकर सो रहे हैं। तू यहाँ बैठी हुई देवता का दर्शन कर रही है। अच्छा, तो आज भी कुछ खाने को नहीं?"

"बेटा! एक पैसे का भी नहीं बिका, क्या करूँ? अरे, तो भी तू कितनी ताड़ी पी आया है!"

"वह सामने तेरे ठाकुर दिखाई पड़ रहे हैं। तू भी पीकर देख न!"

उस समय सिंहद्वार के सामने की विस्तृत भूमि निर्जन हो रही थी। केवल जलती हुई धूप उस पर किलोल कर रही थी। बाजार बन्द था। राधे ने देखा, दो- चार कौए

कांव-कांव करते हुए सामने नारियल-कुंज की हरियाली में घुस रहे थे उसे अपना ताड़ीखाना स्मरण हो आया। उसने अण्डों को बटोर लिया।

बुढ़िया 'हाँ, हाँ' करती ही रह गई, वह चला गया। दुकानवाली ने अंगूठे और तर्जनी से दोनों आँखों का कीचड़ साफ किया, और फिर मिट्टी के पात्र से जल लेकर मुँह धोया।

बहुत सोच-विचार कर अधिक उतरा हुआ एक केला उसने छिलकर अपनी अंजलि में रख उसे मन्दिर की ओर नैवेद्य लगाने के लिए बढ़ाकर आँख बन्द कर ली। भगवान ने उस अछूत का नैवेद्य ग्रहण किया या नहीं, कौन जाने; किन्तु बुढ़िया ने उसे प्रसाद समझकर ही ग्रहण किया।

अपनी दुकान झोली में समेटे हुए, जिस कुंज में कौए घुसे थे, उसी में वह भी घुसी। पुआल से छायी हुई टट्टरों की झोपड़ी में विश्राम लिया।

उसकी स्थावर सम्पत्ति में वही नारियल का कुंज, चार पेड़ पपीते और छोटी- सी पोखरी के किनारे पर के कुछ केले के वृक्ष थे। उसकी पोखरी में एक छोटा-सा झुण्ड बतखों का भी था, जो अंडे देकर बुढ़िया की आय में वृद्धि करता। राधे शरबी था। उसकी स्त्री ने उसे बहुत दिन हुए छोड़ दिया था।

बुढ़िया को भगवान का भरोसा था, उसी देव-मन्दिर के भगवान का, जिसमें वह कभी नहीं जाने पायी थी!

अभी वह विश्राम की झपकी ही लेती थी कि महन्त जी के जमादार कुंज ने कड़े स्वर में पुकारा- "राधे, अरे रघवा, बोलता क्यों नहीं रे!"

बुढ़िया ने आकर हाथ जोड़ते हुए कहा – "क्या है महाराज?"

"सुना है कि कल तेरा लड़का कुछ अछूतों के साथ मन्दिर में घुसकर दर्शन करने जाएगा?"

"नहीं, नहीं, कौन कहता है महाराज! वह शराबी, भला मन्दिर में उसे कब से भक्ति हुई है?"

"नहीं, मैं तुझसे कहे देता हूँ, अपनी खोपड़ी संभालकर रखने के लिए उसे समझा देना। नहीं तो तेरी और उसकी; दोनों की दुर्दशा हो जाएगी।"

राधे ने पीछे से जाते हुए क्रूर स्वर में कहा – "जाऊँगा, तब तेरे बाप के भगवान है! तू होता कौन है रे!"

"अरे, चुप रे राधे! ऐसा भी कोई कहता है रे! अरे, तू जाएगा, मन्दिर में? भगवान का कोप कैसे रोकेगा, रे?" बुढ़िया गिड़गिड़ा कर कहने लगी! कुंजबिहारी जमादार

ने राधे की लाठी देखते ही ढीली बोल दी। उसने कहा – "जाना राधे कल, देखा जाएगा।" – जमादार धीरे-धीरे खिसकने लगा।

"अकेले-अकेले बैठकर भोग प्रसाद खाते-खाते बच्चू लोगों को चरबी चढ़ गई है। दर्शन नहीं रे–तेरा भात छीनकर खाऊँगा। देखूँगा, कौन रोकता है।"- राधे गुर्राने लगा। कुंज तो चला गया, बुढ़िया ने कहा – "राधे बेटा, आज तक तूने कौन- से अच्छे काम किए हैं, जिनके बल पर मन्दिर में जाने का साहस करता है? ना बेटा, यह काम कभी मत करना। अरे, ऐसा भी कोई करता है।"

"तूने भात बनाया है आज?"

"नहीं बेटा! आज तीन दिन से पैसे नहीं मिले। चावल है नहीं।"

"इन मन्दिर वालों ने अपनी जूठन भी तुझे दी?"

"मैं क्यों लेती, उन्होंने दी भी नहीं।"

"तब भी तू कहती है कि मन्दिर में हम लोग न जाएँ! जाएँगे; सब अछूत जाएँगे।"

"न बेटा, किसी ने तुमको बहका दिया है। भगवान के पवित्र मन्दिर में हम लोग आज तक कभी नहीं गए। वहाँ जाने के लिए तपस्या करनी चाहिए।"

"हम लोग तो जाएँगे।"

"ना, ऐसा कभी न होगा।"

"होगा, फिर होगा। जाता हूँ ताड़ीखाने, वहीं पर सबकी राय से कल क्या होगा, यह देखना।" राधे ऐंठता हुआ चला गया। बुढ़िया एकटक मन्दिर की ओर विचारने लगी-

"भगवान, क्या होने वाला है!"

दूसरे दिन मन्दिर के द्वार पर भारी जमघट था। नास्तिक भक्तों का झुण्ड अपवित्रता से भगवान की रक्षा करने के लिए दृढ़ होकर खड़ा था। उधर सैकड़ों अछूतों के साथ राधे मन्दिर में प्रवेश करने के लिए तत्पर था।

लट्ठ चले, सिर फूटे। राधे आगे बढ़ ही रहा था। कुंजबिहारी ने बगल से घूमकर राधे के सिर पर करारी चोट दी। वह लहू से लथपथ वहीं लोटने लगा। प्रवेशार्थी भागे। उनका सरदार गिर गया था। पुलिस भी पहुँच गई थी। राधे के अन्तरंग मित्र गिनती में 10-12 थे। वे ही रह गए।

क्षण भर के लिए वहाँ शिथिलता छा गई थी। सहसा बुढ़िया भीड़ चीरकर वहीं पहुँच गई। उसने राधे को रक्त में सना हुआ देखा। उसकी आँखें लहू से भर गईं। उसने कहा, "राधे की लोथ मन्दिर में जाएगी।" वह अपने निर्बल हाथों से राधे को उठाने लगी।

उसके साथी बढ़े मन्दिर का दल भी हुँकार करने लगा; किन्तु बुढ़िया की आँखों के सामने ठहरने का किसी को साहस न रहा। वह आगे बढ़ी; पर सिंहद्वार की देहली पर जाकर सहसा रुक गई। उसकी आँखों की पुतली में जो मूर्ति-भंजक छाया-चित्र था, वही गलकर बहने लगा।

राधे का शव देहली के समीप रख दिया गया। बुढ़िया ने देहली पर सिर झुकाया; पर वह सिर उठा न सकी। मन्दिर में घुसने वाले अछूतों के आगे बुढ़िया विराम चिह्न – सी पड़ी थी।

www.ingramcontent.com/pod-product-compliance
Lightning Source LLC
Chambersburg PA
CBHW051255200926
51612CB00002B/55
9789362054876